polar
VERLAG

DARK PLACES

Matías Néspolo

Sieben Arten, eine Katze zu töten

Aus dem Spanischen von Inka Marter
Herausgegeben von Jürgen Ruckh

Polar Verlag

Die Übersetzerin dankt dem deutschen Übersetzerfonds für die Förderung ihrer Arbeit am vorliegenden Text.

Deutsche Erstausgabe, 1. Auflage 2026
Aus dem Spanischen von Inka Marter
Mit einem Nachwort von Peter Henning © 2026

Lektorat: Saskia Schymanski
Korrektorat: Andreas März
Umschlaggestaltung: Britta Kuhlmann
Coverfoto: © Gianpaolo Pagano / Adobe Stock
Autorenfoto: © Swingyourpics
Satz/Layout: Martina Stolzmann
Gesetzt aus Adobe Garamond PostScript, InDesign

Druck und Bindung:
Nørhaven, Agerlandsvej 3, 8800 Viborg, DK
Printed in Denmark 2026

MIX
Papier | Fördert gute Waldnutzung
FSC® C104608

ISBN: 978-3-910918-42-9

zwei Arten

»Es gibt sieben Arten, eine Katze zu töten«, sagt der Chueco, streichelt das Tier, das ihm der Quique, der Sohn von Ernestina, gebracht hat, und zwinkert mir durchtrieben zu.

Er hält die Katze mit dem linken Unterarm auf dem Schoß fest. Mit der rechten Hand streicht er ihr über Rücken und Kopf. Beugt sich ein bisschen vor, als wollte er sie schützen, und richtet sich dann ganz plötzlich auf und dreht das Gesicht weg, falls sie kratzt. Ich hör ein Geräusch, als würde ein trockener Zweig zerbrechen, dann hält der Chueco die zuckende Katze am Nackenfell hoch. Der Kopf hängt zur Seite, die Beine sind starr. Sie bewegt sich schon nicht mehr.

»Aber in der Stunde der Wahrheit gibt es nur zwei«, beendet er den Satz, als würde er eine Unterrichtsstunde geben: »Nett und freundlich oder auf die harte Tour.«

»Und das war auf die harte Tour?«, frag ich, um ihn zu ärgern.

»Nein, Alter, das war nett. Das Miezekätzchen leidet nicht, weil ...« Der Satz bleibt in der Schwebe, weil der Chueco plötzlich loslacht. Dabei verzerrt sich sein Gesicht; er sieht aus wie eine alte Frau, der was wehtut. Ich muss auch lachen, aber ich denk an die Katze. Nur ein bisschen. Genug, um mir einzureden, dass es keine Katze mehr ist, sondern ne vernünftige Mahlzeit. Seit einer Woche hatte ich kein Fleisch mehr zwischen den Zähnen. Genau wie er wahrscheinlich, hab ich keinen Bock mehr auf Maisbrei, auf den Reis mit Käfern, den wir vom Großhändler in Zavaleta umsonst kriegen, und auf die Pflaumen, die wir dem Portugiesen Oliveira klauen.

Der Chueco hängt die Katze kopfüber ans Vordach, nimmt das

Messer und hackt ihr mit einem einzigen energischen Hieb den Kopf ab. Mit dem Fuß schiebt er eine Dose drunter, um das Blut aufzufangen.

»Sag nicht, dass du Blutwurst machen willst«, stoß ich hervor.

»Wie siehts denn aus?«, gibt er zurück.

Ich weiß nicht, ob er mich verarschen will oder ernsthaft überlegt, das Blut zu benutzen, aber ich frag nicht nach. Seh einfach zu und lass ihn machen.

Mit einem einzigen Schnitt schlitzt er das Tier auf und nimmt es aus. Die Eingeweide landen auch in der Dose. Er ist so schnell und geschickt, es sieht richtig professionell aus.

»Jetzt kommt der schwierige Teil«, sagt er, kneift ein Auge halb zusammen und zeigt mit der Messerspitze auf mich.

Er kappt den Schwanz und schneidet am ersten Gelenk der Vorderbeine das Fell ein.

»Ist wie Kabel schälen«, erklärt er, »nur hat das Kabel Haare und ist dicker als ein Finger vom Dicken Farías.«

»Der Dicke Farías, Mann! Der hat nie Hunger … Lass den ausnehmen, Chueco!« Ich sags als Witz, aber der Chueco sieht mich ernst und mit funkelnden Augen an.

»Den schlachten wir wie ein Sparschwein! Und knöpfen ihm die ganze Kohle ab, auf der das Arschloch sitzt …«

»Welche Kohle, Mann? Der Dicke hat keinen müden Peso, der ist genauso am Ende wie alle andern. Hast du nicht gesehen, was der für Beef mit seinen Lieferanten hat? Wenn der so weitermacht, bringen die ihm nicht mal mehr Bier in den Laden.«

In Wirklichkeit geht mir die finanzielle Lage vom Dicken Farías am Arsch vorbei. Außerdem verwette ich meinen Kopf, dass es ihm so schlecht nicht gehen kann. Im Viertel sind alle abgebrannt, aber für ein Bier oder ein Gläschen Wein kratzen sie immer noch was zusammen. Die Kneipe vom Dicken ist immer voll, und soweit ich weiß, lässt er nicht anschreiben. Trotzdem heul ich dem Chueco was vor, wie scheiße es dem geht, denn die Idee, die ich ihm grade in den Kopf gesetzt hab, macht mir Angst.

»Der hat Beef, weil er ein Geizkragen ist und Gott und die Heilige Jungfrau bescheißt. Ich sags dir, der Dicke hat Kohle gebunkert, Gringo, und zwar richtig viel.«

Ja, auf der Bank, will ich grade antworten, aber ich beiß mir auf die Zunge. Weils Schwachsinn ist. Seit im September der Peso eingebrochen ist, bringt keiner mehr seine Kohle auf die Bank. Wer viel hat, schafft es direkt außer Landes. Was auf den Dicken Farías nicht zutrifft. Wer dagegen nur ein bisschen Patte hat, aber nicht richtig viel, stopft sich die einfach unter die Matratze. Während ich diese Überlegungen anstell, schneidet der Chueco das Fell der Hinterbeine auf der Innenseite ein. Pellt sie wie ne Salami. Dann packt er die beiden Fellstücke und zieht sie kräftig nach unten. Die Haut stülpt sich um wie ein Strumpf. Bleibt wie ein Puppenmantel mit dem Pelz nach innen an den Vorderpfoten des Tiers hängen. Die schneidet der Chueco ab, und sie bleiben in den Ärmeln stecken.

»Tadaa, hoffe, du hast aufgepasst, Gringo, das nächste Mal bist du dran«, sagt er und wirft das Fell nach mir.

Ohne ein Wort weich ich aus. Es fällt ein Stück hinter mir auf den Boden. Als ich mich umdreh, seh ich, dass der Sohn von der Ernestina leise nähergekommen ist. Er stupst mit einem Stock gegen das Fell, ein blutiger, mit Erde verklebter Klumpen.

»Musst du waschen und in die Sonne legen. Ist ne Jacke. Die kannst du deiner Schwester für ihre Puppen mitbringen«, sag ich zu ihm.

Der Quique glotzt mich mit offenem Mund an. Entweder er versteht mich nicht, oder er tut nur so. Er hebt das Fell mit beiden Händen auf und schüttelt es. Als er die Form kapiert, lacht er leise. Genau wie als er noch klein war und über jeden Quatsch gelacht hat. Jetzt reicht er mir bis an die Schultern. Trotzdem seh ich immer noch dasselbe Kindergesicht.

Der Chueco beachtet uns nicht. Mit der Messerspitze löst er die Lunge aus und wirft sie in die Dose. Dann geht er in die Hütte. Kommt mit einem Lappen zurück. Wischt sich die Hände ab und säubert die Messerklinge. Er zündet sich eine Zigarette an und wirft mir einen fragenden Blick zu. Zieht die Augenbrauen hoch, wiegt den Kopf.

Ich steck mir auch eine Kippe an und betrachte die aufgehängte Katze. So nackt sieht sie wie ein Kaninchen aus. Oder eher ein Hase. Erinnert mich dran, wie die Großmutter Mamina, als ich noch klein war, die Hasen gekocht hat, die Cousin Toni ihr immer brachte, bevor er die Flinte verkauft hat, und ich kann mich nicht zurückhalten:

»Und wenn wir die in Wein und Essig schmoren, Chueco?«

»Vergiss es. Viel zu viel Arbeit. Wir hauen sie auf den Grill und weg damit.«

»Ganz wie Sie meinen, Partner.«

»Auf den Grill«, wiederholt er fest. Er spielt gern den Kapitän. Und ich lass ihn.

»Dann mach ich wohl mal Feuer.«

»Ja, los. Und du, Junge, was willst du noch?«, fragt er den Quique, der dasteht und sich die Sache ansieht.

»Meine Ma lässt fragen, ob ihr nicht eine Kleinigkeit für Sultan habt, weil der immer so jault«, sagt er; mir zwinkert er zu und hält sich für wer weiß wie cool.

»Aber sicher doch, für das Wauwauchen von Madame …«, sagt der Chueco mit flötender Stimme. Ich weiß nicht warum, aber er kann Ernestina nicht ausstehen.

»Hier, Kleiner«, sagt er und hält ihm die Dose mit den Innereien hin.

Der Quique schleicht sich mit der Dose und dem Fell. Die Sneaker klatschen ihm beim Gehen an die Fußsohlen. Er hat keine Schnürsenkel und sie sind ihm ein bisschen zu groß. Ich seh ihm nach, während ich zusammengeknülltes Papier anzünde und die Bretter der Holzkiste darüberschichte, die ich gerade zerlegt hab.

»Du bist echt ein Arschloch«, stoß ich hervor. »Warum hast du ihm nicht ein Stück Fleisch gegeben?«

Der Chueco sieht mich an, schnalzt mit der Zunge, zieht ein letztes Mal an seiner Kippe und tritt sie aus.

»Soll er halt danach fragen, Mann! Wenn er was für den Köter will, dann kriegt er das auch. Was ist die auch so etepetete. Und die Innereien sind richtig gut, wer weiß, was die sich da für einen leckeren Eintopf draus kochen!«

Ich fach das Feuer an. Das mit dem Hund und dass seine Mutter fragen lässt, war bestimmt nur erfunden. Der Quique wollte den Anteil, der ihm zusteht. Aber ich sags dem Chueco nicht. Und anscheinend passt dem mein Schweigen nicht, weil er weiter Gründe aufzählt.

»Außerdem ist dieser Bengel echt der Hammer. Warum sagt sie ihm nicht, dass er ihr auch ne Katze fangen soll, anstatt unsere zu klauen? Ach ja … Madame isst ja keine Katze! Blöde Kuh!«

»Vielleicht weiß er nicht, wie er sie ausnehmen soll, oder er hat Schiss, sie umzubringen«, geb ich zurück.

»Soll ers halt lernen, Alter! Oder drauf geschissen.«

Gift abfüllen

Das Bier ist warm. Und sieht eher gequirlt aus als gezapft. Zwei Drittel Schaum auf ein Drittel Flüssigkeit. Aber weil ich keinen Nerv hab, zu streiten, trink ichs trotzdem. Außerdem weiß ich, dass der Dicke Farías eh keinen Zentimeter nachgibt. Wenn ich ihn so weit bring, dass er mir ein neues, kaltes ohne Schaum zapft, wird ers mir berechnen, und ich hab keine Kohle mehr.

Der Chueco kommt rein. Mit Pokerface. Er ist blass. Kommt zu meinem Tisch und ruft:

»Ein Wein für mich, Dicker!«

Er setzt sich und sieht mich an. Die aufgerissenen Augen sind leer. Völlig ausdruckslos. Der Dicke Farías kommt mit der Flasche und einem Glas in einer Hand, und der Chueco sagt:

»Wie läufts, Gringuito? Was geht?« Er guckt mich von der Seite an, tut so, als wär nichts, aber total gezwungen. Er schauspielert.

»Alles gut«, antworte ich und guck ihn genauso irre an, mal sehn, was er sagt. Er macht mich echt nervös. Er blinzelt und schließt die Augen für einen Sekundenbruchteil länger als normal. Ganz klar ein Zeichen. Unmerklich, wie fürs Kartenspielen. Ich merks, aber hab keine Ahnung, was es bedeutet.

Der Dicke Farías knallt das Glas auf den Tisch. Er hebt die Flasche, aber bevor er einschenkt, brüllt er:

»Macht zwei Pesos!«

»Was los, Dicker? Immer mit der Ruhe«, sagt der Chueco. Macht auf witzig, aber voll schlecht. Der ist total zugekokst.

»Eins nach dem anderen.«

»Jetzt schenk endlich ein, verflucht. Siehst du nicht, dass wir heute flüssig sind?«

Neben dem Glas liegt ein Fünfziger. Keine Ahnung, wo der hergekommen ist.

Der Dicke Farías schnappt ihn sich und füllt das Glas bis zum Rand.

»Flasche kannst du stehn lassen«, sagt der Chueco. Er verzieht den Mund, würdigt den Dicken keines Blickes.

Der merkt das, und er hält sich nicht zurück.

»Was für ein Dreck! Das hat mir grade noch gefehlt, noch so ein kleiner Scheißer, der den Chef raushängen lässt. Wen hast du ausgeraubt, deine Mama?«

»Ein bisschen Respekt, Dicker, sonst könnte sich das schlecht auf dich auswirken …«

»Was soll sich auswirken? Du, du Schwachkopf?« Der Dicke wirft das Wechselgeld auf den Tisch, geht wieder hinter den Tresen und verbirgt sein Lachen unter einem Husten.

»Lach ruhig, du weinst noch früh genug«, murmelt der Chueco mit zusammengebissenen Zähnen.

Er zwinkert mir zu und kippt den Wein in einem Zug runter. Ich hab so eine Ahnung, wo der Hund begraben liegt. Weil mir das gar nicht gefällt, setz ich dieselbe irre Fresse auf, mit der er in die Bar gekommen ist.

»Is was, Gringo?«

»Das sollte ich wohl fragen, verfluchte Scheiße. Und kannst du mir bitte verraten, wo du die Kohle herhast?«

»Ist nur ein Bluff, Mann. Bleib cool, ich erklärs dir später.«

Ich trink das Bier aus. Zünd mir eine Kippe an. Der Chueco versucht, mit zwei Fingern eine aus meinem Päckchen zu fummeln, zu der ich ihn nicht eingeladen hab. Ich schnipse unten gegen die Schachtel, damit eine rauskommt, aber eher widerwillig.

»So gefällst du mir, Kumpel. Mit Drogen geizt man nicht.«

Der Chueco macht sein Glas voll und dann auch mein leeres

Bierglas. Der Wein spült den Schaum hoch, der sich am Boden abgesetzt hat.

»Was soll die Scheiße?«, schrei ich.

»Stell dich nicht so an«, antwortet er.

Sein Tonfall bringt mich zur Weißglut, aber er hat recht. Der Wein ist kein Pennerglück, er ist Rattengift. Ist komplett egal, womit man den mischt: Bier, Brause oder Pisse; er ist bitterer als Johannisbrotsaft. Das Merkwürdige daran ist nur die Flasche. Die sieht nach nem richtig guten Jahrgang aus. Gehört wahrscheinlich nicht zu diesem Gesöff. Irgendeinen Grund muss es ja geben, dass der Dicke Farías die Flaschen immer offen bringt, oder mit einem Korken, der nicht drauf gehört.

Ich wette, der Geizkragen kauft Billigwein in den Zwanzig-Liter-Kanistern, die hinten im Hof rumstehen, und füllt den einfach um. Kann mir ja egal sein, ob der Dicke da ne kleine Abfüllanlage betreibt. Aber an dem Tag, an dem er schwach wird und den Stoff mit dem falschen Alkohol streckt, wirds hier einen Aufstand geben. Ich glaub eher nicht, dass man seinen Chemiekenntnissen trauen kann. Meinen auch nicht, aber wenigstens weiß ich, dass es einen Unterschied gibt zwischen dem medizinischen Alkohol, der in der Apotheke verkauft wird, und dem Brennspiritus, den man in großen Mengen im Baumarkt kriegt. Vom einen wird man betrunken, der andere bringt dich um. Wär nicht das erste Mal, dass im Viertel so was passiert.

Während ich das denk, leer ich mein Glas mit Gift, und der Chueco schenkt mir nach. Er hat das Maul immer noch nicht aufgemacht. Und anscheinend hat er das auch nicht vor.

»Na gut«, sag ich, »ich geh nach Hause.«

»Trink den Wein mit mir aus, ich will dir ein Geschäft vorschlagen.«

Die Minuten vergehen, und der Chueco bleibt stumm wie ein Fisch. Ab und zu dreht er sich verstohlen zu Farías um, der hinterm Tresen steht. Der Dicke kriegt das mit. Er hat total gute Laune. Glaubt anscheinend, dass der Chueco richtig angepiekst ist, denn immer, wenn der nicht hinguckt, gestikuliert der Dicke in unsere Richtung und flüstert den Jungs an der Theke irgendwelche Witze zu. Sie lachen sich schlapp über den Chueco, aber weil der mit dem Rücken zu ihnen sitzt und mit seinem eigenen Scheiß beschäftigt ist, merkt er nichts. Ich halt die Klappe. Will ihn nicht auch noch provozieren.

»Jetzt rede schon, ich hau sonst ab, Mann.«

Der Chueco trinkt den Wein aus. Wirft einen letzten Blick zur Theke, guckt in die andere Richtung zur Straße und lehnt sich dann endlich zurück und sieht mich an.

»Gib mir ne Kippe und verpiss dich lieber, Gringa. Du hast eh keine Eier.«

»Willst du dich mit mir anlegen, oder was?«, frag ich. Meine Stimme klingt angespannt, solche Lust hab ich, ihm auf die Fresse zu geben, und dazu kommt noch die andere Wut, weil ich sofort kapier, dass ich schon wieder über das Stöckchen spring, das er mir hinhält. Ich bin echt zu leichtgläubig. Aber es ist zu spät, ich kann nicht mehr zurück.

»Ich will mich überhaupt nicht mit dir anlegen, ich sags nur, wies ist«, antwortet er ernst.

»Wann?«

»Heute Nacht. Aber denk echt drüber nach, ey. Ich sags dir, weil ich dich dabeihaben will … Aber wenn du mir mit eingekniffenem Schwanz hinterherläufst, bleib besser weg.«

»Wofür hältst du mich, Chueco? Willst du aufs Maul?« Mehr als eine Drohung ist es eine Aufforderung zur Gegenrede, damit ich einen Grund hab, ihm die Fresse einzuschlagen. Aber der Chueco kennt mich, der alte Fuchs. Er hat schon, was er wollte. Deshalb lacht er leise und antwortet nicht. Ich geh mit geballten Fäusten. Mir pochen die Schläfen.

Regeln brechen

In dem Sekundenbruchteil, der anfängt, als der Dicke Farías den Schlüssel ins Schloss steckt und ihn zweimal umdreht, und aufhört, als ihn der Knüppel am Hinterkopf trifft, der Dicke gegen die Blechtür sackt und sie aufdrückt, denk ich an vieles gleichzeitig. Das Koks bringt mich auf Hochtouren. Der Fuffi vom Chueco war nur ein Bluff gewesen, aber dann sind drei Gramm draus geworden. Und die sind schon weg.

Ich denk daran, was passieren wird, wenn der Dicke uns erkennt. Der Chueco hat gesagt, nett und freundlich, aber bei ihm weiß man nie. Und Farías können wir von mir aus ruhig wegmachen, aber ich denk an Yanina, seine Tochter. Sie müsste tanzen gegangen sein wie jeden Donnerstag. Deshalb soll die Sache heute erledigt werden. Aber wenn sie doch da ist und fernguckt? Oder nicht da ist, wie wir annehmen, aber die Sache hässlich wird? Der Dicke ist vielleicht ein Arschloch, aber Yanina behandelt er wie eine Königin. Ihre Ma ist vor zwei Jahren gestorben, und ich würd sie ungern zur Vollwaise machen. Obwohl sie auf ne Art noch ein Kind ist, hat sie einen Wahnsinnskörper. Und sonst gibts keine Verwandten, soweit ich weiß. Wenn was schiefgeht und sie allein bleibt mit der Bar, fressen die sie bei lebendigem Leib.

Und wenn uns einer sieht? Das frag ich mich, als ich mich in alle Richtungen umsehe. Der Chueco hat keine Ehre. Ich jetzt auch nicht mehr. Aber im Viertel gibt es einen Kodex, der heilig ist: Solche Jobs erledigt man draußen. Zu Hause erledigt man höchstens den Schwachmaten, der ohne Einladung von draußen gekommen ist. Aber das passiert extrem selten. Und es ist logisch, dass diese Regel respektiert wird. Wenn du deinen Kleinen zum

Bäcker schickst, weißt du wenigstens, dass dein Nachbar ihn auf dem Weg nicht beklaut, denn falls doch, ist es das Letzte, was er tut. Und du fickst nicht einfach jede Frau, die allein nachts über die Straße geht, weil du nicht willst, dass sich jemand an deiner Alten, deiner Schwester oder deiner Tochter vergreift.

Ich seh keinen, aber man kann nie wissen. Die Nacht wird von tausend wachen Augen durchbohrt. Nur zwei davon müssen uns jetzt sehen, und wir sind am Arsch. Und zwar so richtig. Mir wärs lieber, wenn sich fünf Clowns von der Federal auf uns stürzen, als dass unsere eigenen Leute uns beibringen, wie man die Regeln befolgt.

Die Zeit läuft weiter, als der Dicke mit dem Schädel gegen die Tür kracht. Ich hör auf zu denken.

»Los, los, los …«, treibt der Chueco mich an und versucht, den Dicken nach drinnen zu schieben. Nach dem Schlag auf den Kopf ist er direkt auf der Schwelle zusammengebrochen. Ich steig über ihn drüber und pack ihn am Hemd. Sobald er drinnen ist, macht der Chueco die Tür zu. Man hört einen Hund bellen, und leiser das heisere Stöhnen des Dicken. Er ist ziemlich weggetreten. Der Chueco stülpt ihm einen Sack über den Kopf, keine Scheißahnung, wo er den herhat. Anscheinend ist er vorbereitet. Er zieht dem Dicken den Gürtel aus der Hose und fesselt ihm damit die Hände auf den Rücken.

Ich taste mich durch den Flur. Das Haus ist dunkel und leer. Ich komm in eine Art Esszimmer. Der Schein der Straßenlaternen dringt durch den halb runtergelassenen Rollladen. Ich mach Licht an. Ein Tisch, drei Stühle, ein Fernseher auf einer Plastikbox und Müll.

Der Chueco kommt rein, und wir fangen an zu suchen. Gibt hier nicht viele Stellen, wo man Geld verstecken kann. Nach wenigen Minuten machen wir in der Küche weiter. Die echt widerlich ist: dreckige Teller, Kakerlaken und angebrannte Töpfe. Die

Anrichte und die Unterschränke haben keine Türen. Man muss nichts anfassen, um zu sehen, was drin ist. Und das wollen wir beide nicht, denn ich wette, die Letzte, die hier mal gewischt hat, war die Verstorbene. Und zwar lange bevor sie gestorben ist. Der Kühlschrank ist leer oder funktioniert nicht. Der Chueco guckt einmal rein und fängt dann an, die Gläser und Dosen auf den Regalen aufzumachen. Nudeln, Bohnen, Yerba Mate, Zucker …

»Darf man erfahren, was zur Hölle du da machst?«, schrei ich ihn an.

»Und wie siehts für dich aus, du Vollpfosten? Son Geizkragen bewahrt seine Kohle an den ungewöhnlichsten Orten auf. Was hast du denn gedacht?«

Ich könnte den Chueco jedes Mal erwürgen, wenn er den Besserwisser spielt, aber jetzt halt ich den Mund. Vielleicht hat er recht, und man sollte auf Nummer sicher gehen. Ich lass ihn in der Küche machen und geh ein Zimmer weiter. Ist das von Yanina. Das weiß ich wegen der Fotos, die mit Heftzwecken an die Wände gepinnt sind, und der Klamotten auf dem Fußboden: ein Häkeltop, ein BH und schwarze Lycra-Shorts. Die heb ich auf und dehn sie über den Händen. Stell mir vor, wie ihr Arsch sie ausfüllt, und mir läuft das Wasser im Mund zusammen. Ich durchsuch den Schrank, das Bett und den Nachttisch. Ich weiß genau, dass ich die Kohle vom Dicken Farías hier nicht finde, aber wenn der Chueco sich in der Küche so reinhängt, kann ich die Durchsuchung ja wohl als Ausrede nehmen und mich zwischen Yaninas Sachen aufhalten.

Ihr Zimmer ist auch dreckig, aber ihr Geruch überlagert alles. Und ich mag ihn. In einer Nachttischschublade find ich zwischen Lippenstiften, Make-up und Nagellackfläschchen einen Joint und klemm ihn mir hinters Ohr. In einer anderen liegt ein Notizbuch voller Fotos und Zettel. Ich fang an zu lesen. Und sofort stört mich der Chueco, der nach mir ruft.

»Was hab ich dir gesagt! Was für ein Arsch, der lumpige Dicke … Ich glaubs nicht, ist der Bankier, oder was!«, sagt er. Und anscheinend ist er wirklich überrascht.

Ich geh ins Zimmer gegenüber, das dem Dicken gehört, und der Chueco steht da und sieht mich entgeistert an.

»Das ist wie im Film, Gringo. Ich glaubs einfach nicht!«

»Was ist los, Mann? Hast du das Geld gefunden?« Langsam macht er mich nervös mit seinem Gelaber.

»Guck selbst«, sagt er und zeigt auf einen Einbauschrank hinter einem Vorhang voller Fliegendreck.

Ich reiß den Vorhang runter, schieb die Klamotten vom Dicken auf der Stange zur Seite und seh endlich, was das ganze Theater soll. Hinten im Schrank befindet sich ein alter, grün verkleideter Safe mit Geheimkombinationsschloss und allem Drum und Dran. Ich dreh mich um, und als ich Chuecos verzweifeltes Gesicht seh, löst sich meine aufgestaute Anspannung in einem Lachanfall.

»Was gibts da zu lachen, Idiot? Und was machen wir jetzt?«

Ich halt mir den Bauch. Krieg keine Antwort raus. Es schüttelt mich so sehr, dass ich mir fast in die Hosen scheiß. Als ich mir endlich die Tränen abwisch, hör ich ein metallisches Geräusch, das ich genau kenne. Die Feder seines Taschenmessers, wenn die Klinge aufspringt.

»Uns bleibt wohl nichts anderes übrig, als das Dickerchen zu wecken und die Kombination aus ihm rauszukitzeln«, sagt er und spielt mit der Klinge. Und sein freundlicher Tonfall macht mir richtig Angst.

»Bist du krank, oder was, warte mal! Siehst du nicht, dass das nur Spielzeug ist«, sag ich und klopf mit den Knöcheln gegen den Safe.

Und wirklich, klingt nach Blech. Was jetzt auch mich überrascht. Noch dazu ist das Ding ziemlich verrostet: die Füße, der untere Teil der Tür und der Bereich um das Schloss – eine Art

Kurbel mit vier Griffen. Ein Spielzeug. Ein Spielzeug für unschuldige Geizhälse. Ein Spielzeug, das zerstörungswütige Kinder kaputt machen, weil sie wissen wollen, wies funktioniert und was drin ist.

Wortlos geh ich zum Eingang und hol den Knüppel, mit dem ich den Dicken ausgeknockt hab. Ich komm ins Zimmer zurück. Der Chueco ist blass. Macht den Mund auf, ohne was zu sagen. Ich geb ihm ein Zeichen, dass er warten soll. Dann schlag ich einmal senkrecht gegen die Kurbel, und das zerfressene Blech reißt ein. Ich bieg das Ding nach oben und nach unten, bis es abgeht. Puste in das Loch, Metallstückchen fliegen weg, und ich steck den Zeigefinger rein. Mit dem Fingernagel löse ich die Verriegelung. Der Safe geht auf. So einfach. Als hätt ich mein Leben lang nichts anderes gemacht.

Ich hab keine Zeit, darüber nachzudenken, wie mir dieser geile Trick gelungen ist, denn der Chueco steckt schon den Kopf in den Safe und holt mit beiden Händen alles raus, was er findet: alte Papiere, Rechnungen, Quittungsblöcke, Pornohefte, einen Hypothekenbrief, Werbebroschüren für Wein und Wurstwaren von anno dazumal und schließlich einen mit Paketband verschnürten Schuhkarton.

»Das muss es sein …«, sagt er und schneidet das Band mit dem Messer durch.

Er hebt den Deckel ab, und zusammengedrückte Scheine quellen heraus. Scheine in jeder Farbe: blau, braun, grün, rot, lila … Mit vielen Nullen drauf und dem Gesicht vom Libertador General San Martín. Wir glotzen sie an wie bescheuert. Ich kann mich noch gut an die erinnern. Der Chueco bestimmt auch. Für einen braunen kriegte man ne Tüte Popcorn. Für eine blauen ne Cola. Mit einem roten hat mans richtig krachen lassen … Es sind Pesos Ley, die Ende der Siebziger gedruckt wurden. Die sind seit über fünfzehn Jahren nicht mehr in Umlauf.

Mit zitternden Händen leert der Chueco den Karton, und als er feststellt, dass keine neuen Scheine dabei sind, fängt er an, auf die verfickte Mutter zu scheißen. Mit schriller, gebrochener Stimme, als würd er jeden Moment anfangen zu heulen.

»Jetzt mach nicht son Aufstand, Mann«, ermahne ich ihn. »Sonst hört uns noch einer.«

Das machts noch schlimmer. Er tritt gegen alles in Reichweite und hört nicht auf zu schreien.

»Komm schon, Chueco. Verpissen wir uns, das wars.«

Er hört mich nicht. Ich pack ihn an den Schultern und schieb ihn aus dem Zimmer. Sein Zorn erwacht erneut, als er am Ende des Flurs den Dicken liegen sieht. Er stürzt sich auf ihn, und obwohl der ein ziemlicher Brocken ist, hebt er ihn mit jedem Tritt ein bisschen vom Boden hoch. Der Dicke Farías ist halb tot. Der stöhnt nur leise bei jedem Treffer.

»Hör auf! Hör auf, sag ich, du Spast!«, schrei ich ihn an und stell ein Bein zwischen ihn und den Dicken.

Dann beug ich mich vor und durchsuch ihn. In seiner Hemdtasche steckt ein Bündel Scheine. Viel ist es nicht, aber wenigstens sind die noch was wert.

»Guck«, sag ich. »Und jetzt hauen wir ab.«

»Nein, warte. Die schnappen wir uns auch, weil er so geizig ist«, erwidert der Chueco und nimmt dem Dicken die Armbanduhr ab. Ein über zehn Jahre altes Modell von Citizen. Er wedelt drei Zentimeter vor meiner Nase damit rum. Jetzt glänzen seine Äuglein, und der Idiot lacht.

»Los jetzt, weg hier«, schrei ich.

Tratsch

»Gringo!«

»Äh …?«

»Gringo! Gringooo!«

Jemand schüttelt mich an der Schulter.

»Was? Was ist los?«

»Gringo!«

Ich mach die Augen auf. Es ist der Quique, der mich weckt.

»Was willst du hier? Und die Großmutter?«

»Die ist draußen und redet mit meiner Ma.«

Ich steh lustlos auf und zieh mich an. Es ist heiß. Das Fenster ist offen. Die Sonne steht hoch am Himmel und brennt. Der Quique erzählt mir irgendwas, aber ich hör nicht zu. Bin voll neben der Spur. Zieh die Sneaker an und geh ins Bad. Das Wasser macht mich ein bisschen wach. Jetzt gehts.

»Musst du nicht in der Schule sein?«, frag ich ihn.

Der Quique sieht mich mit Hundeaugen an.

»Schule fällt aus. Die Lehrer streiken.«

»Hast du gefrühstückt?«, frag ich auf dem Weg in die Küche.

Der Bengel läuft mir hinterher wie ein Schoßhündchen. Macht er seit Tagen schon. Und ich merks erst jetzt.

»Hast du gefrühstückt?«, frag ich noch mal und setz den Kessel auf.

»Ja …« Klingt nicht sehr überzeugt.

Das Wasser kocht. Ich mache einen guten, starken Mate Cocido. Der Quique setzt sich an den Küchentisch und sieht mich an. Ich gieß zwei Tassen ein und stell sie auf den Tisch. Such nach Brot. Ist keins da, aber noch drei Kekse in einer offenen

Packung. Zwei werf ich dem Bengel zu, den dritten ess ich selbst und setz mich. Der Quique pustet in den dampfenden Mate Cocido und tunkt vorsichtig einen Keks ein. Isst ihn langsam. Wiederholt den Vorgang mit dem zweiten. Als er fertig ist, pustet er wieder und nimmt den ersten Schluck. Kneift die Augen zu und flucht leise.

»Da verbrennt man sich ja die Eier, Mann. Der ist so heiß, der zieht dir …«

»Genau, wie er sein muss«, sag ich.

Ich mag den Bengel. Er hat das Herz auf dem rechten Fleck.

Er pustet weiter und versucht es wieder. Jetzt verzieht er angeekelt das Gesicht.

»Was ist los?«

»Hast du keinen Zucker?«

»Ich bitte vielmals um Verzeihung«, antworte ich ihm mit einer Verbeugung.

Der Quique sieht mich misstrauisch an, aber ich mein es ernst. Ich hab den Zucker vergessen, weil ich selbst keinen nehm. Ich hol ihm einen Löffel und eins von den Tütchen von McDonalds, die ich immer für die Großmutter Mamina klaue, wenn ich durch die Straßen zieh. Sie trinkt den Mate süß. Sehr süß.

Der Quique spielt ein paar Sekunden lang mit dem Tütchen zwischen den Fingern. Dann bedankt er sich mit einem Blick, reißt es auf und schüttet den Zucker in die Tasse. Rührt so vorsichtig um, als wärs ein explosives Gemisch. Schweigend trinken wir den Mate Cocido.

Als er fertig ist, stellt er den Löffel in die Tasse und steht auf.

»Und? Kommst du mit?«

»Wohin?«

»Mann, ey! Hab ich doch gesagt …!«, regt er sich auf.

Niemand wiederholt sich gern, weil ihm keiner zuhört. Auch nicht kleine Jungs. Und am allerwenigsten der Quique. Seine

Miene, sein Schweigen und sogar sein Blick sind wie bei einem Erwachsenen. Als wär er notgedrungen vor der Zeit groß geworden.

Ich klopf ihm auf die Schulter und frag noch mal:

»Wo willst du hin, Champion?« Ich hab wirklich keine Ahnung. Wenn ers gesagt hat, während ich mich angezogen hab, hab ichs nicht mitgekriegt.

»Altpapier sammeln. Der Chelo leiht mir seinen Karren. Der geht heute nicht, weil er bei ner Aktion von den Arbeitslosen mitmacht, wegen dem Lehrerstreik und so …«, sagt er.

»Ich kann nicht. Hab zu tun«, lüg ich.

Enttäuscht sieht er mich an. Mit großen, runden Augen. Entweder er nimmt es persönlich, oder er braucht wirklich das bisschen Kleingeld, das sie ihm für zwanzig Kilo Papier geben. Garantiert beides.

»Hey! Ist doch nicht so schlimm! Nimms nicht so schwer, Mann, lohnt sich eh nicht, den ganzen Tag für einen Hungerlohn die Straßen abzuklappern …«

Der Quique ist wie abwesend. Er schnaubt, blickt in die Ferne. Ich steck die Hände in die Hosentaschen und in der rechten ist was. Ein paar Scheine. Ich zieh einen Fünfer raus und geb ihn ihm.

»Hier, kauf dir was … und mach was Schönes.«

Dem Quique bleibt der Mund offen stehen. Er zögert.

Dann sagt er »Danke, Gringo!« und rennt los.

»Gib deiner Schwester was ab, okay?«, ruf ich noch, bevor er hinter dem Streifenvorhang zur Straße verschwindet.

Langsam folge ich ihm. Draußen stützt sich die Großmutter auf den Besen und tratscht mit Ernestina.

»Guten Morgen, Mamina, wie geht es Ihnen?«, begrüße ich die Großmutter.

Ernestina schreit dem Quique was hinterher und bemerkt mich gar nicht. Aber der Bengel ist schon zu weit weg, um sie zu hören.

»Sehr gut, mein Junge«, antwortet die Großmutter mit ihrem Rosinenlächeln.

Ernestina wirft mir eine mehrdeutige Grimasse zu. Quiques Mutter scheint nicht mehr dieselbe zu sein. Sie ist gealtert, blass und sehr viel dünner. Die Titten sind ihr abhandengekommen, und, soweit ich das sehen kann, auch das Lächeln. Keine Spur mehr von der frechen Ernestina, die mehr als einem im Viertel den Kopf verdreht hat.

Sie zündet sich eine Kippe an. Und weil ich sie so dreist anseh, fragt sie:

»Schon gehört?«

»Was?«

Anstatt mir zu antworten, erzählt sies Mamina. Die zwei vertiefen sich in den Klatsch. Ich spitze die Ohren.

Die haben mitten in der Nacht Farías überfallen. Haben ihn fast umgebracht. Von der Notfallpraxis haben sie ihn im Krankenwagen ins Zentrum gefahren. Den Kopf haben die ihm eingeschlagen und ein paar Rippen gebrochen. Angeblich zwei junge Kerle. Junkies, waren wohl high. Hat die jemand gesehen? Anscheinend ja. Sind bestimmt welche von außerhalb. Richtig schlimm! Nicht mal mehr im Viertel ist man sicher. Rubén sagt, dass er sie umlegt, falls sie ihm über den Weg laufen. Und das Mädchen? War zum Glück nicht zu Hause.

Ich hör zu, ohne ein Wort zu sagen. Ich wüsste nicht mal, wie ich darauf reagieren soll: überrascht, empört, neugierig, gleichgültig …? Die Geschichte klingt so merkwürdig, sie kommt mir vor, als wärs jemand anders gewesen. Ehrlich.

Das mit Rubén sollte mir Sorgen machen, aber es gleitet komplett an mir ab. Rubén hat die Autoverwertung in der Senke. Soweit ich weiß, trägt er nie eine Waffe. Und gehört nicht unbedingt zu der Sorte Typen, bei denen du dir in die Hosen scheißt. Das Problem ist, dass er zu seinem Wort steht: Was er sagt, zieht er auch durch. Alles andere als ein Poser. Muss einen Grund geben, weshalb ihn sogar die Bullen respektieren. Außer bei den Deals, die sie selbst mit ihm am Laufen haben, nerven die ihn nie.

Wobei man nicht außer Acht lassen sollte, dass Rubén ziemlich dick mit dem Jetita ist. Und der ist ein bisschen gefährlicher. Über den Jetita läuft der gesamte Handel mit Koks und Marihuana im Viertel. Er ist der Boss der Gang. Wenn der Jetita mitmacht bei Rubéns Kreuzzug gegen die Typen, die den Dicken Farías überfallen haben, dann sind wir am Arsch. Da kommen wir nicht mehr raus.

Wie Rubén zum Dicken steht, hab ich keinen Schimmer. Vielleicht hat er sich angefreundet mit dem Gift, das der ihm jeden Abend serviert. Oder es ist ne Art Kampagne, um das Vertrauen von einem zu gewinnen, mit dem er Geschäfte machen will. Aber glaub ich eigentlich nicht, weil das ist ne viel zu verdrehte Strategie für den. Wenn ein Typ wie Rubén sich irgendwo reinhängt, gibts dafür nur zwei Erklärungen: Entweder er hat einen direkten Vorteil davon – oder er hat einfach Bock drauf. Das erste seh ich irgendwie nicht in diesem Fall, das zweite aber auch nicht. Ein paar Jungs wegmachen, weil sie ner Ratte wie dem Dicken Farías den Schädel eingeschlagen haben, dafür bringt, glaub ich, keiner richtig Begeisterung auf. Und Rubén erst recht nicht.

Natürlich ist da immer noch die Sache mit der Ehre und dem Kodex im Viertel, aber für mich geht das trotzdem nicht auf. Irgendwas stimmt hier nicht. Es stinkt. Nach toter Katze …

»Ich geh los, Mamina. Brauchen Sie was außer Geld?«, frag ich durchtrieben, während ich ihr ein paar Scheine vorn in die Schürzentasche schieb.

»Gib mir ein Küsschen, mein Gringo«, antwortet sie zuckersüß.

Geb ich ihr gern. Ich drück sie sogar ein bisschen, aber mir stößt der Tonfall auf, mit dem sie das sagt. Es ist komisch, aber so, wie sie *Gringo* gesagt hat, hat es sich angehört, als würde sie mit jemand anders reden. So klang es jedenfalls für mich.

Gringo ist nicht mein richtiger Name, aber es ist, als wär ers. Ich hab keinen andern. Mamina hat mich als Kind so gerufen. Weil ich so blond war, sagt sie. Das bin ich nicht mehr. Aber so kennt man mich und so nennen mich alle. Da gibts nichts zu überlegen. Ich bin der Gringo, auch wenn das nicht mein Name ist.

Mamina ist auch nicht meine richtige Großmutter, aber es ist, als wär sies. Ich hab keine andere. Sie hat meine Mutter aufgezogen. Und als Mama abgetreten ist, hat sie mich aufgezogen. Aber sie ist nicht die Mutter von meiner Mutter. Und auch da gibts nichts zu überlegen. Für mich ist sie mehr als meine Großmutter. Es ist, als wär sie meine Mutter, auch wenn sie das nicht wirklich ist und noch dazu so alt wie Methusalem.

Mamina hat auch zwei eigene Söhne. Der ältere sitzt seit fast zwanzig Jahren im Knast. Der jüngere seit fünfzehn in der Wüste. Arbeitet in Patagonien in ner Zementfabrik. Silvio heißt er, glaub ich. Ich habe ihn noch nie im Leben gesehen, höchstens mal als Kind, und daran kann ich mich nicht erinnern.

Ist schon komisch, aber wegen diesem Typ ohne Gesicht bin ich nicht in einem Straßengraben gelandet. Ich und ein paar andere Loser, die bei Mamina aufgeschlagen sind. Als sie mich aufgenommen hat, war sie schon zu alt, um putzen zu gehen. Und dieser Typ, Silvio, schickt ihr jeden Monat ein bisschen Geld, seit er in den Süden gegangen ist. Nur grade genug zum Überleben. Und Mamina hat überlebt. Sie und die zwei oder drei Rumtreiber, die sie immer bei sich hatte, und die in den letzten Jahren nach und nach weggegangen sind. Jetzt bin nur noch ich da, und sie weiß, dass auch ich jeden Moment einen Abgang mach. Aber ich lass es langsam angehen, weils mir leidtut, sie allein zu lassen.

»Und das?«, fragt Mamina, ohne die Hand aus der Schürzentasche zu nehmen.

»Nichts, ich hab ein paar Gelegenheitsjobs gemacht.«

»Aha, sehr gut, mein Junge«, unterbricht sie mich schroff. Sie kauft es mir nicht ab und sie mags nicht, wenn ich sie anlüg. Ich lüg sie auch nicht gern an, aber mir bleibt nichts anderes übrig.

Mamina macht eine Handbewegung, dass ich gehen soll. Und ich verschwinde.

die brennende Tasche

Ich bezahl meine Fahrkarte wie ein König und steig in den Zug. Mit Geld ist alles leichter. Und angenehmer. Der Himmel ist blauer, die Hitze ist erträglich, und sogar die Fahrgäste, die mit im Wagen sitzen, scheinen nette Leute zu sein. Das Problem ist, dass ich die Angst nicht abschütteln kann, die wie Fusseln an mir klebt. Außerdem hab ich nicht die geringste Ahnung, wo ich hinwill und was ich machen will. Seit Jahren warte ich auf ein paar Kröten für dies und das, und jetzt, wo ich welche hab, weiß ich nicht, was ich will. *Ich weiß nicht, was ich will, aber ich will es jetzt,* sag ich mir. Hat schon der Glatzkopf Luca Prodan in *Lo quiero ya* gesungen. Der hatte das klar.

Unauffällig zähl ich die Scheine, um keine mörderischen Blicke auf mich zu ziehen, aber es gibt echt keinen Grund zur Aufregung. Ist nicht viel. Reicht grade mal, um mir ein paar Monate lang die Laster zu finanzieren oder es in ein, zwei Tagen zu verschleudern. Ich entscheide mich für Letzteres und denk nicht weiter drüber nach.

Ich steig an der Endstation der Linie Belgrano im Stadtteil Barracas aus und geh auf der Avenida Entre Ríos Richtung Zentrum. Ist ein ganz schönes Stück, aber bei dem Chaos in der Stadt die beste Option. Überall gibts Demos. Rentner, Lehrer, Arbeitslose, Piqueteros, Staatsbedienstete: Alle sind auf der Straße. Randale und Sirenen.

Auf der Plaza Congreso ist trotzdem keine Menschenseele, Callao, Corrientes und die Avenida de Mayo sind von der Polizei abgeriegelt. Auf der Höhe Talcahuano komm ich an ein paar Idioten vorbei, die mit Fahnen, Schildern, Trillerpfeifen und Ratschen unter einem Riesenbanner des argentinischen Studentenverbands demonstrieren. Frenetisch wiederholen sie die Sprüche, die ein dünner Typ mit Brille ganz vorn in ein Megafon schreit. Es sind nur eine Handvoll Nasen, aber die tragen so dick auf, als würden sie einen Zug anführen, der bis nach Liniers reicht. Und das Lustige ist, dass sie direkt auf einen Bullenkordon zulaufen, der nicht mal zweihundert Meter weiter auf sie wartet.

Ich guck mir das Spektakel ne Weile verblüfft an. Vor allem eine supersexy Frau mit Rastamütze. Die kann sich echt bewegen. Und dann, einen halben Block vor der Polizeisperre, ist Schluss mit dem Tanz. Alle setzen sich zur Beratung mitten auf die Straße. Blasen sich ganz schön auf.

Ich geh weiter und bieg in Lavalle ein. Latsch in das erste Kino, das aufhat, und zahl – ohne zu fragen – den Eintritt. Krieg ziemlich viel Wechselgeld zurück.

»Die erste Vorstellung ist zum halben Preis«, sagt die Kartenverkäuferin, als sie meine Überraschung bemerkt.

Drinnen entdeck ich nur drei Leute im Halbdunkel. Sie zeigen einen Amistreifen. Action und Geballer. Kaum gehts los, bin ich schon gelangweilt, aber ich bleib bis zum Schluss. Und er geht genau so aus, wie ich erwartet hab: Gut. Ein Scheiß.

Ich geh raus, steck mir eine Kippe an und dreh ein paar Runden. Ich hab Hunger. Geh in eine Pizzeria. Bestell die teuerste. Mit allem: Pilze, Schinken, Artischocken, Paprika …

»Doppelt Teig, Meister«, sag ich dem Kellner und zeig mit Daumen und Zeigefinger die Höhe an, »und ein Bier.« Auch da such ich das teuerste auf der ganzen Karte aus. Ein importiertes. Schwarz wie Coca-Cola. Und voll lecker.

Ich ess mich richtig satt. Fast krieg ich die Pizza nicht auf, aber ich geb alles. Beim Bezahlen wiederholt sich die Szene aus dem Kino.

»Unsere Spezialpizza plus ein Bier ist heute unser Tagesangebot«, erklärt mir der Kellner.

Ich zahl und verschwinde. Latsche ziellos umher. Und komm, ohne es vorgehabt zu haben, ins Viertel Once. Hier war ich seit Jahren nicht mehr. Die Geschäfte der Juden sind noch da, aber die Juden nicht. Jetzt sinds alles Koreaner. Ich seh eine einzige orthodoxe Familie Hand in Hand auf der Straße. Alle im Sonntagsstaat. Die Mutter und zwei Mädchen im langen Rock. Der Vater in Schwarz mit einem breitkrempigen Hut und zwei langen Schläfenlocken. Und ein kleiner Junge in kurzen Hosen mit einem winzigen Hütchen auf dem Schädel, der mit so Nadeln festgesteckt ist, wie die Großmutter Mamina sie für die Haare nimmt.

Auf dem Gehweg gegenüber streiten sich zwei Peruaner wegen einer Nutte. Eine ziemlich hübsche Mollige, die sie kaum beachtet. Genau wie die jüdische Familie, die einfach weitergeht. Der Streit gewinnt an Dezibel und irgendwann prügeln sie sich. Der Kleinere bricht dem andern mit einem Kopfstoß die Nase. Und weils schon einen klaren Gewinner gibt, hat sich die Vorstellung für mich erledigt. Ein paar Schaulustige bleiben trotzdem stehen. Wollen wissen, wie es ausgeht. Ich geh weiter.

Ich komm an einem Schuhgeschäft vorbei und entdeck im Schaufenster die Sneaker, die ich mir schon seit ner Weile kaufen will. Ich geh rein. Es sind die teuersten im ganzen Laden. Ich freu mich, als ich das merk. Ist voll bescheuert, aber ich finds lustig. Ich probier sie an, und im Spiegel find ich sie viel zu protzig. Damit komm ich nicht mal bis zur nächsten Straßenecke. Bei der Misere, die wir haben, sind die praktisch ne Einladung, mich auszurauben. Ich nehm lieber welche, die schlichter aussehn. Such mir ein paar coole aus, die nicht so auffallen. Ich zahl, und es ist wieder dasselbe. Sind im Angebot. Ich zieh sie gleich an. Die alten lasse ich der Verkäuferin da. Sind eh nicht mehr zu gebrauchen. Der Stoff ist überall eingerissen und die Sohle hat Löcher.

Dann geh ich Richtung Hafen. Der Nachmittag vergeht und die Angst bleibt. Die Kohle brennt mir ein Loch in die Tasche, aber in dem Tempo, mit all den Sonderangeboten und Verkaufsaktionen zum halben Preis, krieg ich die nie ausgegeben. Besser so, sag ich mir, aber überzeugt bin ich nicht.

Ich komm an einer Buchhandlung vorbei und stöbere ein bisschen. Bin anscheinend zu allem bereit. Zwischen den alten, verstaubten Büchern sticht mir eins ins Auge. Es ist dick, und auf dem Cover ist ein weißer Wal, der ein Boot voller Seeleute in der Mitte durchbeißt. Es heißt *Moby Dick*. Ich mag das Bild, keine Ahnung, warum. Ich dreh das Buch in den Händen und erinner mich an eine Zeichentrickserie mit einem fliegenden weißen Wal. Voll der Blödsinn, aber ich fands gut. Als Kind hab ich die in dem Farbfernseher geguckt, den uns irgendwann mal Cousin Toni vorbeigebracht hatte. Garantiert geklaut.

Dieser Wal sieht genauso aus wie der andere. Hat die gleiche Form, die gleichen Augen, nur wirkt er wilder, realer. Der hier ist echt.

Geistesabwesend denk ich an Cousin Toni. Der war mein Held, als ich klein war. Toni hat geraucht, ist mit Mädchen ausgegangen und hat mir oft ein paar Münzen geschenkt. Er war zehn Jahre älter als ich. Und genauso lange hab ich ihn nicht mehr gesehen. Ist damals verschwunden. Hatte Ärger. Angeblich hat die Policía Federal einen Haftbefehl gegen ihn gehabt.

»Ich nehm das hier«, sag ich zu dem Alten, der hinter einem Bücherstapel döst.

Ich halt es ihm hin und er reckt sich und nimmt es mir ab.

»Das ist richtig gut! Ein Klassiker!«, sagt er. »Macht vier Pesos.«

Keine Ahnung, was diese Kacke soll. Ich hab im ganzen Leben noch kein Buch gelesen, und jetzt kauf ich mir eins. Obendrein ist es auch noch spottbillig, wo ich doch eigentlich nur die Kohle loswerden will …

Liebe und Frieden

Mit dem Buch unterm Arm latsche ich Richtung Bajo, die Hände hab ich in den Hosentaschen. In der rechten halt ich den Joint von Yanina. Ich wollte ihn noch nicht rauchen, weil ich irgendwie schlecht drauf war. Und das Kiffen trifft mich immer auf der Seite, von der ich komm. Wenn ich depri bin, wirds schlimmer. Wenn alles gut ist, super. Wenn irgendwas nicht stimmt, dreh ich komplett durch.

Jetzt hätt ich Bock, ihn zu rauchen. Der Wal hat meine Laune gebessert. Nicht der aus dem Buch, der aus dem Fernsehen. Er war riesig und ist wie durch Zauberhand geschrumpft, bis er nur noch so groß war wie eine Kaulquappe und in einem Glas schwamm. Er hieß Josefina. Ich kann mich sogar an das Lied erinnern. Wenn der Wal wuchs, flog er mit einem Jungen herum. Richtig weit weg, überallhin. Es war genial. Keine Ahnung, warum ich immer noch an Toni denk. Ich glaub, er ist wie dieser Junge für mich. Als er irgendwann weg war, hab ich mir vielleicht vorgestellt, dass er auf dem Rücken von dem Wal weggeflogen ist.

Als ich die Avenida 9 de Julio überquer, werd ich angehupt. Ich bin komplett woanders. Und dabei hab ich den Joint noch nicht mal angezündet. Auf der Suche nach einem ruhigen Plätzchen zum Kiffen geh ich einmal diagonal durch den Parque Lezama. Ist nicht viel los. Unter den Bäumen sitzen ein paar Pärchen und ein Stück weiter ist ein kleines Fußball-Match im Gange. Auf den Stufen in der Nähe vom Springbrunnen haben ein paar Leute Decken ausgebreitet und verkaufen Kunsthandwerk. Ich komm näher und erstarre. Fang richtig an zu zittern. Kanns nicht glauben. Ich reib mir die Augen, und es gibt keinen Zweifel. Er hat jetzt lange

Haare und ein Bärtchen, aber er ist es. Verbiegt einen Draht mit einer Zange, während er mit einem anderen Langhaarigen redet. Sieht mich nicht. Ich zünd mir eine Kippe an und warte ein paar Minuten, um mich zu beruhigen. Das kann kein Zufall sein. Es ist zu viel.

Ich nehm meinen Mut zusammen und geh hin. Bleib vor seiner Decke stehen, als würd ich was kaufen wollen. Er sieht nicht hoch. Bastelt weiter. Ich tret gegen die Purpfeife, die mir am nächsten liegt. Sie rollt über die Sachen auf ihn zu und da reagiert er.

»Was soll das, du Lappen?«, ruft er. Herausfordernd starrt er mich an.

Es dauert ein paar Sekunden, bis er mich erkennt und aufspringt.

»Gringuito, Mann, ey, meine Scheiße!«, schreit er mir ins Ohr und hebt mich in einer Umarmung hoch.

»Toni ... Scheiße, Alter, echt, verdammt ...« Mehr bring ich nicht raus, hab voll den Kloß im Hals.

Ich fang jeden Moment an zu flennen und will nicht, dass er mich schwächeln sieht. Wir küssen und umarmen uns, bis die Gefühle vergehen.

»Ich dachte, die hätten dich abgeknallt ...«, sag ich und drück seinen Arm. Ich kanns immer noch nicht glauben.

»Ach, Quatsch, Mann.«

»Ein paar Jahre danach hat ein Typ mal gesagt, du wärst nach Brasilien abgehauen.«

»Da war ich auch«, antwortet er mit durchtriebenem Blick. »*Mas agora eu fico aqui, maluco.*«

»Hä?« Ich kapier kein Wort.

Der Toni lacht aus vollem Hals. Ich auch.

»Dass ich jetzt zurück bin, Mann!«

»Klar, so zurück, dass ein dreckiger Hippie aus dir geworden ist«, verarsch ich ihn.

»Was willst du? … Die Straße ist echt hart, Mann.« Er lacht, aber wird wieder ernst. »Voll der Dschungel, ehrlich. Und ich hab keinen Bock mehr, immer Angst zu haben. Irgendwann willst du nur noch die Tür zuschlagen und abhauen, aber du kommst da nicht raus. Und wenn du zum Teufel gehst, einmal drin, immer drin. Und weißt du warum?«

Er macht eine Pause, als wärs ein Rätsel. Ich geb ihm die Frage mit einem Blick zurück.

»Weil der Dschungel in dir drin ist, Mann. Es gibt kein Draußen, das irgendwie zählen würde.«

»Wow, Alter …! Alles gut bei dir?«, unterbrech ich das unbehagliche Schweigen, das sich zwischen uns aufgetan hat. »Bist du zu den Zeugen Jehovas gegangen, oder was?«

Der Toni bepisst sich vor Lachen.

»Liebe und Frieden, Bruder«, sag ich, heb die Finger in einem V, und er lacht nur noch lauter.

Als er sich wieder einkriegt, klopft er mir auf den Rücken, umarmt mich wieder und kneift mich in die Wange.

»Der Gringuito, verdammt! Bist ganz schön gewachsen …«

Und es stimmt. Als Kind kam er mir so groß vor, und jetzt überrag ich ihn um einen halben Kopf.

»Aber erzähl, was machst du so, Mann? Gehst du auch auf die Demo?«, fragt er.

»Nee, lass ma …«

»Nicht gut, Genosse«, sagt er mit gereckter Faust. Jetzt verarscht er mich.

Aber in Wahrheit haben wir uns nur wegen der Demo hier getroffen. Die Gewerkschaft der Kunsthandwerker ruft auch dazu auf. Und obwohl sie keine Mitglieder sind, sind sie zur Unterstützung gekommen, erklärt mir Toni und stellt mich seinen Kumpels vor. Der Piti, ein magerer Typ mit Junkiegesicht und Narben, und Laurita, eine Tussi mit großen Titten und grünen Haaren.

Eigentlich kommen sie sonst nicht ins Zentrum. Die Bullen nerven wegen der Genehmigung für den Straßenverkauf, und die lohnt sich nicht bei dem bisschen, was man einnimmt. Reicht nicht mal, um die Schmiergelder zu zahlen. Sie sind lieber im Tigre-Delta, erklärt er, weil da die meiste Zeit des Jahres ausländische Touristen hinkommen. Touristen, die flüssig sind und Kohle raushauen, ohne auf Kleinigkeiten zu achten, solange alles autochthon genug aussieht. Auch wenn die Halsketten aus chinesischen Perlen sind, und das Metall für den Draht, mit dem sie arbeiten, aus afrikanischen Minen stammt.

»Aber jetzt erzähl endlich, verdammt, was machst du so? Wie gehts Mamina? Und wie läufts im Viertel?« Er löchert mich mit Fragen.

Alles ist wie immer. Was soll ich sagen … Ich geb mir Mühe, versuch, meine Worte ein bisschen auszuschmücken, aber keine Chance. Und wie auch. Es gibt einfach nichts Aufregendes zu erzählen. Als er trotzdem immer wieder nach Mamina fragt, sag ich:

»Sie ist ganz schön alt geworden … Warum besuchst du sie nicht mal. Die freut sich bestimmt.«

»Das geht nicht, Gringo. Ich hab noch ein paar ungeklärte Angelegenheiten im Viertel. Besser, ich lass mich da nicht blicken.« Er wird wieder ernst. »Gib ihr einen dicken Kuss von mir und sag ihr, dass ich oft an sie denk.«

Wieder legt sich ein unbehagliches Schweigen über uns. Die Luft ist so dick, dass man sie kämmen könnte. Und Witze machen geht irgendwie nicht mehr.

»Warte kurz, bin gleich wieder da«, sag ich.

Ich werf das Buch, das ich noch unterm Arm hab, auf die Decke, und renn los. Nach einer Weile komm ich mit fünf Flaschen Bier zurück. In jeder Hand zwei und eine unter dem Arm. Die Gang feiert mich mit einem Applaus. Feuerzeuge, Zähne und eine Zange: In Nullkommanix sind die Biere offen und machen die Runde.

»Eine Tüte auf dich, dreckiger Hippie!«, ruf ich Toni zu und zünde endlich Yaninas Joint an.

Das Warten hat sich gelohnt. Durch den Rauch seh ich ihn lächeln. Ich nehm zwei Züge und geb ihn ihm. Er macht das Gleiche, und während er den Atem anhält, zeigt er auf das Buch. Lacht, hustet, verschluckt sich …

»Bist voll der Intellektuelle geworden, Gringo«, verarscht er mich.

»Klar, Mann«, sag ich und guck ihn voll eingebildet an.

»Guck mal, er liest das, was du so gut findest, Piti«, sagt er zu dem andern und zeigt auf mein Buch.

»Ah, der Wal! Pass bloß auf, Mann …«, sagt der Piti und lacht in sich hinein.

Ich geb zu, dass ich noch gar nicht angefangen hab und keinen Schimmer hab, wovon er redet. Aber ich krieg nicht mehr aus ihm raus als diese Warnung. Tut voll geheimnisvoll, der Typ.

»Wirst du schon sehn …«, sagt er.

Wir trinken, reißen Witze und unterhalten uns richtig nett. Ohne Masken. Ich fühl mich gut bei diesen Leuten. Toni erzählt tausend Geschichten von seinen Reisen und von seiner Zeit auf der Straße. Manche klingen ein bisschen absurd, aber ich glaub sie trotzdem. Dann fängt er mit ein paar bitteren Erinnerungen ans Viertel an. Und das macht er, weil er merkt, dass es mir genauso geht, dass ich mich in ihn reinversetzen kann und ihn perfekt versteh. Auch wenn er nur Andeutungen von sich gibt.

Inzwischen ist es stockdunkel. Im Park ist keiner mehr, und die Kunsthandwerker fangen an, zusammenzupacken. Ich hab den Toni unauffällig nach dem Job gefragt und versucht, so viel Infos wie möglich aus ihm rauszukriegen. Es gibt Höhen und Tiefen, aber man hat fast das ganze Jahr regelmäßige Einnahmen. Nicht viel, man kommt gerade so über die Runden. Der Trick ist, dass man herumziehen muss. Man darf nie länger als zwei oder drei

Monate am selben Ort bleiben. Er und seine Kumpel pendeln zwischen dem Tigre-Delta und ein paar kurzen Trips an die Atlantikküste oder in die Sierras de Córdoba, und wenns zu heiß wird, gehen sie in den Süden. 7-Seen-Route in Patagonien.

»Und ist die Arbeit schwierig?«, frag ich schon direkter.

»Nee, gar nicht. Mit ein bisschen Geduld und einem, der dir ein paar Tricks zeigt, geht das schon. Den Rest lernst du ganz allein. Das kriegt man hin mit der Zeit.«

»Und was braucht man so für den Anfang?« Ich stell die Frage ohne Umschweife. Er sieht es eh schon kommen.

»Sag nicht, dass du einsteigen willst.«

»Ich denk drüber nach«, sag ich. Und das ist die Wahrheit.

»Hey, kommt drauf an, was du machen willst …«

»Was weiß ich? Ketten, Ohrringe, Perlen … das, was du machst.«

Der Toni ist so begeistert, er kann gar nicht aufhören zu reden. Damit das Geschäft was abwirft, sagt er, muss man kombinieren. Je nach Jahreszeit mit was anderem durchstarten. Um Weihnachten und in den Sierras setzt du auf Schmuck. Im Sommer konzentrierst du dich auf den ganzen Krempel aus Garn, Haarbänder, Hair-Wraps, die Mädels mögen das, und es bringt was ein. Am Strand gehn auch Henna-Tattoos ganz gut. Im Süden und wenn Schule ist, kommt man mit allem möglichen Schnickschnack aus Kunstharz über die Runden, da greifen die Kids immer zu.

Irgendwann schnallt er, dass ich auf was Konkreteres warte. Er fängt an, sein Zeug von der Decke einzusammeln, und redet jetzt vor allem über Schmuck. Über Silber, Neusilber und Zinn; Platten und Draht; Längenmeter und Millimeterbruchteile im Durchmesser. Kommt dann zu Halbedelsteinen, Strass, Perlen, Acryl und Glas. Ich kann ihm nicht folgen und werde ungeduldig.

»Wie viel?«

Er rechnet und wirft mit Zahlen um sich.

»In etwa, Toni«, dräng ich ihn.

Er nennt mir eine Zahl, und ich rechne im Kopf aus, wie viel ich noch in der Tasche hab, wenn ich abziehe, was schon weg ist. Es reicht dicke.

»Dann ist da noch das Werkzeug. Für den Anfang brauchst du mindestens zwei Rundzangen in unterschiedlichen Größen, einen Seitenschneider und einen Kugelhammer. Aber die kann ich dir auch erst mal leihen.«

»Tonito, Alter, das würdest du echt machen?« Nach allem, was er erzählt hat, bin ich Feuer und Flamme.

Wir schweigen ein paar Minuten, und als er alles eingepackt hat, sagt er:

»Melde dich, wenn du dich entschieden hast. Ich arbeite mit einer Frau zusammen, die mir einen guten Preis macht und mir das Material vorfinanziert.«

»Und wo kann ich dich finden?«

»Bis nächsten Monat sind wir auf einer Insel im Delta.« Er nimmt einen Zettel und einen Kuli aus dem Rucksack, in dem er seine Sachen verstaut hat, und schreibt mir die Adresse auf. »Da kommt man leicht hin. Ist nicht zu verfehlen«, sagt er und sieht mich lächelnd an. »Danach wirds etwas komplizierter, mich zu finden, aber ich geb dir die Telefonnummer von der Frau; Cristina heißt sie; die findet uns immer.«

Ich leg den Zettel ins Buch und verabschiede mich. Toni sagt nichts mehr. Er umarmt mich fest und geht mit seinen Leuten. Nach ein paar Metern dreht er sich um und zwinkert mir zu. Ich bleib allein im Park und lass mir alles durch den Kopf gehn.

die Rückfahrt

Mein Zug geht in einer Viertelstunde. Es ist der letzte, der ins Viertel fährt. Stell ich auf der rostigen Anzeigetafel im Bahnhof fest. Ein Schaffner hat gerade den Griff betätigt, der die drei Rollen mit beringten Blechen bewegt. Fahrtziele, Abfahrtszeiten und Bahnsteige. Nach meinem Zug, der die südliche Strecke nimmt, gibt es noch einen anderen, der zwanzig Minuten später nach Südwesten fährt. Darunter steht nichts mehr.

Wäre ich nur ein bisschen länger im Parque Lezama geblieben, müsste ich jetzt hier übernachten. Und das ist echt nicht einladend. Es gibt keinen einzigen heilen Sitz, auf dem man sich hinlegen könnte. Neben dem Ticketschalter baut sich ein stinkender Penner mit ein paar Kartons ein Bett. Weiter hinten schreit sich ein Krüppel, der mit einem Schild bettelt, die Seele aus dem Leib. Er säuft Wein aus einem Tetra Pak und kämpft brüllend mit den Gespenstern, die ihm den Blick vernebeln. Um das Chaos komplett zu machen, lässt ein dunkler Typ mit Pockennarben den Metallrollladen vom Kiosk mit Fußtritten runter.

Noch dazu hängen ein paar Kids auf den Bahnsteigen ab und schnüffeln Klebstoff aus Brausedosen. Mit denen in der Nähe hat man nicht gerade süße Träume. Im Gegenteil. Wenn die zugedröhnt sind, würden die einen friedlichen Schläfer sogar anzünden. Einfach so zum Spaß. Kommt mir so vor, als würde ich einen von denen aus dem Viertel kennen. Ich könnte schwören, dass er zu Quiques Gang gehört, aber ich bin mir nicht sicher. Diese Blagen sehen alle gleich aus. Mit Mutter oder ohne, es sind Söhne der Straße. Wie der Chueco. Oder wie ich, ohne weiter ausholen zu müssen. Aber wir sind schon groß und die haben uns durchschaut. Die nennen uns nicht Söhne der Straße, sondern Hurensöhne.

Ich geh um ein paar Arbeiter herum, die geistesabwesend die Zeit totschlagen, und entdeck seitlich auf einem Bahnsteig einen Imbiss, der noch aufhat. Latsch direkt rein und setz mich an den Tresen. Der Typ räumt schon auf. Hat grade die Kaffeemaschine sauber gemacht und fängt jetzt mit dem Grill an. Er spießt ein trockenes Rippenstück auf und legt es auf einen Teller, und als er das auch mit einem letzten verirrten Würstchen machen will, sag ich:

»Ich würd das nehmen, bevor Sies wegwerfen, Chef.«

Der Typ dreht sich um, verzieht den Mund und sieht mich finster an. Er findet das absolut nicht komisch. Schnell verbesser ich mich, um einen Streit zu vermeiden.

»Ein Choripán, bitte, Meister, und ein Glas Wein.«

»Wenn du glaubst, ich mach dir das warm, hast du dich geschnitten, Junge«, antwortet er und rührt mit einem Eisen in der Asche. Da ist keine Glut mehr.

»Schon okay, ich nehms so …«, sag ich.

Während ers serviert, sortier ich mein Geld. Ein paar Münzen leg ich zum Bezahlen raus. Die Summe, die Toni genannt hat, und der Zettel mit der Adresse kommen ins Buch. Der Rest landet in der Hosentasche. Der Wein ist schlimmer als der vom Dicken Farías, und das Brot ist von gestern. Bei dem Rattengift ist nichts zu machen, aber das Brot tränk ich in Chimichurri. Damit es weich wird. Jetzt kann mans essen. Beim zweiten Bissen wird per Lautsprecher mein Zug angekündigt. Ich kipp den Wein runter, zahl und kau im Gehen.

Der Zug fährt schon, als ich den Fuß auf das Trittbrett setze. Ich geh nach vorn weiter, keine Ahnung, warum. Platz gibts genug. Nur ein, zwei Passagiere pro Wagen, die es sich auf den Sitzen gemütlich machen, weil sie auf der Fahrt schlafen wollen. Im dritten

Wagen seh ich sie von hinten am Fenster sitzen. Ich erkenn sie sofort. Ohne drüber nachzudenken, lass ich mich neben sie fallen.

»Yani! Wie gehts dir?«

»Gut, und dir?«, antwortet sie überrascht. Sie lügt, sie sieht nicht gut aus. Wie auch.

»Wie gehts deinem Alten?«, platze ich raus. Ich bin ein Idiot. Aber ich will wirklich wissen, wies dem Dicken geht.

»Ah … du hast es mitgekriegt. Aber es geht ihm ganz gut. Ich komm grad aus dem Krankenhaus. Sie haben ihn geröntgt und ein CT vom Kopf gemacht, und zum Glück hat er nichts. Sie haben ihn mit fünf Stichen genäht, und er hat einen Verband gekriegt. Eine Rippe ist gebrochen, aber halb so wild. Morgen wird er entlassen.«

»Perfekt. Holst du ihn ab?«

»Nein. Der Jetita holt ihn mit dem Auto«, sagt sie.

»Der Jetita?«, rutscht es mir raus.

»Ja. Verrückt, oder?«, antwortet sie und sieht mich prüfend an. »Der ist richtig dick mit meinem Pa, hat ihn heute sogar im Krankenhaus besucht …«

Ich schlucke und schlag eine andere Richtung ein.

»Und wie gehts dir?«

»Gut …«

»Und warum guckst du dann so? Hast du dir Sorgen gemacht?«

»Nee, gar nicht. Ich wusste, dass alles in Ordnung ist. Du kennst meinen Pa, oder? Als ich nach Hause gekommen bin, war er schon dabei, sich das Blut vom Kopf abzuwischen. Die Wunde wollte er mit Sekundenkleber zukleben. Wollte nicht mal zum Arzt. Ich musste ihn überreden, in die Notfallpraxis zu gehen.«

»Und was ist dann?«, frag ich.

Sie schnalzt mit der Zunge, schnaubt, guckt aus dem Fenster. Entweder sie ist sauer oder sie hat Angst, eins von beidem. Aber egal was es ist, sie sieht super aus. Ihr Mund zieht sich zusammen wie eine lila Blume. Sie senkt die Lider und die Enden der Augenbrauen biegen sich nach oben. Sieht aus wie eine rollige Katze. Fehlen nur die spitzen Öhrchen. Sie streicht sich mit beiden Händen die langen, schwarzen Haare zurück und sieht mich von der Seite an.

»Ich erzähls dir, Gringo, aber sags keinem weiter, okay?« Sie sieht mir direkt in die Augen.

Ich versuch, ihren Blick zu entziffern, aber er ist undurchdringlich. Ich nicke und warte, dass sie redet.

»Ich mach mir Sorgen, was mein Pa mit diesem Typ zu schaffen hat. Ich weiß nicht, was der Deal zwischen denen ist, aber es gefällt mir nicht. Außerdem schleicht der Jetita die ganze Zeit um mich rum, ist voll zudringlich, betatscht mich, und Papa sagt kein Wort …«

Weil dein Papi ein erstklassiges Arschloch ist, denk ich, und je mehr ich drüber nachdenk, desto wütender werd ich. Die ganze Zeit hat der Dicke Farías sein Töchterchen zwanghaft behütet, und jetzt serviert er sie diesem Scheißarschloch auf dem Silbertablett. Entweder er tauscht sie gegen irgendwas ein – und das muss echt ein Riesending sein, sonst lässt sich das nicht erklären – oder der Jetita hat ihn so fest an den Eiern, dass ihm nichts anderes übrig bleibt, als wegzusehen. Und ganz egal was der Grund ist, es ist nichts anderes, als seine eigene Tochter zu verkaufen. Er ist ein dickes Arschloch. Ich hätte den Chueco einfach machen lassen sollen, als er ihn fast ins nächste Viertel getreten hat.

»Keine Sorge, Yani«, sag ich und schluck die Wut runter. »Du kannst auf mich zählen, egal was …«

Sie sieht mich ungläubig an. Ich rede weiter.

»Der Jetita ist total drüber mit dieser Gangsterscheiße, den muss sich mal einer vorknöpfen, und dann ist Schluss.«

»Und du willst das machen?«, fragt sie mit hochgezogenen Augenbrauen und grinst.

»Denkst du, ich kneif?«, sag ich, als würde ich einen Witz machen, aber es ist bitterernst.

Yani sieht mich mit Augenaufschlag an und versucht, das Thema zu wechseln. Ein paar Haltestellen lang schafft sie es auch, aber dann schweigen wir. Jeder in den eigenen Gedanken versunken.

Ein Schaffner geht vorbei und schließt die Rollläden. Gibt Yanina ein Handzeichen, dass sie ihren auch runterlassen soll. Er spart sich die Erklärung, die wir eh auswendig wissen, und geht weiter. Wir kommen näher. Fahren gleich durch das Gebiet der fliegenden Steine. Steine, die den Unvorsichtigen im Sommer, wenn sie mit offenem Fenster fahren, den Schädel spalten, oder ihnen im Winter das Gesicht mit Glassplittern spicken. Ich habs schon ein paarmal gesehen. Aber heute Nacht ist alles ruhig. Kein Aufprall zu hören.

Yani versucht, das Gespräch wieder aufzunehmen. Sie fragt mich, was ich so mach. Ich lüg ein bisschen, dann erzähl ich ihr meinen Tag, wie er war. Sie fragt mich nach dem Buch, und ich lüg wieder. Mach mich interessant. Sie erinnert sich an die Bücher, die sie letztes Jahr in der Schule lesen musste, und erzählt mir davon. *Das Schlachthaus*, das eklig war, und *Amalia*, das sie mochte. Sie ist gut in der Schule. Dieses Jahr macht sie das Gymnasium zu Ende.

»Und willst du studieren?«, frag ich sie.

»Weiß nicht. Und du?«

»Was soll mit mir sein?«, frag ich sauer.

Sie verstummt erschrocken, und es tut mir sofort leid. Ich tu so, als wär ich zurückgeblieben und bitte sie, die Frage zu wiederholen, und sie lacht. Alles wieder gut.

»Hey, ich wollte nur wissen, ob du die Oberstufe nachmachen willst. In der Abendschule gibt es einen Kurs für Erwachsene. Du bist doch über achtzehn, oder? Du kannst den Abschluss in drei Jahren machen«, erklärt sie mir.

»Ich weiß nicht. Wenn ich einen coolen Job für vormittags finde, mach ich vielleicht weiter.«

Wir kommen an. Der Bahnhof im Viertel ist dunkel. Ich sag was Unheimliches, um sie zum Lachen zu bringen. Und ich schaff es. Ich mag die Grübchen, die sie dann kriegt. Sie ist echt heiß. Und ihr Lachen macht mich an. Ich stell mir vor, wie sie nackt lacht. Für mich, im Bett.

Wir bleiben noch ein paar Minuten stehen, bis der Zug abfährt. Wir werden uns verabschieden. Ich muss über die Gleise, sie nach unten. Ich wiederhol jetzt ernsthaft, dass sie auf mich zählen kann, wenn sie Probleme mit dem Jetita kriegt. Sie bedankt sich. Gibt mir einen Kuss auf die Wange, als wären wir schon ewig befreundet, und geht.

Investitionen

Der Quique ist den ganzen Morgen noch nicht aufgetaucht. Komisch, wo heute Samstag ist. Und Mamina redet kein Wort mit mir. Wir haben schweigend einen Eintopf gegessen, in dem ein paar Nudeln, ein paar Kohlblätter und vereinzelte Fleischstückchen schwammen. Wahrscheinlich hat sie dafür den größten Teil des Geldes ausgegeben, das ich ihr gestern gegeben hab. Aber ich hab mich nicht getraut zu fragen. Hab einfach nur gegessen. Wenn Mamina schweigt, dann weil sie nichts Gutes zu sagen hat. Und da sie kein Blatt vor den Mund nimmt, provoziert man sie besser nicht. Jetzt macht sie Siesta.

Ich lese hinten im kleinen Hof das Buch vom Wal. Heute Morgen bin ich nicht rausgegangen. Keine Lust. Und jetzt auch nicht. Aber ich hab auch keinen Bock mehr, in der Hütte auf und ab zu tigern wie ein Tier im Käfig. Einem kleinen Käfig. Ich hab Mate getrunken und mir das Stock-Car-Rennen der Turismo Carretera im Radio von der Alten angehört, bis mir langweilig wurde.

Jetzt versuch ich, mich mit dem Buch abzulenken, aber ich bin immer noch nervös. Ungeduldig. Ismael, der Typ, der die Geschichte erzählt, ist Koch, und jedes Mal, wenn er am Rad dreht und sich am liebsten ne Kugel durch den Kopf jagen würde, heuert er auf einem Schiff an und haut ab. Er sagt zwar, dass ihm egal ist, wohin, aber diesmal scheint er das ziemlich klar zu haben, weil er in einer extremst komischen Pension übernachtet und anderthalb Tage auf ein Schiff wartet, das ihn auf die Insel bringt, wo die Walfänger in See stechen.

Er redet voll merkwürdig, aber mir gehts ganz genau wie ihm. Hätte Lust, es ihm nachzumachen. Obwohl das gar nicht so leicht ist. Ich hab nie versucht, mich im Hafen auf einen Frachter zu schleichen, aber wenn, dann würden die mich garantiert achtkantig wieder rauswerfen. Oder denken, dass ich was klauen will, und mich einbuchten.

Ich les weiter, aber kann mich nicht konzentrieren. Ich komm nicht vorwärts. Es ist später Nachmittag und es sieht aus, als würde die Sonne demnächst einpacken. Der zu kurz geratene Feigenbaum im Hof klaut mir das Licht. Das orange und schwach ist. Der Wind blättert mir immer wieder die Seite um. Lässt mir keine Zeit, sie zu Ende zu lesen, und ich muss wieder zurückblättern. Es ist kühl. Langsam wird es Herbst.

Ich fühl mich beobachtet. Heb den Kopf und entdeck den Chueco, der über die Mauer guckt.

»Was machst du, Schwuchtel? Jetzt liest du auch noch Bücher?«

Ich antworte nicht. Rück die Plastikbox zurecht, lehn mich an die Hauswand, und tu so, als würd ich weiterlesen. Der Chueco schwingt ein Bein auf die Gartenmauer, springt rüber und kommt näher. Breitbeinig bleibt er einen Meter vor mir stehen. Voll im Licht.

»Dafür gibst du die Kohle aus, die ich dir besorgt hab? Ich hab meine investiert, mein Lieber«, sagt er und knöpft die Jeansjacke auf, damit ich seine Knarre sehen kann.

»Zeig mal«, sag ich und streck die Hand aus.

Als er das Teil mit der Rechten aus dem Hosenbund ziehen will, bleibt er mit dem Hahn am T-Shirt hängen, und fluchend zerrt er dran. Man sieht, dass ers noch nicht draufhat, auch wenn er zehnmal den Cowboy spielt. Er hält mir die Waffe hin, aber anstatt sie einmal um den Zeigefinger zu drehen, damit ich den Griff nehmen kann, zielt er auf mich.

»Scheiße, Mann, Chueco, du krankes Arschloch!«, schrei ich und spring auf.

Anstatt zu schreien, sollte ich ihm gleich auf die Fresse geben.

Das Ding ist geladen. Ein 38er Revolver. Sieht geil aus. Gebraucht, aber frisch gebläut. Der Griff muss mal kaputt gegangen sein, weil er neu ist. Helles Holz, zusammengehalten von ein paar Nieten mit abgeschliffener Spitze, aber sieht haltbar aus.

»Wo hast du den her?«, frag ich und geb ihm das Teil zurück.

»Und was geht dich das an?«, kontert er.

Er lacht, macht sein Gangstergesicht und fuchtelt mit dem Ding rum. Geht voll ab. Der ist gefährlicher als ein Affe mit Messer, denk ich, und versuch, nicht in die Schusslinie zu geraten. Was nicht so einfach ist, weil er mit dem Arm rudert wie ein Windrad.

»Was soll die Revolverheldenscheiße?«, sag ich, aber er hört mich gar nicht mehr.

Er zieht voll die Nummer ab, fehlen nur die Kameras. Zieht die Knarre unter der Achsel raus, als hätte er ein Holster unter der Jacke, und bedroht irgendeinen unsichtbaren Dude. Presst ihm das Ding gegen die Nieren, während er ihn mit links an der Gurgel packt. Schubst das Gespenst weg und schießt, schreit »Bäm bäm bäm«. Dann stützt er die Knarre auf die linke Hand und fakt Schüsse in alle Richtungen. Schießt nach oben, nach unten, dreht sich um und knallt noch ein paar mehr Gespenster ab. Einem, der schon am Boden liegt, verpasst er einhändig, mit ausgestrecktem Arm und waagerecht gehaltener Waffe, einen Gnadenschuss. Und als er keinen Bock mehr auf den Zirkus hat, sagt er:

»Wenn die Señorita das Buch weglegen und mein neues Arbeitsgerät ausprobieren möchte, hab ich kein Problem damit.«

Darüber denk ich nicht zweimal nach.

»Gehn wir«, sag ich.

Wir kommen zu der Brache, die als Fußballplatz dient, und jetzt zur Hälfte ne Müllkippe ist, und der Chueco schnappt sich eine große Dose. Zerbeult, aber heil. Er stellt sie auf und geht fünf Meter zurück. Zielt, schießt, daneben. Um einiges. Bestimmt vierzig Zentimeter weiter spritzt Erde auf.

»Mal sehen, was die Gringa so kann«, sagt er und gibt mir die Waffe.

»Wenn du so weitermachst, kriegst du auf die Fresse«, warne ich ihn.

»Na los, Kleine!«

»Ich hab dich gewarnt«, sag ich und ziel schon auf die Dose.

Der Chueco schafft immer, mich zur Weißglut zu bringen. Keine Ahnung, wie, aber er kriegt es hin. Und das, wo ich nicht mal mit der Wimper zucke, wenn irgendein anderer Schwachkopf mir blöd kommt.

Als ich kurz davor bin, abzudrücken, sagt er was, damit ich danebenschieß. Und ich schieß daneben, aber nur knapp. Ich halt den Atem an und ziel erneut.

»Was geht?«, ruft er mich.

Ich beachte ihn nicht und konzentrier mich. Erinner mich an Tonis Ratschläge, als ich noch klein war und er mir schießen beigebracht hat. Wir waren immer auf dem Gelände auf der anderen Seite des Flusses, bevor sie das eingezäunt und den Golfplatz und das bewachte Wohnviertel gebaut haben. Toni hat immer mindestens ein Rebhuhn erwischt und, wenn er Glück hatte, auch mal einen Hasen. Angeblich ist es da jetzt voll mit den Viechern. Und das glaub ich gern, man sieht sogar von draußen, dass der Golfplatz praktisch verwildert ist. Aber da geht keiner rein, und erst recht nicht bewaffnet, bei den ganzen Sheriffs, die das Grundstück bewachen.

Es ist wie Fahrradfahren. Das verlernt man nicht, sag ich mir und verteil das Gewicht auf beide Beine. Stell den rechten Fuß nach vorn, wie Toni gesagt hat, und zieh eine unsichtbare Linie zwischen Auge, Visier und Ziel. Mit dem Jagdgewehr war das easy, obwohl es mehr gewogen hat, es war wie ein Lineal. Man musste es ausrichten und ganz vorsichtig mit angehaltenem Atem den Abzug drücken. Man durfte sogar ein bisschen verziehen, weil die

Schrotmunition streute. Im Flug war das ne ganz andere Sache, weil man die unsichtbare Linie in der Bewegung ziehen musste. Aber Ratten oder Wiesel, die still am Boden saßen, hab ich endlos viele erwischt. Und mit dem 22er, den Toni damals hatte, war ich auch nicht so schlecht. Der einzige Unterschied war, dass dein ausgestreckter Arm das Lineal war. Und dass er dir beim Abdrücken nicht gegen die Schulter knallte. Da zitterte höchstens ein bisschen das Handgelenk. Das Gewehr dagegen hatte voll den Rückstoß. Wenn man das nicht gut festhielt, hatte man hinterher ne blaue Schulter.

Der Chueco labert mich voll, aber ich hör nicht zu. Ich halt die Luft an und schieß. Die Dose springt in die Luft. Sie fällt fast an derselben Stelle wieder runter und zeigt uns die mondrunde Unterseite. Ich heb den 38er und mach es noch mal. Die Dose zuckt erneut.

»Gehts noch, du Spinner? Hast du ne Ahnung, was die Kugeln kosten?«, sagt der Chueco und reißt mir die Waffe aus der Hand.

Er versucht es ein paarmal ohne Erfolg, bis die Trommel leer ist. Flucht. Holt eine Schachtel mit Munition aus der Jeansjacke und lädt den Revolver nach. Schießt immer weiter, bis er die Dose endlich trifft, und gibt ihn mir nicht noch einmal.

»Sieh dir den Gringo an, tut immer so harmlos …«, sagt er, als würde er mit einem Dritten reden.

Von dem aufgedrehten Revolverheld von eben ist nichts mehr zu sehen. Jetzt guckt er mich komisch an. Ernst. Irgendwo zwischen herausfordernd und berechnend, während er sich die Knarre wieder in den Hosenbund steckt. Weiß Gott, was ihm durch den Kopf geht.

»Warum besorgst du dir nicht auch so ein Teil und steigst bei mir ein?«, schlägt er vor. »Die haben mir nämlich schon ein paar Jobs gegeben. Nicht dass du mich hinterher volljammerst, wenn ich stinkreich bin.«

»Was für Jobs?«

»Lass uns später beim Dicken treffen, dann erklär ichs dir.«

»Bei Farías? Hast du sie noch alle?«, frag ich.

»Was? Hast du Schiss, oder was?«, provoziert er mich, und schon gehts wieder los.

»Verpiss dich doch, du Arsch! Mach weiter mit diesem undurchsichtigen Business, und du fällst voll auf die Fresse, Schwachkopf.«

Ich hau ab und zeig ihm den Mittelfinger. Fühlt sich gut an, aber ich kenn mich. Ich weiß, dass ich früher oder später in der Bar vorbeigeh.

die Made des Zweifels

»Sie raten nie, wen ich gestern im Zentrum getroffen hab«, sag ich zu Mamina und trink langsam den süßen Mate, den sie mir aufgegossen hat, bis die Bombilla gurgelt.

Ich gebe ihr den Mate zurück und warte, dass sie fragt, aber nichts. Sie sieht mich nicht mal an.

»Er lässt Sie grüßen, Großmutter. Soll ich erzählen?«, sag ich wieder.

»Wer?«

»Toni!«

Mamina reagiert nicht. Oder sie reagiert schon, aber auf ihre Weise. Sie guckt aus dem Fenster. Eine Ewigkeit. Sie schüttet den Rest des Zuckertütchens in den Mate und gießt ihn sorgsam auf. Nimmt den ersten Schluck und sieht mich an. Ich kenn diesen Blick, der so kalt ist wie Raureif, aber ich versteh ihn nicht. Hab ich noch nie. Und jetzt erst recht nicht. Ich reiß die Augen auf, zieh die Augenbrauen hoch, und die Angst robbt sich heimlich an mich ran. Ich warte, dass sie was sagt. Mamina merkt das. Lässt aber nichts verlauten. In aller Ruhe trinkt sie den Mate aus, und dann feuert sie los:

»Toni ist tot.«

»Was soll das heißen, er ist tot?«, platz ich raus. »Ich hab doch grade gesagt, dass er Sie grüßen lässt? Was reden Sie, Großmutter?«

Mamina antwortet leise. Sehr leise. Sie mags nicht, wenn ich sie anschrei. Und das ist ihre Art, mir das mitzuteilen. Als ich noch klein war, fand ich es lustig. Hab sie herausgefordert. Je leiser sie mit mir geredet hat, desto lauter hab ich mir die Seele aus dem Hals geschrien. Aber das mach ich schon lange nicht mehr. Führt eh zu nichts. Mamina gewinnt immer. So beschissen der Streit auch ist, am Ende flüstern wir.

»Für mich ist er tot. Er existiert nicht mehr … Und ich will nicht wieder darüber reden.«

»Was ist passiert, Mamina? Was hat er Ihnen getan?«

»Das weißt du nicht?«

»Sonst würd ich ja nicht fragen«, sag ich wütend, aber nicht lauter als sie.

»Umso besser. Besser, du weißt es nicht …«

Sie räumt die Matesachen weg und stellt sie auf die Arbeitsplatte. Es ist sinnlos, nachzuhaken. Und ich lass es. Wenn Mamina dichtmacht, ist nichts zu wollen. Aus die Maus. Punkt.

Ich bleib am Küchentisch sitzen. Zermartere mir den Kopf, aber kann mich an nichts erinnern. Ich war noch klein gewesen. Wie alt war ich, als Toni abgehauen ist, zehn? Jünger. Er muss es krass verkackt haben. Irgendeinen Scheiß angestellt, der nicht wiedergutzumachen ist, wenn die Mamina ihm nicht verzeiht. Dabei ist sie nicht mal nachtragend.

Und das Ding ist, dass ich jetzt irgendwie misstrauisch werd. Das Bild, das ich vom Toni hab, wird trüb. Ich seh ihn anders. Als wäre er ein Verräter oder ein Hundesohn. Er hat gesagt, dass er das Viertel wegen »ein paar ungeklärten Angelegenheiten« nicht betreten kann. Ist er deshalb abgehauen? Wahrscheinlich. Und wenns nicht wegen dieser »Angelegenheiten« war, dann hats wenigstens damit zu tun. Ich dachte immer, er wär abgehauen, weil er von den Bullen gesucht wurde, aber das ist Schwachsinn. Niemand verschwindet aus dem Viertel wegen einem Haftbefehl. Das Gesetz der Ordnungshüter gilt hier nicht. Hier gilt ein anderes, das die Jungs normalerweise respektieren. Und wer das nicht tut, sollte sich besser verpissen. Aus diesem Viertel verschwinden, bevor sie ihn ins nächste schicken, aus dem keiner zurückkommt. Genau so muss es bei Toni gewesen sein. Aber wo ist er reingeraten, dass er verschwinden musste, von einem Tag auf den nächsten und ohne jede Spur? Und ist das dieselbe Scheiße, wegen der Mamina ihm nicht verzeihen kann?

Ich krieg das beides irgendwie nicht zusammen, denn das erste muss eine *Vendetta* sein, eine Abrechnung wegen einem verkackten Job, oder weil er Komplizen beklaut hat. Auf jeden Fall muss es was mit der Gang zu tun haben. Garantiert. Und die Mamina hat viel zu viel durchgemacht, um einen ihrer eigenen Leute zu verstoßen, weil er den Kodex verletzt hat. Sie hat ihre eigenen Regeln, und das sind nicht dieselben wie im Viertel, aber auch nicht die von draußen. Und was heißt das? Verzeiht sie ihm nicht, dass ihr graue Haare gewachsen sind, weil sie ihn für tot gehalten hat, als er einfach so, ohne ein Lebenszeichen, für ein paar Jahre verschwunden ist? Glaub ich nicht. Das passt einfach nicht zu ihr. Ist ein Luxus, den sie sich nicht leisten kann. Der Luxus einer reichen Mutter, die sich mehr für das eigene Leid interessiert als für das Schicksal ihres undankbaren Sohns.

Zu viele Fragen. Es gefällt mir nicht, dass man sie mir stellt. Und es gefällt mir noch weniger, dass ich sie mir selbst stell und keine Antworten darauf hab. Ich werf mich aufs Bett und versuch, mich mit dem Buch vom Wal abzulenken, aber ich kann nicht lesen. Die Gedanken drehn sich in meinem Kopf. Und ich dreh das Buch in meinen Händen, bis die Kohle und Tonis Zettel rausfallen. Ich zähl noch mal das Geld und les zum x-ten Mal den Zettel. Mein Ticket hier raus. Auch wenn ich nicht mehr weiß, ob ich es überhaupt benutzen will. Wenigstens nicht, solang ich nicht weiß, welche Scheiße zwischen ihm und Mamina vorgefallen ist.

Die Sonne geht unter. Lange ist es nicht mehr hell. Ist ziemlich früh, um zum Dicken Farías zu gehen, aber mir bleibt nichts anderes übrig. Ich krieg keine Luft mehr.

»Ich geh raus, Mamina. Warten Sie nicht mit dem Essen auf mich«, sag ich ihr.

Sie macht nur eine Geste. Fegt mit dem Handrücken Luft weg, ohne mich anzusehen.

Anstatt direkt die Straße zum Bahnhof hochzulaufen, nehm ich eine der unbefestigten Querstraßen. Die, die beim Grundstück vom Portugiesen Oliveira vorbeiführt. Auf diesem Weg muss ich die Gleise bei der Brücke über den Fluss überqueren. Er ist länger. Ich mach einen Umweg, um Zeit zu schinden.

Für einen Samstag ist es ziemlich ruhig. In den Häusern regt sich nichts. Von irgendwo kommt gedämpft eine Cumbia und ab und zu ein Lachen, aber das wars. Auf dieser Seite sind die Behausungen öfter aus Blech als aus Ziegeln. Im Abendlicht sehen sie verlassen aus.

Zwei kleine Jungs werfen Steine nach einem Hund, der einem leidtun kann. Er ist dürr und räudig. Läuft langsam weg. Hat noch nicht mal mehr die Kraft, richtig zu rennen. Aber so, wie die Zwerge zielen, ist es auch nicht nötig. Die würden nicht mal ne Kuh aus drei Metern Entfernung treffen. Sie sind noch klein. Barfuß. Rotz läuft ihnen aus der Nase.

Am Ende der Straße, kurz vor den Gleisen, bieg ich automatisch links ab. Geh dreißig Meter und steh vor Ernestinas Hütte. Unbewusst bin ich auf direktem Weg zum Quique gegangen. Man sieht, dass ich mich an seine Gesellschaft gewöhnt hab. Ich vermiss ihn, wenn er nicht in meiner Nähe ist.

Ich leg die hohlen Hände aufeinander wie eine Okarina und blase zwischen die Daumen. Ruf ihn, indem ich einen Vogel nachahme, den es nicht gibt. Der Quique kennt den Ruf. Übt ihn seit Monaten und kriegt ihn nicht hin. Er hält die Hände falsch oder bläst nicht im richtigen Winkel. Er will, dass ich es ihm beibringe, und ich weiß nicht, wie ich es erklären soll. Ich zeig ihm, was ich mache. Und er schließt die Augen und lauscht, anstatt hinzugucken. Er denkt, es klappt schon, wenn er nur richtig hinhört, wie es klingt.

Ich mach noch mal den Vogel, und die einzige Reaktion ist das Gebell von Sultan. Sie haben ihn im Hof angebunden. Der Quique kommt nicht raus. Es kann nicht sein, dass er mich nicht hört. Ich blase laut. Guck über den Zaun aus Bambus. Keiner da. Die Hütte ist mit einem Vorhängeschloss verschlossen. Ein paar Meter hinter der Pforte liegt die Puppe seiner Schwester auf der festgetretenen Erde. Einfach so hingeworfen. Jemand hat ihr das Fell von der Katze angezogen, die ich neulich mit dem Chueco gegessen hab. Voll witzig, das Jäckchen passt ihr perfekt. Und es ist richtig rum, mit dem Fell nach außen. Die Puppe sieht aus wie ne alte Nutte. Hat zerzauste Haare und zeigt Bein unter dem Nerz.

Ich drück die Maschendrahtpforte auf, geh rein und heb sie vom Boden auf. Lach in mich hinein. Die alte Schlampe ist eine Bestie. Und sie stinkt. Die Jackenärmel enden in den Krallen der Katze. Bereit zu kratzen. Das Tier hat sie beim Sterben aus Reflex ausgefahren, und so sind sie geblieben. Spitz und starr. Nur eine bewegt sich. Es ist schon ziemlich dunkel. Ich kann kaum was sehen. Halt mir die Puppe vors Gesicht und merk den Gammelgeruch. Die Kralle ist gar keine Kralle. Sie windet sich, als würde sie mir zuwinken. Es ist eine zwei Tage alte Fliegenlarve. Die kenn ich gut. Hab genug madenverseuchte Tiere gesehen. Ist nicht nötig, die Puppe auszuziehen, um zu wissen, wies unter der Jacke wimmelt. Ich erspar mir den Anblick und lass sie fallen. Hohl prallt der Plastikkörper auf dem Boden auf. Wär die alte Nutte aus Fleisch und Blut, würden die sie bei lebendigem Leib auffressen.

alte Schulden

Der Dicke Farías sieht wie ein Sultan aus. Hat einen weißen Turban auf dem Schädel. Unter dem aufgeknöpften Hemd ist er bis zu den Brustwarzen verbunden. Und auch der linke Arm ist bandagiert. Er trägt ihn in einer Schlinge aus einem schmutzigen Tuch. Sitzt an einem Tisch wie ein Herr. Ernst. Unterhält sich mit Rubén.

Viel los ist nicht. Die Säufer im Viertel sind nicht mal so treu wie eine Katze. Einen einzigen Tag hat der Dicke nicht geöffnet, und schon gehn sie in eine andre Kaschemme. Wird ein bisschen dauern, bis die wiederkommen. Hinten seh ich den Chueco. Er blickt starr in sein Glas mit Gift, Spezialität des Hauses. Der Jetita steht neben ihm. Hat ihm die rechte Hand auf die Schulter gelegt und beugt sich vor. Flüstert ihm was ins Ohr. Wie ein uralter Kumpel oder ein großer Bruder, der ihm Ratschläge gibt. Was geht hier für eine Scheiße ab?

»Gringo! Komm! Setz dich!«, ruft der Chueco mir zu.

Ich geh zwischen den Tischen durch und seh sie hinterm Tresen. Wo ihr Vater stehen müsste. Sie gießt einem alten Knacker ein Glas Rotwein ein. Drückt den Korken in die Flasche und sieht auf. Sie ist wunderschön. Hat die Haare zurückgebunden und eine dunkle Schürze hängt ihr um den nackten Hals. So lang und zart. Ich hätte Lust, ihn abzuküssen. Aber die Yani sieht mich an, als würd sie mich nicht kennen. Und ist ja auch logisch, ich spiel hier auswärts, und sie ist zu Hause. Ich glaub, es ist ihr erstes Mal. Kann mich nicht erinnern, dass sie schon mal in der Bar von ihrem Alten gearbeitet hätte. Ist höchstens mal vorbeigekommen, um ihn um Geld zu bitten oder ihm was zu sagen. Aber hinterm Tresen und bedienen und so, das nie.

Weil ich sie anguck, renn ich mit dem Bein gegen eine Stuhlkante. Ich seh Sterne. Stoß einen Fluch aus. Sie unterdrückt ein Lachen und wischt, ohne hochzusehen, den Tresen ab. Als sie dann doch guckt, sieht sie die schmerzliche Grimasse, die für sie bestimmt ist. Und jetzt lacht sie richtig. Ich mag die Grübchen in ihren Wangen. Das Lachen macht uns zu Komplizen, wie gestern Nacht. Als sie sich beruhigt, seh ich sie fragend an. Wiege langsam den Kopf, schieb das Kinn vor und zieh die Augenbrauen hoch. Sie runzelt die Stirn. Als Antwort guckt sie blitzschnell in drei Richtungen: zu dem Tisch, wo sich der Dicke Farías und Rubén unterhalten, nach hinten zum Chueco und dem Jetita, und auf die Theke ein Stück neben dem Alten, dem sie gerade den Wein eingegossen hat. Und da stützt der Negro Sosa die Ellbogen auf. Den hatte ich noch gar nicht gesehen. Jetzt sind wirklich alle da. Irgendwas ist hier im Gange. Und langsam reichts mir, dauernd Blicke, Gesten und vage Andeutungen entziffern zu müssen. Ich will Klartext, die Dinge beim Namen nennen. Wenn mir nicht bald einer sagt, was zur Hölle hier los ist, und zwar klipp und klar, dann geh ich. Bevor die Party losgeht. Weil ich mich jetzt schon mit der Hässlichsten tanzen seh, und da hab ich keinen Bock drauf. Wenn ich schon tanzen muss, dann mit Yani.

Hässlich ist zum Beispiel der Negro Sosa. Hässlich wie die Nacht. Platte Nase, auseinanderstehende Augen, krause Haare. Sieht aus wie ein Schwein. Er hat viele Spitznamen. Und alle meinen dasselbe. Bohrhammer, Bolzen, die 30 … Dabei hat er mit Werkzeug nichts am Hut. Der braucht gar keins. Besteht nur aus Muskeln. Ist knorrig. Schwarz. Und immer bereit, wie ein Knüppel auf jemand loszugehen. Die Zahl ist die Auflösung. Damit sind die Zentimeter von dem Gerät in seiner Hose gemeint. Er ist ein Monster. Sogar die Nutten im Viertel haben Angst vor ihm. Er zerreißt sie. Aber der Jetita nennt ihn einfach Sosa. Siezt ihn sogar. Er ist sein Leutnant.

Der General kommt mir auf dem Weg nach hinten entgegen. Er flüstert:

»Alles klar, Junge? Setz dich hin, ich bin gleich zurück.«

Ich seh ihn an, er geht weiter. Ist das erste Mal, dass der Jetita das Wort an mich richtet. Ich erwarte ja gar nicht, dass er sich vorstellt und ne Verbeugung macht. Wir kennen uns hier alle. Aber wenigstens könnte er mir keine Befehle erteilen. Wer, glaubt er, bin ich? Einer von seinen Soldaten?

»Hi …«, begrüß ich den Chueco und lass mich auf den Stuhl fallen.

»Wie gehts, Mann?«

»Alles gut, und dir?«

»Bombe. Was trinkst du?«, fragt er und winkt Yani mit einer Hand.

»Ein Bier«, antworte ich laut, damit sie mich hört.

Yani macht auf halbem Weg kehrt und geht zum Tresen zurück.

»Hast du ne Kippe?«, schnorrt der Chueco.

Ich geb ihm eine und mach mir selbst eine an. Yanina kommt mit meinem Bier. Randvoll, ohne Schaum. Ich zwinker ihr zu, aber der Chueco macht es mir kaputt. Sagt ihr was Versautes. Die Yani zieht verächtlich die Oberlippe hoch und dreht sich um.

»Was für ein geiler Arsch, Alter!«, sagt der Chueco und glotzt ihr auf den Hintern.

Und er hat recht. Unter der Jeans zeichnet sich der Tanga ab.

»Und was ist jetzt?« Ich wechsel das Thema.

Der Jetita setzt sich zum Dicken Farías und Rubén und schmiedet leise Intrigen mit ihnen. Eine der wenigen Vierzig-Watt-Birnen in der Bar hängt genau über den drei Köpfen. Der schmächtige Lichtkreis beleuchtet nur den einen Tisch. Sieht aus wie ne Verschwörung. Der Jetita redet und gestikuliert. Rubén wirft ab und zu eine kurze Bemerkung ein, und der Dicke nickt. Sie machen mich nervös.

Ich seh den Chueco an und wiederhol meine Frage.

»Wir haben Glück, mein Alter. Die dürren Jahre sind vorbei«, sagt er.

»Was geht, Mann?«

»Der da bietet uns einen Job an …«, sagt er und zeigt mit der Zigarette auf den Jetita. »Uns beiden!«, fügt er hinzu, als wäre nicht eh klar gewesen, dass er uns beide meint.

Ich trink das halbe Bier in einem Zug, damit ich nicht antworten muss, und zieh ein paarmal an der Zigarette.

»Ich hab dem Boss von deinem Geschick mit der Waffe erzählt, und das hat ihm gefallen. Du hast es geschafft, Mann.«

Er zieht ein letztes Mal an der Kippe, drückt sie im Aschenbecher aus und bläst mir mit einem Siegerlächeln den Rauch ins Gesicht.

»Gern geschehen, Prinzessin. Für dich tu ich doch alles«, sagt er selbstgefällig.

»Ah, tschuldige, dass ich mich nicht bedankt hab. Danke, Mann!« Ich spiel mit. »Du bist echt ein Freund …«

»Was ist los, Idiot? Sei schön artig, dann kriegst du vielleicht auch so ne Knarre. Was? Freust du dich nicht?«

»Nee. Ich hau ab. Der Typ gefällt mir nicht.«

»Du willst kneifen, Gringa?«

Immer dasselbe Lied. Keine Ahnung, warum es ihn nicht langweilt. Er will mich provozieren, damit ich ihm in die Falle geh. Aber heute geb ich nicht nach.

»Scheiße, Chueco, verfickter Wichser!«, sag ich leise durch die zusammengebissenen Zähne, damit man mich am anderen Tisch nicht hört. »Niemand kneift hier. Ich hab gesagt, dass mir der Typ nicht gefällt. Bist du blöd, oder kapierst dus nicht?«

»Du kannst mich nicht hängen lassen, Gringa …«

»Was? Schulde ich dir was?«, fall ich ihm ins Wort.

Zur Antwort zieht der Chueco eine Augenbraue hoch. Wie der

Schönling in ner Telenovela. Und ja, ich schulde ihm was. Sein Schweigen. Dafür blech ich seit Jahren. Klar kann man so was nicht aufrechnen, aber ich hab das Gefühl, dass ich die Schuld schon seit ner ganzen Weile abbezahlt hab. Er kann nicht erwarten, dass ich ihm immer bei allem unter die Arme greif, nur weil er vor Urzeiten mal die Klappe gehalten hat. Irgendwann werd ich damit aufhören müssen. Außerdem übertreibt der Chueco. So krass wars auch wieder nicht.

Die Sache ist ewig her. Als wir kleiner waren, wollten wir den großen Coup landen, und es ist voll nach hinten losgegangen. Wir hatten uns ein halbes Kilo Brickweed besorgt, das wir auf klein an die Jungs aus dem Viertel verticken wollten, und nach zwei Querstraßen haben uns die Bullen erwischt. Und uns in den Knast gesteckt. Uns beide. Ich bin am nächsten Tag rausgekommen. Den Chueco haben sie drei Monate drin behalten. Er hatte das Marihuana bei sich. Die haben ein Verfahren wegen Handel mit Drogen gegen ihn eröffnet. Weil er noch minderjährig war – damals waren wir vierzehn oder fünfzehn –, konnten sie ihn nicht vor Gericht stellen. Haben die Strafe in gemeinnützige Arbeit umgewandelt. Er musste umsonst in der Klapsmühle in Zavaleta schuften. Ein Jahr. Was er so erzählt hat, hat er da alles gemacht: Klos geputzt, Tabletten ausgeteilt und manchmal sogar geholfen, einen durchgeknallten Psycho zu fixieren. Aber er hat auch ein bisschen was verdient, weil er ab und zu einen Joint in die Anstalt geschmuggelt hat.

Angeblich haben sie mich nur laufen lassen, weil er den Mund gehalten hat. Die haben mir die Finger aufs Stempelkissen gedrückt, einmal Klavier spielen, und ich war sauber. Wir hatten halbe-halbe gemacht, aber die Bullen dachten, dass er der Dealer war. Ich hatte nur von ihm gekauft. Und da bei der Aussage vom Chueco auch nicht mehr rumkam, wurde der Irrtum nie aufgeklärt.

»Was denkst du? Dass ich ne Ratte bin?«, sagte er, als ich ihn fragte, warum er mich nicht verpfiffen hatte. »Wie könnte ich dich anscheißen, Kumpel? Wir sind Freunde, oder?«

Eigentlich gab die Sache nicht genug her, um den Superhelden zu spielen. Damals stand die gesamte Policía Federal unter Verdacht. Ein paar Monate davor hatten die einen Typen in der Nähe des Viertels zu Brei geschlagen. Bei ner Razzia nach einem Konzert hatten die ihn festgenommen, und am nächsten Tag lag er schwer verletzt in einem Straßengraben. Die anderen Rocker, die mit ihm festgenommen worden waren, erklärten vorm Richter, dass der Typ durchgedreht war und die Bullen ihn windelweich geprügelt hatten. Walter hieß der Typ. War in allen Zeitungen.

Danach sind die Federicos für eine Weile mit Samthandschuhen vorgegangen. Waren sogar höflich, wenn sie dich auf der Straße anhielten. Und in der Zeit hatten sie uns geschnappt. Machten schön auf demokratische Polizei. Ich weiß noch, dass die uns sogar unsere Rechte und das polizeiliche Vorgehen erklärt haben. Haftprüfung, Vorsichtsmaßnahmen, was weiß ich. Als müssten die uns eine Sondereinladung aussprechen, um uns in den Knast zu stecken.

Alles in allem hatten wir Glück. Mir haben sie kein Haar gekrümmt. Und dem Chueco auch nicht, da bin ich mir sicher. Sein Schweigen war also kein großer Verdienst. Hätten die Hand an ihn gelegt, hätte er mich wahrscheinlich bei der ersten Ohrfeige ans Messer geliefert. Nichts mit Elektroschocks oder Waterboarding oder solchen Sachen. Wär gar nicht nötig gewesen, auf die Methoden der alten Garde zurückzugreifen.

Der Chueco muss allen möglichen Schwachsinn erzählt haben, um seinen Arsch zu retten. Die Bullen haben ihn einfach reden lassen. Und in seiner irren Geschichte kam ich ganz zufällig nicht vor. Weil sie ihn nicht anfassen konnten, mussten sie ihm glauben. Und haben mich laufen lassen.

Das war das Ende der Geschichte. Und es war auch das Ende von den großen Plänen, die wir uns in den Kopf gesetzt hatten. Wir hatten anderthalb Monate lang schwer geschuftet, um die Kohle für die erste Investition zusammenzukriegen. Hatten im Zentrum Stereoanlagen geklaut und weit unter Preis an Rubén weiterverkauft. Damit er uns den ganzen Posten abnahm, egal wie groß der war.

Mit dem ersten Ziegel wollten wir die Sache zum Laufen bringen. Hatten wir uns alles ganz genau ausgerechnet. Wir wollten ihn portionieren, die Portionen verkaufen, und mit dem Erlös minus Ausgaben und Lasterfinanzierung ein Kilo besorgen. Dann zwei, dann vier und so weiter. Wir hatten geträumt. Es war ein super Geschäft. Wie ein Schneeball. Niemand würde uns aufhalten. Aber sie haben uns aufgehalten. Und wir hatten kaum losgelegt. Der Schneeball schmolz in unseren Händen wie ein Eiswürfel.

Während der Chueco saß, stellte ich ein paar Nachforschungen an. Ich wollte wissen, wie wir verkackt hatten. Mir wurde gesagt, dass der Jetita den Bullen den Tipp gegeben hatte. Und ich habs geglaubt. Es war klar, dass dieser Typ niemals erlauben würde, dass ihm zwei Grünschnäbel mit einem halben Kilo in die Suppe spucken. Der hatte schon damals das Monopol auf Marihuana. Genau wie jetzt, aber jetzt hat er auch das auf Paco, Koks, Acid, Pillen … Alles. Oder fast alles. Geklaute Autos und die Lotterie gehören Rubén. Und die Nutten hat keiner. Die werden von außerhalb gemanagt, wo sie auch arbeiten. Die, die im Viertel anschaffen, machen das nebenbei. Gelegenheitsjobs, die sie selbst organisieren.

Würde mich nicht wundern, wenn der Jetita und Rubén jetzt Partner wären. Die sind richtig dick miteinander. Und auch nicht, wenn die Sache was mit den Mädchen in der Gegend zu tun hätte. Ist der einzige Zweig, den sie nicht kontrollieren. Eine Branche, die immer was abwirft. Sogar im Ghetto.

Der Punkt ist, dass der Jetita sich als Ratte rausgestellt hat. Normal wär damals gewesen, wenn er uns selbst die Hölle heißgemacht hätte. Er hätte sich sogar den Luxus gönnen können, uns einfach abzuknallen, wenn er gewollt hätte. Das mit dem Wettbewerb und dem freien Markt hat hier nämlich so seine Grenzen. Verständlich. Aber was dieser Verräterarsch getan hat, war genau das, was er in Wirklichkeit nicht konnte: uns an die Federicos verpfeifen. So nett sie auch waren nach dem Fall Walter, es waren immer noch Bullen.

Keine Ahnung, ob die Gerüchte beim Chueco angekommen sind. Ich denk schon. Ich hab ihm nichts gesagt. Warum nach Schuldigen suchen, wo wir eh am Arsch waren. Aber jetzt, wo er plötzlich der beste Kumpel vom Jetita ist, sollte ich ihn vielleicht dran erinnern, dass der es war, der uns in den Knast geschickt hat.

»Weißt du überhaupt, mit wem du da Geschäfte machst?«, frag ich ohne Vorwarnung.

Er muss meinen Gedankengang komplett mitverfolgt haben, denn er kommt gleich mit einer Gegenfrage.

»Denkst du, ich bin blöd?«

»Ich sags ja nur …«.

»Weiß ich, du Blitzbirne. Warum, denkst du, hab ich dich dazugeholt?«

»Sag dus mir«, sag ich, aber er macht es spannend. Der Wein ist alle, und er guckt sich an, wie der Jetita und Rubén dem Dicken Honig ums Maul schmieren. Die haben ihn eh schon in der Tasche. Bestimmt droht der eine ihm unterschwellig, während der andere ihm Schutz bietet. Immer das gleiche Spiel. Genau wie die Bullen.

Schließlich rutscht der Chueco dichter an den Tisch und hält sich eine Hand vor den Mund wie ein Informant.

»Weil wir ihn bei der ersten Gelegenheit ficken«, flüstert er. »Wir werden es ihm ordentlich von hinten besorgen und treffen ihn da, wos ihm am meisten wehtut. Beim Geld. Willst du ihm nicht heimzahlen, was er uns angetan hat?«

Ganz ehrlich? Kein Bedarf. Ich bin billig dabei weggekommen. Aber das sag ich dem Chueco nicht. Sonst glaubt er, dass ich kneif. Und das ist es gar nicht. Ich will einfach nur keinen Ärger. Diese Typen sind echt kaputt. Man verliert immer, wenn man auf deren Feld spielt. Besser, man geht ihnen aus dem Weg. Für den Jetita gelten andere Regeln. Er ist markiert. Eine Zeitbombe. Jeden Moment wird er der Kugel begegnen, die ihm zusteht. Das kriegt der ganz allein hin.

»Du spielst mit dem Feuer, weißt du das?«

»*Wir,* du Feuerwehrmann, Alter! Schulden sind Schulden«, sagt er.

Der Chueco lehnt sich zurück. Sieht mich aus schmalen Augen an. Wartet auf die Antwort, die nicht kommt, und er weiß, warum nicht. Was soll ich auch sagen? Er hat eh schon gewonnen.

»Was machen wir?«

»Was weiß ich. Der Jetita wird gleich mit uns reden. Sag einfach Ja zu allem, dann überlegen wir uns was und drehen den Spieß um.«

der Vertrag

Der Negro Sosa macht über einer Gasflamme in der Küche einen Teller warm. Reißt drei Briefchen auf und formt mit der Guthabenkarte für die Spielhalle neun Lines. Währenddessen reißt Rubén Seiten aus seinem Notizbuch und verteilt sie. Wir sind alle da. Irgendwie geht das nicht auf. Wir sind sieben. Der siebte ein großer Dünner mit Augenringen. Fabián. Keine Ahnung, wo der hergekommen ist. Anscheinend gehört er zu Rubén. Aber ich glaub nicht, dass der sein Bodyguard ist, garantiert nicht.

»Kommen Sie, Farías. Keine Angst«, sagt der Jetita zum Dicken. »Nehmen Sie eine Nase, die erste ist für Sie, Partner.«

Der Dicke Farías schiebt die Streifen des Vorhangs zur Seite, die ihm noch auf die Schultern fallen, und stellt sich in die Runde, über die der Jetita mit dem Teller in der Hand den Vorsitz hat.

Was soll dieser Zirkus? Und was zur Hölle machen wir beide hier, frag ich mich. Der Chueco, der direkt gegenüber von mir steht, antwortet unbewusst mit einer Geste.

»Lass mal, die ist für später. Danke«, sagt er zum Dünnen Fabián, der ihm Feuer geben will.

Dann malt er mit der Kippe, die ihm grade einer gegeben hat, wie mit einem Bleistift einen Kreis in die Luft, zwinkert mir zu und steckt sie sich in die obere Tasche seiner Jacke. Er steckt sie alle in die Tasche. Das glaubt er jedenfalls. Oder gibts mir wenigstens zu verstehen.

Das Theater gehört zum Business. So unterschreibt der Jetita seine Verträge. Und da wir auch hier sind, unterschreibt er grade einen doppelten Vertrag. Auf der einen Seite mit dem Dicken Farías. Keine Ahnung, was der Deal ist, aber ich kanns mir vorstellen. Und dann mit uns. Wer zu seinem Trupp dazugehören will, muss erst mit ihm den Gangster spielen.

Ruben gibt Farías ein Blatt. Der Dicke guckt es sich ein paar Sekunden lang verwirrt an, bis er zu seinem Nachbarn schielt und kapiert. Er rollt es mit beiden Händen auf dem Bauch. Der gesunden und der halb verbundenen in der Schlinge. Der Jetita präsentiert ihm den Teller auf Kinnhöhe. Der Dicke hält sich das Papierröhrchen an die Nase und schnupft.

»Und, mein Freund, wie ist es?«, fragt der Jetita und klopft ihm auf den Rücken.

»Gutes Zeug …«, antwortet der Dicke näselnd, während er sich mit den Fingern die Nase massiert.

Der Jetita schnupft zwei Lines.

»Das ist richtig geiles Koks. Nicht gestreckt«, sagt er und gibt den Teller weiter.

Danach ist der Negro Sosa dran. Leckt sich ungeduldig über die Lippen. Schnupft und schließt die Augen. Wirft den Kopf zurück. Rollt ihn auf die eine und auf die andere Seite, als würde er eine Übung machen, um die Halsmuskeln zu lockern, und reicht das Koks weiter, ohne den Mund aufzumachen. Der nächste Ungeduldige ist der Chueco. Seit der ganze Zirkus angefangen hat, schüttelt er die Arme aus und fasst sich an den Zinken. Der hat richtig Bock auf Zucker.

Der Chueco nimmt den Teller und hält sich das Röhrchen an die Nase. Aber bevor er mit dem anderen Ende des Röhrchens überhaupt in die Nähe vom Koks kommt, geht eine Hand dazwischen und zerdrückt es. Der Teller zerspringt am Boden.

»Verf… Dicker! Was soll das?«, ruft der Jetita.

»Chueco, du beschissener Hurensohn, ich bring dich um«, schreit der Dicke Farías.

Mit der gesunden Hand hält er den Chueco fest. Und anstatt ihn umzubringen, bricht er ihm fürs Erste eher das Handgelenk.

Oder den Arm. Er dreht ihm die linke Hand bis zwischen die Schulterblätter auf den Rücken. Der Chueco geht in die Knie, schlägt blind mit der Rechten nach dem Dicken, aber kommt nicht dran. Er versucht, sich umzudrehen, aber Farías lässt nicht locker und drückt ihm das Gesicht auf den Boden.

»Du drittklassiger, kleiner Dieb! Ich mach dich fertig, Arschloch! Dich und den anderen«, schreit der Dicke und versucht, mir aus der gebückten Haltung in die Eier zu treten. Ich weich aus und will abhauen, aber dann packt mich eine Zange im Nacken und reißt mich zurück.

»Ganz ruhig, Junge«, sagt mir der Negro Sosa ins Ohr.

Ich versuch, mich zu befreien, und er drückt zu. Bricht mir fast den Hals.

»Ganz ruhig!«, wiederholt er.

Der Chueco flucht und brüllt vor Schmerzen. Der Dicke Farías schreit ihn weiter an, und der Jetita versucht, Ordnung im Chaos zu schaffen.

»Hör auf, Dicker! Hör mal kurz auf. Lass den Jungen los!«

»Einen Scheiß lass ich los! Den bring ich um. Den und den andern!«

»Hör auf, Dicker, lass ihn los! Beruhig dich!«, sagt der Jetita und packt ihn an der Schulter.

»Das warn diese kleinen Scheißer, die mich beklaut haben! Ich bring ihn um!«, schreit der Dicke weiter. Dabei verdreht er dem Chueco die Hand, und der schreit noch lauter.

»Beruhigen Sie sich, Farías«, mischt Rubén sich ein. »Wenn Sie wollen, knall ich die zwei an Ort und Stelle ab, aber beruhigen Sie sich.«

Ich seh eine Waffe aufblitzen. Der Dünne Fabián, weder dumm noch faul, hat sie schon rausgeholt. Mir läuft es eiskalt den Rücken runter. Und man merkt, dass mein Körper vor Angst erschlafft, weil auch der Griff vom Negro Sosa in meinem Nacken erschlafft.

Der Dicke bemerkt das alles, richtet sich auf und tritt noch einmal nach dem Chueco. Der hört endlich auf zu schreien, als der Jetita ihn an den Haaren vom Boden hochzieht.

Zwischen den Plastikstreifen des Vorhangs entdeck ich Yanina. Wahrscheinlich hat sie im Gastraum hinterm Tresen gestanden und wollte wegen dem Geschrei nachsehen, was los ist. Bei der Szene, die sie beobachtet, und dem erschrockenen Blick, den ich ihr zuwerfe, wird sie sich schon denken, dass es grade hässlich wird.

»Also? Was läuft hier für eine Scheiße?«, fragt der Jetita.

»Die beiden haben mich beklaut! Kapierst du das nicht?«, sagt der Dicke Farías.

»Wegen dir soll ich mir die Finger schmutzig machen, du lausiger Wichser? Lass mich in Frieden, Mann! Was glaubst du, wer du bist? Der Scheißrockefeller?« Der Chueco spielt den Clown.

Und das scheint zu funktionieren, denn der Jetita lacht. Der Negro Sosa auch. Rubén bleibt ernst. Entweder der Chueco hat Nerven wie Drahtseile, oder er hat mehr Schiss als ich und die Panik macht ihn verwegen. Ich kenn so einige, die bei Angst durchdrehen.

»Und woher weißt du, dass die zwei es waren?«, fragt der Jetita.

»Wegen der Uhr.«

»Die Uhr da? Das ist deine, Dicker?«, versucht der Jetita die Situation zu entschärfen.

»Die hab ich seit fünfzehn Jahren. Ich erkenn ja wohl meine Uhr. In einer Ecke ist das Glas gesprungen.«

Der Chueco wirft einen Blick auf die Citizen, als würde er nach der Uhr sehen, und gibt noch mal Gas. Alles oder nichts. Er ist blasser als die Blätter aus Rubéns Notizbuch.

»Das ist also deine Uhr, Dicker?«, provoziert er ihn und packt sich an die Eier. »Vergiss es. Die hab ich gestern ein paar Typen abgenommen, also gehört die mir. Was stimmt nicht mit dir, verfickter Geizkragen? Du hast mir fast den Arm gebrochen, hast du sie noch alle? Von mir kriegst du gar nichts.«

Wenn der Chueco anfängt, Märchen zu erzählen, hält ihn keiner auf. Jetzt müssen die das nur noch schlucken, damit er da wieder rauskommt. Der Dicke Farías glaubt ihm kein Wort.

»Ich mach dich fertig, du beschissener kleiner Dieb …«

Der Jetita glaubt ihm auch nicht, aber macht trotzdem mit. Er zwinkert Rubén zu, der ernst bleibt, und spielt papamäßig den Schiri, weil die Kinder sich streiten.

»Zeig mal die Uhr. Wo hast du die her? Rede, sonst knall ich dich ab.«

»Die gehört mir, Mann. Die hab ich gestern ein paar Jungs abgenommen …«

»Was für Jungs? Die von Charly?«, fragt der Jetita und gibt die Richtung vor, in der das Märchen weitergehen soll.

»Die sind frech geworden …«, antwortet der Chueco vorsichtig.

»Du bist wohl eher frech geworden. Ich hab gesagt, du sollst die aus dem Viertel vertreiben, von abziehen war nicht die Rede!«

Anscheinend hat der Jetita Superkräfte und seine Befehle werden schon im Voraus ausgeführt. Die Jungs von Charly einschüchtern ist der Job, den er uns grade erst aufgetragen hat. Und schon geht er davon aus, dass wir das gestern erledigt haben. Jetzt lügen sie beide. Die Sache nimmt langsam Form an. Ich atme ein.

»Gib ihm die Uhr zurück, Chueco«, sagt der Jetita väterlich.

»Die gehört mir, Mann. Was kann ich dafür, wenn der sich beklauen lässt …«

»Gib sie ihm zurück!«, brüllt er und unterstreicht den Befehl mit einem Schlag auf den Hinterkopf.

Und die tragen echt richtig dick auf. Sogar ich glaub die Story. Das sind keine Lügner, sondern verfickte Schauspieler. Der Chueco zieht gespielt widerwillig die Citizen vom Handgelenk und wirft sie dem Dicken zu. Der Jetita klopft dem Dicken Farías auf den Rücken und macht die Sache rund.

»Siehst du, Dicker? Was hab ich dir gesagt? Charly fickt uns beide. Mir klaut er die Kunden, und bei dir bricht er ein. Der Wichser will sich hier breitmachen. Treibt uns in den Ruin, wenn wir ihn nicht aufhalten.«

Ist wohl eher der Jetita, der sich in der Bar breitmachen will. Ich wette, er hat vor, seine Operationsbasis hier einzurichten. Charly ist der Dealer aus Zavaleta. In letzter Zeit ist sein Business expandiert. Und es stimmt, dass seine Ticker die Grenzen nicht respektieren. Sogar wir haben bei denen schon Gras gekauft. Der Kurs ist besser als bei Jetitas Leuten. Aber das heißt noch lange nicht, dass Charly im Viertel eine Filiale aufmachen will. Kann er gar nicht. Dafür müsste er zuerst General Jetita killen, dann die oberen Kader seiner Armee, und dann noch die mittleren Ränge. Die Liste ist zu lang. Und das sind keine Waisenknaben.

»Und die zwei, für wen spielen die, Alter? Ich glaub nämlich, dass die mich beklaut haben …«, sagt der Dicke Farías voller Zweifel.

»Was willst du damit andeuten, Dicker?« Der Chueco springt sofort darauf an. »Ich hau dir die …«

»Jetzt halt deine verdammte Fresse!«, schneidet ihm der Jetita das Wort ab und macht mit dem Dicken dann wieder auf Kumpel. »Echt nicht, Dicker. Diese Jungs gehören zu mir. Denkst du, ich weiß nicht, mit wem ich arbeite? Du kannst beruhigt sein. Die Uhr hast du wieder. Hör auf zu nerven. Und jetzt los.«

Die ganze Zeit, während der Jetita redet, sieht Rubén uns hinter Farías Rücken ernst an. Die anderen merken nichts davon. Wir schon. Er zieht mit dem Zeigefinger ein Augenlid runter, aufgepasst, dann fährt er sich damit über den Hals. Kopf ab.

Als der Boss die Sache für erledigt erklärt, gehen wir alle aus der Küche. Rubén und der Negro Sosa setzen sich an die Theke. Der

Dünne Fabián verschwindet. Der Jetita bleibt in der Tür stehen und unterhält sich mit dem Dicken Farías.

»Lass uns abhauen«, zischt der Chueco.

Und da sind wir grade bei, als der Jetita uns ruft. Er kommt ein paar Schritte auf uns zu, ein übertriebenes Lächeln ins Gesicht tätowiert. Jetzt ist er wieder unser Kumpel.

»Jungs«, sagt er leise. »Was soll ich mit euch machen? Das war der erste Job, den ihr erledigen solltet, und schon baut ihr so eine Scheiße?«

Der Chueco breitet die Arme aus und zieht die Augenbrauen hoch. Als wärs nicht seine Schuld. Ich erstarre. Keine Ahnung, von welchem Job er redet.

»Red ich Chinesisch, du kleiner Mistkerl?«, fängt der Jetita wieder an und piekt dem Chueco mit dem Zeigefinger in die Brust. »Ich hab dir glasklar gesagt, du sollst dem Dicken vorsichtig die Hölle heiß machen, unter der Hand. Und dann fuchtelst du mit der verfickten Uhr vor seiner Nase rum? Hast du Scheiße im Kopf, oder säufst du Lack?«

Der Chueco schnalzt mit der Zunge. Schüttelt den Kopf. Er ist blass. Bei mir fallen die Groschen alle gleichzeitig. Der Fünfziger, den er neulich rausgeholt hat, bevor wir den Dicken überfallen haben. Das war kein Bluff, wie er behauptet hat. Das war ein Vorschuss. Und wer weiß, wie viel er für den Job gekriegt hat. Das Schlimme ist, dass ich ihm geholfen hab, ohne es zu wissen. Und noch dazu, ohne meinen Anteil zu kriegen. So siehts also aus, Chuequito, du Hundesohn. Du hast mich komplett verarscht. Hast dir nicht in die Karten gucken lassen … Und ich hab auch noch geglaubt, ich hätt dir selbst die Idee in den Kopf gesetzt, dass wir den Dicken Farías rupfen. Hast mich echt gefickt, aber jetzt reichts. Jetzt hast du verschissen …

»Total verkackt«, sagt der Jetita, als hätte er meine Gedanken gelesen. »Und jetzt ahnt der Dicke was … Ihr verfickten kleinen

Hurensöhne«, flucht er leise mit zusammengebissenen Zähnen, damit der Dicke Farías ihn nicht hört.

Er sieht uns an, zündet sich eine Kippe an und tut so, als würde er nachdenken.

»Ich erklär euch jetzt mal, wies läuft, Jungs«, sagt der Jetita wieder mit dem gekünstelten Lächeln auf den Lippen. Der Wichser weiß genau, wie man einem Angst macht. »Diesmal lass ich es euch noch mal durchgehen, aber von jetzt an hab ich euch an den Eiern. Besser, ihr hört auf mich, eh? Sonst knall ich euch bei der nächsten Gelegenheit ab. Kapiert?«

Er macht kehrt, ohne uns die Möglichkeit zu geben, was zu erwidern, und verschwindet mit dem Dicken Farías.

Drei Blocks gehen wir ohne ein Wort. Ich denk über meinen Scheiß nach. Der Chueco über seinen. Bis ich genügend Wut angesammelt hab und einen Streit vom Zaun brech. Aber ich spiel den Ahnungslosen. Als hätte ich nichts kapiert:

»Bei dem willst du also den Spieß umdrehen, du Blödmann?«, sag ich.

»Halt den Mund, Gringa.«

»Mir kommts nämlich so vor, als hätte der das grade gemacht, und zwar voll.«

»Fresse, Mann.«

»Okidoki. Alles gut«, sag ich. »Ich bin dabei. Sag du, wos langgeht, und ich mach mit … Du verfickter Scheißhurensohn!«

Hand im Feuer

»Eine Sache, Cowboy«, sag ich dem Chueco. »Warum hast du die Knarre nicht rausgeholt, als der Dicke dich zur Sau gemacht hat.«

Kommt nicht oft vor, dass er sich zurückhält. Egal wie riskant die Lage ist, im Allgemeinen reagiert der Chueco zuerst und erträgt dann die Konsequenzen, so gut es geht. Zum Glück wars diesmal umgekehrt.

Hätte er die Waffe gezeigt, hätte es ne Schießerei mit mehreren Opfern gegeben. Und wenn einfach auf gut Glück losgeballert wird, hat man besser kein Los gezogen. Den Preis gewinnen immer die Guten.

In Wirklichkeit ist mir egal, warum er sich zurückgehalten hat. Ich hab nur gefragt, um ihn zu provozieren, weil er mir dann vielleicht seine Karten zeigt. Macht er aber nicht.

»Weil ich die zu Hause gelassen hab, du Blitzbirne«, sagt er. »Würd ich etwa zulassen, dass die Fettkugel sich so vor mir aufspielt, wenn ich bewaffnet bin?«

»Bei euch in der Hütte?«, stoß ich hervor und nehm mir die Bierflasche. Echt witzig, dass er die Bruchbude, in der er wohnt, *Zuhause* nennt.

»Ja, warum?«

»Nur so, Mann.« Ich kipp das Bier runter. »Das heißt wohl, du *hattest mal* eine Knarre …«

»Hä, willst du dich mit meinen Leuten anlegen, Arschloch?« Er kocht über wie heiße Milch. »Hab ich je was drüber gesagt, dass deine Mutter ne Nutte war?«

Er wird pampig. Und ich erstick an meinem Lachen. Die Kohlensäure vom Bier steigt mir in die Nase …

»Du hast sie nicht mal gekannt ...«, sag ich und unterdrücke das Niesen.

»Sie nicht, aber dafür alle, die sie genagelt haben. Deine Mami war die größte Hure von allen. Die hat sich vor nichts geekelt ... Hat jedem stinkenden Penner einen geblasen, bis die rundum sauber waren. Trocken gelutscht wie ein Hühnerknochen. Weißt du, wie man sie genannt hat? Die Zunge ...«

»Wenn du so weitermachst, muss ich dich leider vermöbeln, Chueco.«

Jetzt ist ers, der lacht. Ich steh auf, um die Zigaretten aus der Hosentasche zu ziehen, und der Chueco springt auch auf. Er denkt, dass ich ihm drohe.

»Du hast angefangen, Mann ... Kommst mir blöd, als wären meine Leute nicht in Ordnung«, sagt er. Aber er beruhigt sich, sobald er sieht, dass ich nur die Kippen raushol.

»Ganz ruhig, Chueco. Alles gut«, sag ich, während ich eine ansteck. »Ich hab nur nach der Knarre gefragt.« Ich heb die leere Flasche vom Boden auf und reich sie ihm. »Hier, du bist dran mit kaufen.«

Der Chueco geht Richtung Kiosk und ich setz mich wieder auf den Kantstein.

Ein einziges Mal sag ich was, und der Irre dreht sofort durch. Der Chueco verteidigt seine Gang, als wär sie sein eigen Fleisch und Blut. Man sieht, dass er in der Hütte die Familie gefunden hat, die er nie hatte. Soll er ruhig, wenn er für seine Leute die Hand ins Feuer legen will. Ich würds nicht tun an seiner Stelle. Bei der Misere, die wir grade haben, kann man nicht einfach so ne Knarre rumliegen lassen. Und noch weniger in so einem Drecksloch. Da sind viel zu viele Leute nur übergangsweise. Kommen und gehen, pennen da für eine Nacht. Fest wohnen da nur fünf, wenn man den Chueco mitzählt: der alte Soria, der nichts tut, als auf ner Weinkiste stehen und sich den Mund fusselig reden; Willi, ein großer Typ mit einem ziemlichen Dachschaden, von dem keiner weiß, was er macht, und der ständig irgendwo drauf ist; Pampita, eine Arbeiterin aus dem Norden, nettes Mädchen, was die andern voll ausnutzen. Die lassen sie gegen Gratisficks in der Hütte wohnen. Und der Chelo, ein mies gelaunter Dunkelhaariger, dem ich keinen Zentimeter über den Weg traue. Im Moment macht er anscheinend irgendwas mit den Arbeitslosen und den Piqueteros, weil er nicht mehr so oft Papiersammeln geht und dem Quique seinen Karren leiht.

Der Chueco kommt mit dem Bier zurück und setzt sich. Macht es mit den Zähnen auf und gibt es mir, anstatt selbst den ersten Schluck zu nehmen. Jetzt auf einmal höflich. Obwohl mir weniger Höflichkeit und mehr Loyalität lieber wär. Einmal wegen meinem Anteil für das Ding beim Dicken Farías, von dem ich noch nichts gesehen hab, und außerdem stinken mir seine heimlichen Deals mit dem Jetita.

»Gehn wir rein?«, fragt er und zeigt mit der Flasche, die ich ihm gerade zurückgegeben hab, aufs Babilonia.

Die Schlange vor der Disco auf der anderen Straßenseite kriegt grade ein bisschen Farbe. Da sind ein paar Mädels auf Aufreißtour.

»Geh mal rüber und check bei Julito. Mehr als fünf zahl ich nicht«, sag ich.

Der Chueco sieht mich an. Er ist dran gewöhnt, dass er mir die Befehle gibt, nicht dass er welche bekommt. Ich nehm ihm die Flasche ab und setz sie an.

Der Chueco geht, ohne den Mund aufzumachen. Er überquert die Straße und drängelt sich durch die Schlange, so gut es geht. Ich seh ihn ein paar Minuten mit Julito, dem Türsteher vom Babilonia, quatschen, dann kommt er zurück.

»Er gibt uns zwei für einen«, sagt er.

»Ich zahl nicht mehr als fünf, hab ich gesagt.«

»Verarsch mich nicht, Gringa. Wir machen halbe-halbe, jeder acht Pesos …«

»Vergiss es, ich trink die lieber«, fall ich ihm ins Wort.

»Dann trink die halt allein. Und acht Pesos reichen für ein paar Liter, eh? Bei der Ware, die da ansteht, geh ich auf jeden Fall rein«, teilt er mir mit.

»Dann geh halt, Mann. Mach, was du willst. Was? Soll ich dich an die Hand nehmen, damit du dich traust, ne Frau anzusprechen? Bist du mein kleiner Bruder, oder was …«

»Ziemlich große Klappe heute. Gib mir ne Kippe, Gringa, und dabei belassen wirs, sonst wird das ziemlich unschön«, droht er.

»Ich hab nur noch eine.«

Der Chueco weiß, dass ich lüg, aber macht keinen Mucks.

Und das ist gut so. Alles ist scheiße. Besser geht jeder seinen Weg, wenigstens heute Nacht, sonst haun wir uns früher oder später auf die Fresse.

»Jungs! Was geht?«, begrüßt uns der Loco Santi, der plötzlich vor uns auftaucht.

Er kommt wie gerufen. Grade im richtigen Moment, um die Lage zu entspannen. Das bisschen Luft zwischen mir und dem Chueco ist dick und schwitzt. Die kann man mit dem Messer schneiden.

»Alles flauschig. Und du? Was geht?«, frag ich Santi und biete ihm das Bier an.

Er trinkt einen Schluck.

»Dasselbe wie immer: Scheiße baun mit den Jungs. Wir organisieren grade ein kleines Rennen auf der Brücke. Kommt ihr?«

»Klar, Champ. Wen lässt du Staub schlucken?« Ich schmier ihm Honig ums Maul.

Das reicht ihm als Anstoß, um seine Show abzuziehen. Santi ist ein Angeber. Und, schlimmer noch, er hat allen Grund dazu. Weil er sich mit Autos auskennt, läufts bei ihm.

»Irgendein Schwachmat, der sich fürn Rennfahrer hält. Hat so einen protzigen Fiat, aber du musst nur hören, wie der schnurrt, wenn er schaltet. Wie ein erschrockenes Kätzchen. Ich wette, der Motor ist exakt so aus der Fabrik gekommen. Der Typ hat nichts dran gemacht … Der hat echt keine Ahnung.«

Santi schon. Er hat Ahnung, und er hat an seinem Wagen was gemacht: Ihm gehört ein Chevy-Coupé Baujahr 1979. Da hat er einen V8er eingebaut, den Rubén ihm verkauft hat. Sechzehn Ventile. Und er hat die Kolbenringe geschliffen, um Kompression und Leistung zu tunen. Echt ein teurer Spaß, was der säuft, aber wenn man aufs Gas geht, brüllt er wie ein Tiger. Und geht richtig ab.

Der Chueco sagt was dazu, und Santi erklärt uns die Einzelheiten des Rennens. Es werden Wetten angenommen. Und weil er sich sicher ist, dass er gewinnt, sucht er einen, der einen hohen Einsatz macht, bei dem er ne Provision aushandeln kann.

Zu dem Zeitpunkt hör ich schon nicht mehr zu. Ich konzentrier mich darauf, das Bier auszutrinken, das rumgeht, und den richtigen Moment abzupassen, um die Biege zu machen.

»Hast du Gras, Chueco?«, fragt Santi ganz nebenbei.

»Nur nochn Rest, aber sag, wie viel du willst, ich brings dir nachher auf die Brücke«, erwidert der Chueco diensteifrig.

»Ich weiß nicht … ein Zehner?«

»Auch okay, wenn ich für zwanzig oder dreißig besorg?«, fragt der Chueco.

Wieder fallen bei mir die Groschen. In schwindelerregendem Tempo.

»Klar, die Jungs legen zusammen …«, sagt Santi.

Ich rück dichter ran und flüster dem Chueco ins Ohr: »Seit wann tickst du heimlich, du Ratte? Und wer versorgt dich mit Gras? Der Jetita?«

»Lass mich in Ruhe, Alter!«, schreit er mich an. Er schubst mich gegen die Brust und tut so, als würde er sich kaputtlachen. »Das ganze Fleisch gegenüber, und du willst diese alte Nutte bezahlen! Hau ab!«

»Dieser Typ, ey …«, sagt er zu Santi und macht ein Gesicht, als hätte ich ihm vorgeschlagen, die alte Riquelme zu teilen, die hässlichste Nutte im Viertel.

Santi macht den Mund nicht auf. Und lacht auch nicht. Er ist misstrauisch. Das findet keiner gut, wenn vor seiner Nase getuschelt wird. Meinetwegen kann der Schrauber denken, was er will. Aber dem Chueco würde ich jetzt schon gern die Meinung geigen. Keine Ahnung, was sein Spiel ist. Eine nach der anderen kann ich seine Karten sehn. Und sie gefallen mir gar nicht.

Ich glotz ihn mit meinem besten Mörderblick an, aber der Chueco beachtet mich gar nicht. Traut sich nicht. Sagt irgendwas zu Santi, versucht, das Gespräch wieder aufzunehmen, als wär nichts gewesen.

Ich trink das Bier aus, werf die Flasche hoch und latsch los. Wenn die weitersaufen wollen, sollen die gefälligst Pfand blechen. Ich hab sogar Glück und sie fällt dem Chueco auf den Kopf. Aber der Mistkerl hat gute Reflexe. Ich hör ihn fluchen und das dumpfe Geräusch von Glas gegen Hand. Dreh mich um, und der Chueco hält triumphierend die Flasche hoch. Ich zwinker ihm zu. Die hast du gefangen, die nächste …

Ich komm einen halben Block weit, dann seh ich sie. Den letzten Mensch, den ich grade treffen will. Sie ist mit zwei Freundinnen unterwegs. Eine hab ich schon mal im Viertel gesehen. Die andre, keine Ahnung.

»Was geht, Yani?«, begrüß ich sie.

Sie ist umwerfend. Unter dem knappen T-Shirt zeichnen sich ihre Titten ab. Und man sieht ihren Bauchnabel. Sie hat schwarze Strumpfhosen an. Und einen Minirock, der ein Gürtel wär, wenn man ihn noch kürzen würde. Sie ist kein Mädchen, sie ist der

Hammer. Und sie ist nicht dieselbe Yani, die ich vor ein paar Stunden in der Bar gesehen hab.

»Wie gehts? Alles gut?«, fragt sie. Sie versucht, sich normal zu verhalten, kriegts aber nicht hin.

Wir geben uns ein Küsschen. Sie stellt mir ihre Freundinnen vor und gibt ihnen ein Zeichen, dass sie weitergehen sollen. Ich sag irgendwas, und sie spielt mit, bis die anderen ein Stück weg sind.

»Du bist so ein Arschloch, Gringo! Ihr wart das!« Die Tränen werden ihr die Wimperntusche verschmieren. Sind schon startbereit.

»Ich war das nicht, ich schwör«, sag ich und drück ihre Hand.

Bemüh mich heldenhaft, ihrem Blick standzuhalten. Ich kann nicht lügen. Aber sie ist viel zu aufgewühlt, um das zu merken.

»Mein Pa hat gesagt … Aber wer dann? Arbeitest du für den Jetita? Was hat dieser Typ vor? Ihr wart das …«

»Yani, beruhig dich. Ich schwör, ich war das nicht. Für den Chueco leg ich die Hand nicht ins Feuer. Keine Ahnung, wo die deinen Alten mit reinziehen wollen, aber es ist ne heftige Sache. Im Moment kann ich dir nichts sagen. Sobald ich was Genaues weiß, bist du die Erste, dies erfährt. Wir reden später.«

Yani sieht mich mit offenem Mund an. Ich lass ihr keine Zeit, zu antworten, und drück ihr noch ein Küsschen auf die Wange.

»Pass auf dich auf. Und keine Sorge, alles wird gut.«

Ich guck über die Schulter zurück, ob sie zu ihren Freundinnen gegangen oder einfach stehen geblieben ist. Ersteres. Gut. Nicht so gut war das mit der Hand im Feuer. Hab mich verplappert. Aber ich hab echt keinen Bock auf ein schlechtes Gewissen. Falls das nicht loyal war, dann kann der Chueco sich das aufs Konto schreiben. Für die Male, die er mir schuldet.

ich zweifle

Ich werd von Maminas Stimme geweckt. Ich erkenn nicht sofort, mit wem sie redet, weil diejenige weint. Es ist Ernestina. Ich spitz die Ohren, während ich mich anzieh, aber ich hör nichts. Nur gedämpftes Flüstern und ab und zu ein Seufzen. Es muss schon spät sein, und es ist schwer, die Uhrzeit zu schätzen. Der Himmel ist bedeckt.

Ich geh in die Küche und seh den Quique auf einem Stuhl sitzen. Zu seinen Füßen liegt eine Sporttasche. Sieht leer aus, aber ich wette, es ist einmal Wechselkleidung drin. Wahrscheinlich alles an Wechselkleidung, was er hat. Er bleibt hier. Das muss mir keiner erklären.

Ernestina lehnt im Türrahmen und weint stumm. Rote Nase, geschwollene Augen. Sie ist völlig fertig, schlaff wie ein Lappen. Und nach innen geknickt wie Bastelpapier. Mamina hält sie an den Schultern fest.

»Guten Morgen …«

Die Großmutter erwidert den Gruß. Ernestina reagiert nicht. Der Quique sieht mich kaum an. Als ich hinter ihm vorbei zum Herd gehe, zieh ich ihn am Ohr.

»Ey, du Idiot! Lass das.«

»Wie gehts dir, Rumtreiber? Hast du gefrühstückt?«, frag ich ihn.

Der Quique nickt, und ich hake nicht nach. Ist eh nicht viel da, was ich ihm anbieten könnte. Ich stell den Kessel auf den Herd.

»Der Junge bleibt ein paar Tage bei uns. Pass ein bisschen auf ihn auf«, bestätigt die Mamina.

»Kein Problem, Großmutter«, antworte ich.

Aber sie hört schon nicht mehr zu. Flüstert beruhigend auf Ernestina ein und streicht ihr über den Rücken.

»Was ist passiert?«, frag ich.

»Es ist die Kleine. Ist gestern ins Kinderkrankenhaus gekommen«, sagt Mamina. Mehr muss ich nicht wissen. Und sie sagt es schnell und kümmert sich gleich wieder um die Mutter.

»Deine kleine Schwester? Wie heißt sie noch ...?«, frag ich den Quique.

»Julieta.«

»Und was hat sie?«

»Weiß nicht ... Die hat die Augen verdreht und so gezittert ...« Der Quique schüttelt Körper und Kopf, damit ich eine Vorstellung bekomm.

Krämpfe, denk ich, und in genau dem Moment blitzt es draußen und die Küche leuchtet auf.

»Was hat sie?«, frag ich so laut, dass Mamina es hört und mir antworten muss.

Und sie sagt ein einziges Wort, gerade als auf den Blitz der Donner folgt. Ich rate eher, als es wirklich zu hören. Meningitis.

Es trifft mich wie ein Keulenschlag im Nacken. Der nächste Blitz flackert auf, aber diesmal blitzt es hinter meinen Augen. Und das Bild, das sich weiß in mir einbrennt, ist das von der madigen Puppe.

Das kleine Küchenfenster knallt gegen die Wand. Ein Windstoß fährt herein. Kalt und feucht. Ich mach das Fenster zu und hör vereinzelte Schläge auf dem Zinkblech. Tropfen, schwer wie Steine. Ich guck raus, es ist ziemlich windig, aber der Regen hat sich noch nicht entschieden. Ist egal, der Sommer ist vorbei.

»Gringo, wir gehen, bevor es anfängt. Ich fahre mit ins Krankenhaus«, sagt Mamina.

»Gehen Sie ruhig, Großmutter. Ich kümmere mich um den Quique.«

»Wo ist der Schirm?«, fragt sie mich. Sie hat Ernestina untergehakt.

»Welcher Schirm?«

»Deiner, der große schwarze, Junge, welchen Schirm soll ich schon meinen …«, schimpft sie.

Ich hab keine Ahnung, was sie meint. Es beunruhigt mich, zu denken, dass Mamina wirres Zeug redet, aber ich schließe es nicht aus. Sie ist schon alt.

»Ich hatte nie einen Schirm, Mamina. Wenn es regnet, werd ich nass …«, sag ich arglos.

Sie sieht mich komisch an, bevor sie antwortet.

»Gut, lass es. Wir gehen …«

Der Quique sagt nichts. Ich auch nicht. Ich gieß ein paarmal den Mate auf und seh in den Regen. Inzwischen schüttet es richtig. Der Quique schnaubt, starrt auf die parallelen Rinnsale, die von der Traufe im Vordach runterlaufen. Ich gieß ihm einen süßen Mate auf, und er nimmt ihn. Der Wind bewegt die Plastikstreifen vom Vorhang. Er ist kühl, aber ich will die Tür nicht zumachen. Bei dem milchigen Licht, das durch das kleine Fenster kommt, würden wir praktisch im Dunkeln sitzen. Und nichts ist deprimierender, als mitten am Tag eine Lampe anzumachen.

»Können wir fernsehen?«, fragt der Quique und gibt mir den Mate zurück.

»Wir haben keinen Fernseher, Champion. Hast du das nicht gemerkt?«

Überrascht reißt er die Augen auf. Er glaubt mir nicht, aber es ist die Wahrheit. Ich hab keine Lust, ihm zu erklären, dass Mamina den sofort versetzt hat, als sie mal knapp bei Kasse war. Ist ein paar Jahre her. Und sie hat ihn nie wieder eingelöst. Meinte, was die zeigen würden, wär es nicht wert, und wir hätten Gewinn gemacht, obwohl wir das Ding so billig verschleudert haben. Hatte sie wohl recht.

»Aber wir haben ein Radio. Soll ich das anmachen?«, frag ich, um ihn aufzumuntern.

»Nee, lass mal … Um diese Zeit kommt nie gute Musik. Voll öde.«

»Okay, Kumpel! Du weißt auch nicht, was du willst …«

Er antwortet nicht. Wir schweigen eine Weile. Ich gieß weiter Mate auf. Süß für ihn, bitter für mich. Der Quique steht auf und nimmt den Mate mit zur Tür. Er hält die Streifen des Vorhangs auf und blickt in den Regen.

»Hey, Mann, das ist keine Nuckelflasche …«, sag ich nach einer Weile.

Er gibt mir den Mate zurück und fängt an, die Hütte zu inspizieren. Keine Ahnung, wonach er sucht. Gibt jedenfalls nicht viel, das ihn interessieren könnte.

»Hast du Karten?«

»Auf dem Bord neben dem Hahn.«

Der Hahn ist so eine Glasfigur. Ist ziemlich billig, aber hat wenigstens einen Zweck. Steht seit Ewigkeiten auf dem Bord. Komplett zugestaubt. Hat irgendwer mal von der Küste mitgebracht, keine Ahnung, wer. Die Schwanzfedern sind mit einer Farbe angemalt, die sich je nach Wetter verändert. Ich weiß nicht, obs die Luftfeuchtigkeit ist oder der Druck. Aber der Hahn irrt sich nie. Blau heißt klarer Himmel. Lila heißt unbeständig. Und die Sonne kann noch so sehr auf die Erde knallen, bei Lila fängt es garantiert im Laufe des Tages zu tröpfeln an. Jetzt ist er rosa.

Der Quique reckt sich und holt das Spiel runter. Nimmt die Karten vorsichtig aus der Schachtel und sieht sie sich genau an. Guckt wahrscheinlich, ob welche gezinkt sind. Findet nichts. Er zwinkert mir zu, setzt sich wieder hin und mischt. Alles andere als ungeschickt.

»Heb ab«, sagt er und knallt das Spiel auf den Tisch.

Ich heb ab.

»Und was willst du spielen? Ronda?«

»Das ist für Babys«, sagt er.

»Truco ist stinklangweilig zu zweit«, komm ich ihm zuvor, als er mir die zweite Karte gibt.

Der Quique grinst und teilt schweigend weiter aus. Fünf, sechs, sieben. Er legt den Stapel in die Mitte und die oberste Karte umgedreht daneben. Das hat mir grade noch gefehlt. Ich hasse Chinchón. Ist ein Spiel für Wichser. Ich hab eine Abneigung dagegen entwickelt, als ich mal einen ganzen Sommer lang versucht hab, mit der Negra Fabiana zu vögeln. Chinchón war der einzige Vorwand, den ich hatte, um ihr näherzukommen. Sie war besessen davon. Wir haben ganze Nachmittage unendliche Partien gespielt, und ich bin nie zu was gekommen. Und hinterher hab ich mir wütend unter der Brücke am Fluss einen runtergeholt.

»Wir spielen Lügen, Gringo. Kennst du nicht?«, sagt er, als er meine verwirrte Miene sieht.

»Mehr oder weniger. Wie war das noch …«

»Man bedient die Farbe oder den Wert, und wenn der Gegenspieler lügt, rufst du ›Ich zweifle‹. Wer zuerst keine Karten mehr hat, gewinnt«, fasst er für mich zusammen.

Kelche. Ich komm raus. Der Quique legt drei Karten ab, und in der nächsten Runde nimmt er eine vom Stoß. Anscheinend lügt er nicht. Ich schon, wie ein Politiker. Und er lässt mich. Ich hab nur noch zwei auf der Hand, als der Quique sagt »Ich zweifle«. Er dreht meine letzte Karte um, und ich muss den Stapel aufnehmen. Noch mal von vorn. Schwerter. Er wechselt die Farbe mit einer vier. Münzen. Er wirkt so unschuldig, weil er in der nächsten Runde eine aufnimmt, aber das ist er nicht. Als Nächstes legt er zwei Karten ab, als hätte sich die Farbe, die ihm vorher gefehlt hat, wie durch Zauberei in seiner Hand vervielfältigt. Er hat nur noch eine. Ich zweifle, und der Quique grinst verschlagen. Er hat nicht geschummelt. Vorher ja, sogar als er brav eine Karte vom Stapel genommen hat. Anders lässt sich das nicht erklären. Als Nächstes kommen Stäbe, und er nimmt Karten auf, bis er mich in der vierten Runde besiegt.

Ich ärger mich und häng mich richtig rein, aber es ist zwecklos. Der Quique gewinnt dreimal hintereinander. Und als ich fast das vierte Spiel gewinne, sackt er es doch noch ein. Ich kann nicht lügen, deshalb schummel ich mit einer gewissen Logik. Er dagegen lügt zufällig und ohne sich was anmerken zu lassen. Er lügt, wenn es nötig ist – und auch wenn nicht. Man erwischt ihn nie, weil er einen Rest Wahrheit im Ärmel versteckt hält, damit er reagieren kann, wenn man ihn hinterfragt, und einen anderen Rest, um den Spielverlauf zu bestimmen.

Er ist gerissener, als ich dachte. Jetzt erteilt mir der Bengel schon Lektionen. Und das geht mir so richtig auf den Sack. Aber ich hab eine Idee. Nach einer halben Stunde ist das Wasser für den Mate kalt, und ich nehm das als Ausrede, um das Handtuch zu werfen. Es ist noch bewölkt, aber regnet nicht mehr.

»Hast du Hunger?«, frag ich ihn und setz noch mal Wasser auf.

»Ein bisschen.«

»Warum gehst du nicht zum Dicken Farías und isst ein Choripán? Ich geb dir ein paar Pesos. Danach bleibst du in der Nähe bei deinen Jungs, hältst ein bisschen die Augen auf, und nach einer Weile gehst du wieder rein. Kaufst dir ne Dose Cola, spitzt die Ohren …«

»Ist das ein Deal, Gringo?«, fragt er mich.

»Mehr oder weniger«, sag ich und halt ihm einen Fünfer hin.

»Abgemacht«, antwortet er und nimmt das Geld. »Was willst du wissen?«

»Alles. Wer da ist, wer reinkommt, wer rausgeht … Was sie machen …«

»Du rauch in Ruhe«, sagt er, grade als ich mir die erste Kippe des Tages ansteck.

Als ich den ersten Zug nehm, macht der Quique sich auf die Socken.

Ich geh vor die Tür und seh, wie er sich auf der Straße entfernt. Die feuchte Erde glänzt, als wär sie in Plastik eingeschweißt. Der Quique geht langsam, meidet die Pfützen, um nicht auszurutschen. Es ist immer noch windig und ziemlich kalt.

weißes Blatt im Kopf

Ich geh in der Hütte auf und ab wie eine Katze im Käfig. Es gibt keinen Grund, zu Hause zu bleiben, aber ich weiß auch nicht, wohin.

Ich schnapp mir das Buch vom Wal und setz mich zum Lesen in die Küche. Drück die Seiten fest zusammen, damit das Geld und Tonis Zettel nicht rausfallen. Das liegt noch immer da drin, und dabei belass ichs erst mal. Ich weiß noch nicht, was ich mach.

Ismael ist irgendwie schwul, aber ich mag den Typ trotzdem. Während er darauf wartet, dass irgendein Walfänger in See sticht, pennt er ein paar Nächte in einer Pension auf Nantucket. Da teilt er sich das Bett mit einem wilden Harpunier. Einem Kannibalen vom Pazifik, am ganzen Körper tätowiert. Er heißt Queequeg. Der Typ betet zu einem Gott aus Holz, den er in einer Kiste aufbewahrt, und schläft mit seiner Harpune im Bett. Keine Ahnung, was das für ne Harpune sein soll, Ismael sagt nämlich, dass die wie eine riesige Axt aussieht und der Typ sie außerdem als Pfeife benutzt. Das Ding ist, dass Ismael und der Kannibale zusammen rauchen, Freunde werden und am Ende sogar kuscheln.

Irgendwann finden sie ein Schiff, das grade ausgerüstet wird, die Pequod, und schaffen es, sich für die Fahrt anheuern zu lassen. Die Vorbereitungen ziehen sich ohne Ende. Man merkt richtig, dass Schiffsreisen damals Jahre gedauert haben. Deshalb musste man vorausschauend sein. Wenn man kein Salz mehr hatte oder einem mitten auf dem Ozean die Yerba Mate ausging, war man am Arsch. Man konnte nicht mal eben was im Laden an der Ecke nachkaufen. Logisch. Aber das Ding ist, dass mich dieser ganze

Teil ungeduldig macht. Ich les seit zwei Stunden ohne Pause und vom Wal keine Spur.

Mein Magen rumort, aber ich trink weiter Mate. Hab keinen Hunger. Zünd mir noch ne Kippe an und les weiter.

Endlich legen sie ab. In der ersten Woche kommt der Kapitän – der Ahab heißt – nicht mal vor. Sitzt den ganzen Tag drinnen in seiner Kajüte. Als er eines Nachts beschließt, auf Deck rauszukommen, sind sie schon auf hoher See. Er flucht ne Weile auf dem Achterdeck und wirft seine Pfeife über Bord. Hat voll den Schuss, der Alte. Und das sieht man ihm an den Augen und am Gesichtsausdruck an. Außerdem hat er ne Narbe, die von der Stirn über ein Auge bis zum Kiefer geht. Voll der Axthieb. Und ein Holzbein. Aus Elfenbein, sagt Ismael. Und aus Walknochen. Was denn nun? Die Story ist, dass Moby Dick, der weiße Wal, sein Bein gefressen hat, und der Alte will sich jetzt rächen. Ist komplett besessen.

In einer andern Nacht versammelt der Alte die gesamte Besatzung auf Deck und heizt ihnen richtig ein. Wenns nötig ist, segeln die um die ganze Welt, um den Wal zu finden. Und für den ersten Seemann, der ihn vom Ausguck oben sieht, nagelt Ahab eine Goldmünze an den Großmast. Alle drehen komplett durch und sind dabei. Alle außer einem. Der Erste Steuermann Starbuck rebelliert und stellt sich ihm entgegen. Ahab droht ihm, und am Ende kneift der Typ den Schwanz ein. Ismael lässt ihn wie einen Schisser dastehen, aber ich finde, dass er nicht total unrecht hat. Starbuck sagt, dass sie eigentlich Wale fangen wollen, nicht nur einem einzigen hinterherjagen, der noch dazu so ein Hurensohn ist. Es geht darum, Geld zu machen. Es bringt nichts ein, unterzugehen, nur damit der Alte seine Rache kriegt.

Grade als die Geschichte gut wird, fängt Ismael wieder mit unwichtigem Scheiß an. Hat er schon zwei- oder dreimal gemacht. Ich hätte echt Lust, ihm den Hals umzudrehen. Als der Alte zum ersten Mal aufgetaucht ist, hat Ismael auf einmal angefangen, alle Arten von Walen aufzuzählen, die es im Meer gibt: Grönlandwale, Pottwale, Buckelwale, Schwertwale ... was weiß ich. Und jetzt fängt er an mit der weißen Farbe von Moby Dick. Auf ne Art ist das ja okay, weil man ein paar Sachen mitkriegt. Zum Beispiel: dass man die Wale gekocht hat und ganze Fässer voll Öl dabei rausgekommen sind. Oder dass das Sperma vom Wal am meisten Kohle gebracht hat. Weil man das früher, als es noch keine Elektrizität gab, für Lampen genommen hat wie Kerosin. Was er allerdings nicht erklärt, ist, wie zur Hölle die die Wichse da rausgeholt haben. Die haben denen ja wohl keinen runtergeholt ... Wär ja auch schwierig, weil sie die zuerst umgebracht haben.

Aber das Ding ist, dass er sich zwanzig oder dreißig Seiten gönnt, um dir das zu erzählen. Man verliert den Faden und irgendwie wirds ein bisschen langweilig.

Jetzt steigert Ismael sich voll in das Weiß des Wals rein. Und er labert so einen Haufen Schwachsinn, dass man Lust kriegt, ihn zu töten. Er sagt nämlich, dass Moby Dick einem gar nicht wegen seiner Größe Angst macht, und auch nicht wegen dem Haufen Leichen und den gesunkenen Schiffen, die er auf seinem Weg hinterlässt, sondern weil er weiß ist wie Milch. Man hat nicht Schiss vor ihm, weil er so ein Hurensohn und so böse ist. Der Gegensatz ist das Schlimme: weil er so unschuldig wirkt. Unbefleckt wie ein Lämmchen.

An dem Punkt lass ich Ismael und seinen Wahnsinn und such mir was zu essen. Ich kann nicht mehr. Hab voll das Loch im Bauch. Ich finde eine halbe Zwiebel, einen Rest Maisgrieß in einem Paket und ein fast volles Paket Reis. Von dem koch ich ein paar Handvoll mit der Zwiebel und ess ihn direkt aus dem Topf. Verbrenn mir die Zunge und den Gaumen. Mit ein bisschen Thunfisch und Tomate wärs richtig geil. So schmeckts nach nichts. Weißer Reis ist nur dazu da, um den Hunger zu killen.

Und es ist irgendwie witzig, aber anscheinend ist Ismaels Gelaber ansteckend. Mein Kopf ist leer wie ein weißes Blatt. Als wär er voll mit Rauch. Oder besser mit Nebel. Ich denk nur noch an das Weiß. Erinner mich, wie die Sonne das frisch geweißte Haus vom Portugiesen Oliveira angestrahlt hat. Eine Weile hat das sogar gehalten. Mit den Jungs sind wir während der Siesta in den Garten geschlichen und haben Pflaumen gegessen. Die mit den Würmern haben wir gegen die Hauswand geworfen. Und ein besonders dreister hat ihm DRECKIGER PORTUGIESE an die Gartenmauer geschrieben, mit Pferdescheiße.

Ich kann mich auch an Albino erinnern, die Dogge vom Türken Zaid. Ein schönes Tier, aber hundsgemein. Er hatte ihn immer an der Kette, weil der nichts am Leben gelassen hat, was ihm über den Weg gelaufen ist. Egal obs Federn, Schuppen, Haare oder einen Schnuller hatte. Der Albino hat sich draufgestürzt. Der war total abgefuckt. Hat sogar dem Türken ein paarmal in die Hand gebissen, obwohl der ihm zu fressen gegeben hat. War echt gefährlich. Aber bei Hundekämpfen hat er ihm gutes Geld eingebracht. Er war der Champion von Zavaleta. Da sind sogar Leute von außerhalb hin, um ihn kämpfen zu sehen. In den vier bis fünf Jahren, in denen der Türke ihn hatte, hat er keinen einzigen Kampf verloren. Am Ende musste er ihn einschläfern lassen. Er hatte einem Jungen aus dem Viertel den Arm abgebissen. Zum Glück haben sie ihn rechtzeitig gestoppt, sonst hätte der ihn ganz aufgefressen.

Der Schulkittel war auch weiß. Vor allem am Montagmorgen, wenn wir gekämmt und herausgeputzt mit den makellosen Kitteln ankamen. Das Witzige war, dass die größten Hungerleider die weißesten Kittel hatten. Armut wäscht man mit Bleiche. Die Flecken der Not werden mit Kernseife geschrubbt. Und, wenn nötig, mit Salz und Zitrone in die Sonne gelegt. Bei mir hat das Weiß nie lange gehalten. Immer nur bis zur ersten Schlägerei. Und ich hab mich fast jeden Tag geprügelt. Später dann, als irgendein Idiot mir eine Tasche abgerissen hat, und ich von Mamina zu Hause ne richtige Tracht Prügel kassiert hab, hab ich mir angewöhnt, den Kittel vor den Kämpfen auszuziehen.

Und jetzt lass ich auch den Wahnsinn vom Gringo, ess den weißen Reis auf und geh raus. Es wird Nacht. Es nieselt. Und der Quique ist nicht zurückgekommen, um Bericht zu erstatten. Ich bieg direkt in die Straße vom Bahnhof ein. Nehm die Brücke über den Fluss und dann die Querstraße zur Bar.

Fünfzig Meter vor Farías' Bar seh ich Quiques Bande. Fünf oder sechs potenzielle Straftäter. Sie sitzen geschützt vorm Nieselregen unter dem Vordach von Tita Cabreras kleinem Laden. Lassen eine Bierdose rumgehen. Ich weiß, dass da kein Bier drin ist, aber um mich ranzuwanzen, sag ich dem, der sie grad mit beiden Händen festhält:

»Gib mir auch n Schluck, Dings.«

»Ein Schluck!«, schreit ein zweiter, der komplett dicht ist und neben dem Quique sitzt.

Mit Verzögerung fangen alle an zu lachen.

Ich lach mit und geb dem Quique ein Zeichen. Wir entfernen uns ein paar Meter, und ohne zu wollen, lass ich den Prediger raushängen. Oder den großen Bruder. Kaum hab ich den Mund aufgemacht, bereu ich es schon.

»Warum schnüffelst du diesen Dreck, Dummkopf? Rauch lieber ne Tüte. Weißt du nicht, dass der Kleber dir die Gehirnzellen verbrennt?«

Der Quique wird ernst, kneift ein Auge zu, damit er mich nicht doppelt oder dreifach sieht, malt mit dem Finger einen Kreis um mein Gesicht und zeigt dann auf meine Nase. Das ist der Trick, um bei einem Klebetrip das Bild zu fixieren. Den kenn ich auch.

»Das Leben verbrennt dich, Gringo. Geh mir nicht auf den Sack …«, antwortet er in Zeitlupe.

Ich zünde mir ne Zigarette an, während er auf den Füßen balanciert. Seine Unterlippe hängt runter wie bei der Puppe von nem Bauchredner. Fehlt nur noch, dass er sabbert.

»Hast du was rausgekriegt?«

»Nicht viel.«

»Und was?«

»Mittags haben der Jetita und Rubén mit dem Polizeichef von Zavaleta Parillada gegessen. Farías hat gegrillt, seine Tochter hat bedient. Alle andern haben sie rausgeworfen. Sogar den Negro Sosa, der ein bisschen geflucht hat, und diesen Typ, der zu Rubén gehört«, nuschelt er mit schwerer Zunge.

»Und worüber haben die mit dem Bullen geredet?«

»Was weiß ich? Denkst du, die lassen mich da als Deko rumstehn?«

Er hat recht. Blöde Frage. Obwohl er mit Delay redet und seine Augen ständig abwandern, wirkt der Quique klarer als je zuvor.

»Was noch?«

»Der Bulle ist am Nachmittag abgehauen, und die andern sind zurückgekommen. Der Jetita hat mit seinen Leuten Truco gespielt, und der Chueco ist ein paarmal vorbeigekommen, um mit ihm zu reden. Beim zweiten Mal mit der Dunkelhaarigen, die bei ihm wohnt.«

»Pampita?«

»Ja, die. Die hab ich nicht wieder rauskommen sehen.«

»Und der Chueco? Irgendwas?«, frag ich.

»Ich weiß nicht …« Er kratzt sich am Kopf und schließt die Augen, als würde er sich konzentrieren. »Der hat bestimmt irgendeinen Deal mit dem Jetita gemacht, aber ich habs nicht mitgekriegt. War zu weit weg. Dann hat der hier ein paar Runden gedreht. Ich glaub, er …«

»Gras?«

»Und Koks.«

»Bist du sicher, Quique?«

»Worauf willst du wetten?«, sagt er. Er sieht aus, als wär sein Gesicht aus Knete modelliert.

»Und das Mädchen ist noch da drinnen?«, wechsel ich das Thema.

»Wer?«, fragt er verwirrt.

»Yanina.«

»Nee, die ist so ne halbe Stunde nach dem Bullen abgehauen.«

Der Quique schließt wieder die Augen und hält sich einen Finger an die Schläfe, als würde er lose Fäden verbinden oder irgendein Rätsel entschlüsseln. Nach seinem Bericht, angeblich »nicht viel«, hab ich den Verdacht, dass der Kleber ihn in eine Art Prophet oder Seher verwandelt hat. Ich kann es nicht lassen und frag ihn direkt, was er von der ganzen Sache hält.

»Was weiß ich, Gringo? Mein Kopf ist ein weißes Blatt ...«, sagt er.

Und grade, als es aussieht, als würde der Seher eine Offenbarung ausspucken, steigt der Quique voll auf den Klebetrip ein und dreht durch. Er deutet an, dass die Pfützen und Straßenlaternen ihm Blinkzeichen geben und dass die nichts Gutes bedeuten.

»Ich geb dir die Information. Du ziehst die Schlüsse«, endet er.

Und das ist das letzte halbwegs Zusammenhängende, was ich aus ihm rauskrieg.

blinde Pferdchen

Es tutet und tutet. Keiner geht ran. Und als doch jemand rangeht, rede ich wie ein Trottel einfach weiter, als die Verbindung abbricht. Ich werf noch eine Münze ein, und jetzt ist besetzt. Ich wähl noch mal, ohne aufzulegen, damit er die Münze nicht schluckt, und als ich endlich durchkomme, werf ich noch zwei in den Schlitz. Das war der Rest, den ich nach dem Überfall auf den Dicken Farías noch in der Tasche hatte, abgesehen von den drei großen Scheinen, die im Buch vom Wal liegen.

»Hallo?«

»Hallo, Cristina?«

»Wer ist da?«

»Ich bin der Gringo, ein Freund von Toni. Kannst du ihm was bestellen?«

»Ja, sag.« Dem Tonfall nach fällts mir schwer, sie mir vorzustellen, aber anscheinend ist es eine, die gleich zur Sache kommt.

»*Mamina sagt, du bist tot für sie, und das gefällt mir nicht. Bevor ich bei euch mitmach, würd ich gern wissen, was da gelaufen ist.* Kannst du ihm das genau so sagen? Er wirds schon verstehen«, erkläre ich ihr.

»Keine Sorge. Er kommt morgen, um Neusilber zu holen, dann sag ichs ihm.«

»Danke.«

»Dafür nicht«, erwidert sie höflich, aber knapp, und legt auf.

Das Gespräch hat keine Minute gedauert, aber der Apparat gibt mir nicht eine einzige Münze zurück. Ein paar Schläge bringen gar nichts. Grad fang ich an, dagegenzutreten, als mich jemand an der Schulter packt.

»Hör auf, Mann, das geht noch kaputt, und es ist das einzige öffentliche Telefon! Wenn was passiert, müssen wir sonst bis nach Zavaleta rennen, um einen Krankenwagen zu rufen …«

»Seit wann so vorausschauend?«, frag ich den Chueco, der sich von hinten an mich rangeschlichen hat.

»Seit wir mit dem Feuer spielen, alter Brandbekämpfer«, antwortet er trocken. Seine Augen glänzen. Aber er wirkt eher besoffen als auf Koks. »Wo hast du gesteckt, Gringa? Ich hab den ganzen Tag auf dich gewartet. Wir haben einen Job zu erledigen …«

»Den erledigen wir jetzt bei Nacht und Nebel, Partner.« Ich spiel einfach mit und tu so, als wärn wir wieder Freunde.

»Dann los. Die Jungs vom Charly sind im Park am Bahnhof. Hab die grade gesehen.«

»Die Knarre hast du dabei?«

»Klar«, sagt er und zeigt mir den Griff, der über den Gürtel rausragt.

Wir gehn durch die Straße mit der evangelikalen Kirche, einem alten, umgebauten Futterschuppen mit Neonbeleuchtung. Es ist Sonntagabend, und die ist gerammelt voll. Man hört das Gesinge und den Pastor, der dazwischenschreit, als wärs der Refrain. Die Evangelikalen haben sich vor Jahren im Viertel niedergelassen und fangen immer noch Einfaltspinsel. Sogar Mamina hatte ne Zeit lang angebissen, obwohl sie echt nicht blöd ist. Aber der Keks war schnell gegessen. Sie hat sie zum Teufel geschickt, sobald die Geld von ihr wollten.

Der Chueco ist in Sabbellaune. Hört nicht auf, mir alles zu erklären. Seine Pläne. Für den Moment machen wir alles wie brave Jungs, beklauen den Jetita nur ein bisschen unter der Hand, und wenn er uns endlich vertraut, spießen wir ihn auf wie ein Würstchen. Ich stell mich blöd. Sag Ja zu allem, aber glaub ihm kein Wort. Der Chueco hat mich grade erst verarscht und mir meinen Anteil nicht gegeben. Würde mich kein bisschen wundern, wenn ich am Ende der Aufgespießte bin und nicht der Jetita.

Kurz bevor wir zum Park kommen, fragt der Chueco ganz beiläufig:

»Eh, Gringo, hast du eigentlich Kontakt zu Toni?«

Mir dreht sich der Kopf wie ein wild rotierendes Karussell. Es wird immer schneller, und die Pferdchen werden eins nach dem anderen runtergeschleudert. Ich mag keine Zufälle. Hab ich noch nie gemocht. Weils nämlich keine gibt. Entweder hat mich der Chueco beim Telefonieren belauscht, oder die ganze Geschichte ist gewaltiger, als ich dachte.

»Nein. Warum?« Ich stell mich dumm.

»Ach, nur so … Der Jetita hat heute Morgen davon angefangen und gemeint, dass ich dich mal fragen soll. Anscheinend hat der Toni für ihn gearbeitet, bis alles abgekackt ist, und jetzt will er ihn wieder anwerben.«

»Aber hatten die den Toni nicht abgeknallt?«

»Nee, gar nicht. Er sagt, der Typ macht jetzt so Kunsthandwerk im Tigre-Delta …«, erklärt mir der Chueco.

Das Ganze klingt so falsch wie ne Zweiunddreißig-Peso-Münze. Ich weiß nicht, wer grade mehr den Ahnungslosen spielt: er oder ich.

»Und warum fragt er mich nicht direkt, anstatt dich vorzuschicken?«

»Was weiß ich … Du kennst den doch. Komischer Typ halt«, weicht er mir aus.

Mein Karussell rast weiter im Kreis. In jeder Runde verlier ich Pferdchen, alles lose Enden in diesem heillos verworrenen Schlamassel: die Gründe, wegen denen Toni verschwunden ist und nicht zurückkann, weil sie ihn im Visier haben; Maminas Argwohn; das plötzliche Interesse vom Jetita und seine undurchsichtigen Pläne; Chuecos zweigleisiges Spiel … Meine Pferdchen krachen blind gegen eine Blechwand.

»Guck, da sind sie«, sagt der Chueco wie ein perverser Karussellbesitzer, der mit einer Gratisrunde winkt. »Ich übernehm das Reden.«

Die Ticker vom Charly sitzen auf der Bordsteinkante und trinken ein Bier. Wir gehen schnell, als würden wir dringend was kaufen wollen.

»Was geht?«, sagt der Chueco.

»Was los, Dings? Was willst du?« Der Negrito Silva steht auf.

Der kleine Medusa bleibt sitzen. Wir kennen uns schon seit ewig. Aber beim Dealen nennt man keine Namen. Goldene Regel.

»Kommt drauf an. Was hast du da?«

»Was du willst, Kumpel. Wir haben alles«, mischt sich der Medusa vom Boden aus ein.

Es sind Kinder. Die können nicht älter sein als der Quique, aber beim Business sind sie knallhart. Kümmern sich schon seit ein paar Monaten um den Verkauf im Viertel. Der Charly benutzt sie als Vorhut, um sein Territorium auszuweiten. Und wenns Probleme gibt, sind sie Kanonenfutter. So viel ist klar.

»Viagra?«, fragt der Chueco todernst.

Der Silva sieht mich an, und das Lächeln verschwindet aus seinem Gesicht.

»Red keine Scheiße, Blödmann.«

»Von wegen Blödmann, du mieser Hundesohn. Bleib ganz ruhig und leer deine Taschen aus!« Der Chueco zieht den Revolver.

Der kleine Medusa springt auf und fasst sich an den Gürtel.

»Pass auf!«, schrei ich und pack mit beiden Händen sein Handgelenk, bevor er auch seine Knarre rauszieht. Mit der andern Hand zieht der Medusa mich an den Haaren.

»Lass die verfickte Scheiße …!«, sagt der Chueco und drückt ihm den Revolver ins Ohr.

Der Kopf vom Medusa ist zwischen Chuecos Knarre und meiner Schulter eingeklemmt, aber er hört nicht auf zu zappeln. Die Sekunden rasen. Das Adrenalin auch. Ich hab eine Scheißangst.

»Was zur Hölle soll das, Jungs? Ihr handelt euch einen Haufen Ärger ein …«, sagt der Silva ruhig.

»Halt die Fresse, Negro! Und zeig mir deine Hände, bei deiner Hurenmutter! Keine Bewegung, sonst mach ich dich kalt! Genau wie deinen Kumpel hier, wenn er die Knarre nicht fallen lässt!«, schreit der Chueco. Er ist nervös. Ich sehs nicht, aber ich kanns fühlen.

Ich seh den Himmel. Pechschwarz. Der Medusa zieht meinen Kopf an den Haaren nach hinten. Er wird sie mir ausreißen. Mein Nacken brennt wie Feuer. Aber der Altersunterschied ist auch ein Kraftunterschied. Zu meinen Gunsten. Der Medusa hat die Knarre immer noch nicht rausgezogen. Ich schieb sie mit beiden Händen nach unten. Drück ihm das Teil in die Weichteile. Wenn wir so weitermachen, wird er keinem mehr seinen Nachnamen vererben.

»Lass los. Lass endlich los …«, sag ich. Und ich erschreck vor meiner eigenen Stimme. Ich kling entspannter als der Negrito Silva. Muss die Angst sein. »Knall ihn ab, Chueco, das ist mir echt zu nervig. Knall ihn ab, los …«, fahr ich im selben Ton fort und bete gleichzeitig, dass sich bei keinem von beiden ein Schuss löst.

Keine Ahnung, ob der Chueco mich ernst nimmt, aber der Kopf vom Medusa drückt doppelt so hart gegen meine Schulter. Der Chueco muss ihm den Lauf praktisch ins Ohr bohren. Wenns beim Medusa zum einen Ohr rein und zum anderen wieder rausgeht, wie man so sagt, wird der Schuss mein Schlüsselbein treffen. Aber anscheinend hört der Typ mir zu, weil die Drohung Wirkung zeigt. Er gibt nach. Ich nehm ihm die Knarre ab und trete zurück. Ist ne Automatik.

»Ihr kleinen Scheißer …«, sagt der Chueco und lässt sämtliche Luft aus den Lungen. Er ist leichenblass. Um runterzukommen, tritt er dem Medusa einmal in den Bauch. »Und du kriegst auch, du drittklassiger Gangster«, sagt er zum Silva und knallt ihm den Revolvergriff auf den Kopf.

Der Negrito verzieht das Gesicht, als würd er gleich anfangen zu heulen, flucht leise und schluckt es runter. Der kleine Medusa krümmt sich nach Luft schnappend am Boden. Eine Hand auf dem Bauch, die andere auf dem geschundenen Ohr.

»Und jetzt hört ihr mal gut zu, was ich euch zu sagen hab. Zuerst legt ihr alles, was ihr bei euch habt, hier drauf, und ich mein alles, bis zum letzten Smartie.« Er zieht seine Jacke aus und legt sie neben dem Medusa auf den Boden wie eine Tischdecke. »Los!« Dem Negrito Silva, dem noch die Augen tränen, macht er mit ner Ohrfeige Beine.

Der Medusa hat nicht übertrieben, als er meinte, dass sie alles hätten. Auf der Jacke sammeln sich Koksbriefchen, Acidtrips, Brickweed in verschieden großen Pieces, Paco-Brocken, ein Dutzend Blister mit Pillen in allen Farben und richtig viel Kohle in kleinen Scheinen.

»Ich hab gesagt bis zum letzten Smartie, verdammt! Oder soll ich sauer werden?«, spielt der Chueco sich auf, als die zwei sich nicht mehr bewegen.

Sofort holen die Jungs weiter überall kleine Pakete hervor, zwischen den Eiern, aus den Sneakern, hinter den Ohren … Ist wie bei *Mandra, der Zauberer.*

»Unglaublich, Mann … die sind ein wandelnder Supermarkt«, sagt der Chueco begeistert.

Seine Augen glänzen wieder. Aber der Alkoholrausch ist ihm ziemlich schnell vergangen. Vor Schreck. Dieser Idiot. Er hatte immer gute Reflexe, und dann hat er endlich die Gelegenheit, den Revolverhelden zu spielen, und kommt besoffen. Wir hatten Glück, dass der Medusa uns nicht durchlöchert hat, bevor er reagieren konnte.

»Lass ma sehn das Ding«, sagt er zu mir und zieht an der Pistole.

Mit offenem Mund glotzt er das neue Spielzeug an. Eine Beretta Kaliber 22.

»Ganz vorsichtig, Chueco! Pass bloß auf!«, schrei ich und nehm ihm den 38er ab.

Er untersucht die Pistole von allen Seiten. Nimmt das Magazin raus, steckt es wieder rein und entsichert.

»Okay. Wisst ihr, was wir jetzt machen, Jungs?«, fährt der Chueco in väterlichem Tonfall fort. »Ich zähl bis zwanzig und dann üb ich schießen. Ich bin echt nicht gut, aber einen von euch beiden treff ich bestimmt. Und der, ders schafft, gibt ordentlich Gas und rennt direkt zu euerm Boss, um ihm vom Jetita auszurichten, dass die Party vorbei ist. Von jetzt an ticken wir das Dope im Viertel. Ist das klar? Leute von Charly, die über die Landstraße kommen oder sich auf dieser Seite vom Park an der Raffinerie blicken lassen, kehren nicht nach Zavaleta zurück. Und besser, es holt keiner die Einzelteile ab, der endet nämlich genauso. Haben wir uns verstanden?« Der Chueco beendet seine Rede und fuchtelt mit der Beretta rum. Ist voll in seinem Element. Die Jungs sagen keinen Ton. »Und jetzt verpisst euch, ich will nämlich die Wumme hier ausprobieren. Ihr seid echt gut ausgerüstet, ey! Hopp, hopp! Eins … zwei … drei …!«

Die Jungs rennen blitzschnell in die Straße zum Bahnhofsplatz. Der Chueco zählt schreiend weiter. Als er bei zwanzig ist, haben die Jungs schon zwei Blocks geschafft. Er trifft eh keinen. Noch dazu laufen sie jetzt im Zickzack. Die kennen alle Tricks. Der Chueco schießt trotzdem ein paarmal, weil er Bock drauf hat. Macht nur Lärm.

Er bückt sich und fängt an, das Geld zu zählen.

»Das ist ein Vermögen, Gringo.« Er macht zwei Haufen mit Wechselgeld. »Hier, der ist für dich. Der andere ist für mich, und den Rest liefern wir wie zwei brave kleine Jungs beim Jetita ab. Was meinst du? Mit dem Dope machen wirs genauso. Was für ne Schönheit! Alles, was man sich wünschen kann. Such dir aus, was du willst.«

Ich knüll die Scheine zusammen, schieb sie mir in die Tasche und nehm einen kleinen Brocken Gras.

»Nimm dir richtig, du Schwuchtel! Hast du schon mal so viel Dope auf einem Haufen gesehen …?«

»Mir reicht der hier«, sag ich und halt den 38er hoch.

»Werd nicht frech, Gringo!«, schreit er.

Ich antworte ihm nicht.

»Glaubst du, du kannst mir einfach so meine Knarre klauen?«

»Wie siehts denn für dich aus, Chuequito?«, sag ich und steck ihn mir hinten in den Hosenbund.

Der Chueco glotzt mich wütend an, hat die Beretta in der Hand.

»Was? Du willst auf mich schießen? Dann ziel besser gut, eh? Wenn du nicht triffst, bist du im Arsch.«

Ich dreh ihm den Rücken zu und geh in aller Ruhe davon. Er hat nicht die Eier. Hoff ich jedenfalls.

»Gringo! Gringo! Jetzt komm, sei kein Arsch …! Verdammte Scheiße! Gringoooo!«, schreit er wie ein ausgesetzter Welpe.

Ich dreh mich nicht mal um. Soll er sich bei jemand anders beschweren. Die Knarre gehört mir. Die hab ich mir sauer verdient, als ich für ihn die Kartoffeln aus dem Feuer geholt habe. Außerdem werd ich sie brauchen. Das seh ich jetzt schon … Soll er das neue Teil behalten und mir nicht auf die Nerven gehen. Ich bin runter vom Karussell. Nicht eine Runde mehr.

zerwühlte Betten

Zu Hause brennt Licht. Mamina ist wieder da. Der Quique auch. Zwischen den Streifen des Vorhangs erkenn ich einen dampfenden Teller auf dem Tisch. Eine Hand, die umrührt, den Löffel füllt und verschwindet. Das ist der Junge. Sie reden leise. Bestimmt erzählt Mamina, wie es seiner Schwester geht. Ich geh nicht rein. Lauf weiter die Straße hoch und zerbrösel das Weed mit den Fingern. Ich hab keine Blättchen, aber das macht nichts. Ich bau die Tüte mit dem Zettel, auf dem ich Cristinas Nummer aufgeschrieben hab. Die Nummer bleibt ganz, aber ich rauch einen Teil ihres Namens und fast die ganzen Notizen von Toni, wie ich ihn im Delta finde. Weiß ich eh auswendig.

Die letzten Züge rauch ich auf der Brücke über den Bach. Führt ziemlich viel Wasser, bei dem ganzen Regen heute. Der Wind kommt von Osten und der Himmel reißt auf. Vollmond. Träge beleuchtet er das Wasser. Das fließt richtig schnell. Das schlammige Bett muss ganz aufgewühlt sein.

Ich werf ein paar Steine und versuch zu ditschen, aber versenk sie schon beim ersten Mal. Früher konnte ich einen Stein bis zu sechsmal über die Wasseroberfläche springen lassen. Ich konnte über den Bach spucken. Ich konnte eine ganze Zigarette rauchen, ohne dass die Asche runterfiel ... Früher. Jetzt nicht mehr. Jetzt habe ich einen 38er mit sechs Kugeln in der Trommel. Ich zähl sie. Ich hab ein bisschen Kohle in der Tasche und das Buch vom Wal. Zu Hause, unter der Matratze. Ich habe eine Angst, dass ich fast das Gleichgewicht verlier, und solche Lust, mich zu verpissen, dass es kein Wort dafür gibt.

Ich komm an der Bar vom Dicken Farías vorbei, aber da geh ich auch nicht rein. Der Chueco müsste gleich auftauchen, wenn er nicht eh schon drin ist und seine Geschäfte mit dem Jetita macht. Die Kneipe ist rappelvoll. Ich geh einmal außen rum zu dem kleinen Hof hinten, wo der Dicke die Kanister mit dem offenen Wein lagert und den Müll aus der Küche sammelt. Im Lager am hinteren Ende ist jemand. Das weiß ich, weil die Löcher in der Blechwand leuchten. Da ist Licht an. Außerdem haben sie die ganzen Bier- und Limokästen da rausgeholt. Ich geh näher ran und leg ein Ohr an die Wand. Keuchen. Da ficken welche.

Ich verzieh mich hinter die Mauer aus Getränkekisten und geh dichter an die Küchentür. Hör in voller Lautstärke die schrille Stimme eines berühmten Fußballkommentators und das Geschrei der Gäste. Es kommen grad die Highlights des Tages. Deshalb hocken alle in der Bar: Die haben einen Fernseher angeschleppt.

Plötzlich geht ohne Vorwarnung die Tür auf. Ich weich einen Schritt zurück und halt die Luft an. Im Gegenlicht seh ich zwischen den Kisten das Profil vom Negro Sosa, der den Kopf aus der Küche steckt. Er sieht mich nicht. Ich steh im Schatten.

»Pampita! Die Zeit ist um!«, ruft er laut.

Dann geht er wieder rein, die Tür lässt er angelehnt. Aus der Küche erreicht mich ziemlich deutlich ein Gesprächsfetzen.

»Soll ich die Matratze hier in den Gang legen?«, sagt eine Frauenstimme, rau von Tabak und Gin. Die kenn ich. Es ist die Riquelme.

»Wo sonst, Alte. Willst du das Ding auf den Herd packen, oder was? Siehst du nicht, dass sonst kein Platz ist?«, antwortet der Negro Sosa gereizt.

»Ist ja gut, Papito, jetzt sei mal nicht so. Ich hab ja nur gefragt …«

»Nichts mit Papito! Herr Sosa, kapiert? Ein bisschen Respekt, sonst gibts noch ne Ohrfeige, eh?«

Ich sehs vor mir, wie er die Hand hebt. Die Zuhälterrolle passt perfekt zum Negro. Als hätt er sein ganzes Leben nichts anderes gemacht.

»Wenn der nächste Freier für die Pampita durch ist, baust du das Bett auf, und ich schick einen für dich. Verstanden?«, erklärt er der alten Riquelme.

Zwei Nutten und nur ein Zimmer. Obwohl sie ein Problem mit den Räumlichkeiten haben, läuft der Puff schon auf vollen Touren. Man sieht, dass der Negro auch die Küche nutzen will. Aber die ist ziemlich schmal, und wer nach hinten will, muss da durch.

Genug. Es reicht, um mir ein Bild zu machen, was hier läuft. Ich hau ab. Gerade als ich hinter dem Kistenstapel hervorkommen will, geht die Blechtür vom Lager auf. Ein dunkelhaariger, großer Typ kommt raus, den ich schon im Viertel gesehen hab, und steuert direkt auf die Küchentür zu. Das Licht aus dem kleinen Lagerschuppen fällt mir voll ins Gesicht. Pampita steht im Türrahmen und gibt mir ein bisschen Schatten, aber sie wird mich sehen. Sobald der Kunde weg ist, flüster ich ihr zu:

»Pampita, Pampita … psst, verrat mich nicht.«

Ihre Haare sind zerzaust, und sie hat ein kurzes Nachthemd an. Sehr fadenscheinig. Man sieht das schwarze Dreieck der Schamhaare und die dunklen Brustwarzen. Sie hat kein Gramm Fett zu viel – bestimmt lässt sie öfter ne Mahlzeit aus – und ihre Haut ist braun. Das Fleisch sitzt an den richtigen Stellen. Die Hurensöhne haben sich erstklassige Ware besorgt.

»Gringo, was machst du denn hier?«, sagt sie erschrocken.

»Psst … Nichts, tu einfach so, als hättest du mich nicht gesehen. Was geht?«

»Gar nichts geht, die lassen mich ja kaum durchatmen.«

Und mehr kommt nicht. Anscheinend hat sie keine Lust, sich zu unterhalten. Ich heb fragend die Augenbrauen.

»Ich bin hier seit Mittag«, erklärt sie widerstrebend. »Hatte so viele Freier, ich kann die nicht mal zählen …«

»Was beschwerst du dich? Du verdienst ordentlich Kohle …«, sag ich.

»Wohl kaum, wo der Negro die abkassiert. Die haben mir nicht mal gesagt, wie viel ich krieg.«

»Dann mach dir lieber keine Illusionen …«

Die feuchten Augen der Pampita machen mich fertig. Mein Zynismus ist schneller weg als eine Katze, die gebadet werden soll. Es entsteht ein unbehagliches Schweigen, bis mir eine dumme, aber ehrliche Frage rausrutscht:

»Und warum hast du dich so reinlegen lassen?«

»Dein Kumpel hat mich belabert. Und kaum war ich hier, hat der Negro es mir mit dem Gürtel besorgt. Der hat mich richtig verprügelt …« Wieder Schweigen, dann die Bestätigung: »Und dann hat er mich total brachial gefickt.« Pampita hält sich eine Hand an den Arsch. Sie weint. Der Negro Sosa hat ihr richtig wehgetan, daran besteht kein Zweifel.

»So einer ist nicht mein Kumpel«, erwider ich. »Und ich weiß nicht, was ich dir sagen soll. Verpiss dich, sobald die mal nicht hingucken.«

»Und wenn die mich finden …?«, fragt sie. Sie hat Angst.

»Ich würds drauf ankommen lassen … Wenn du hierbleibst, das geht nicht gut aus für dich …«

Und sie tut mir leid, weil sie echt nicht blöd ist. Sie weiß ganz genau, dass sie einen beschissenen Deal gemacht hat, als sie in die Bar gekommen ist. Aber ich hab keine Zeit, sie zu überreden, dass sie es riskieren und abhauen soll. Der Negro kommt schon mit dem nächsten Kunden. Ich hör ihn schmierige Witze reißen, angefeuert vom Lachen des anderen. Ich zwinker der Pampita zu und leg einen Finger auf die zusammengepressten Lippen, dass sie den Mund halten soll. Sie nickt und ihre Miene ist nicht zu entschlüsseln. Irgendwas zwischen Bitte und Resignation. Schnell geh ich über den Hof und stell mich hinter das halb offene Tor. Rühr mich erst von der Stelle, nachdem der letzte Gesprächsfetzen zwischen dem Freier, der ohne große Umstände mit der Pampita im Lager verschwindet, und dem Negro, der wieder in die Küche geht, verklungen ist.

Der Asphalt ist von wässrigem Schlamm überzogen. Da kann man sich super den Hals brechen. Ich geh lieber auf dem kaputten Gehweg. Der ist wenigstens klebrig. Die Sohlen haften an den wenigen heilen Fliesen. Man muss nur den Pfützen ausweichen.

Es weht in Böen, aber es ist nicht kalt. Die Feuchtigkeit erstickt die Nacht. Der Wind trägt die Schreie aus der Bar bis hierher. Besoffene, die die Tore feiern. Aber sie werden leiser, je weiter ich komme. Keiner unterwegs. Kaum Lichter. Es ist spät, und morgen ist ein Arbeitstag. Was von der Straßenbeleuchtung noch übrig ist, hört zusammen mit dem Asphalt hier auf. Wo das Viertel wirklich anfängt. Ein Loch in der Dunkelheit. Die Höhle des Löwen, wie die coolen Porteños sagen.

Frösche, Grillen und Einsamkeit. Die Musik der Angst. Wenn es wenigstens einen vernünftigen Wolkenbruch gäbe … So einer, bei dem der Himmel aufreißt und es auf der Erde donnert. Aber hier macht nur mein Magen Geräusche. Er will was zu futtern. Schon viel zu lange kau ich auf der Angst rum. Irgendwas muss ich ihm vorsetzen, auch wenn ich keinen Hunger hab. Ich geh ein paar Blocks die dunkle Straße lang und biege in eine der Querstraßen zum Bahnhof ab. Von Weitem seh ich Licht beim Türken Zaid. Der hat immer auf. Keine Ahnung, wann der schläft. Muss die einzige Möglichkeit sein, um den Laden zu halten.

Der Türke hat den Kiosk mit der Kohle von den Hundekämpfen geöffnet, nachdem er die weiße Dogge einschläfern lassen musste. Hat gesagt, einen wie den Albino gäbs nicht noch mal, und hat nie wieder gewettet. An der Wand in seinem Laden hängt immer noch ein vergrößertes Foto von dem Hund mitten beim Gemetzel. Das Bild ist unscharf und verwackelt, aber es sagt alles.

Eine weiße Kugel mit roten Spritzern über einer Masse aus blutigem Fell.

Immer wenn nichts los ist, starrt der Türke das Bild an. Und das ist oft, weil er nie zumacht. Sonntage, Feiertage, spät nachts in der Woche … der Kiosk hat immer auf. Und der Türke Zaid sitzt da. Unbeweglich. Ich hab echt keinen Schimmer, was er auf dem Foto sieht. Inzwischen muss es eher der Albino sein, der über den Türken wacht.

Jedenfalls sitzt er exakt so da, als ich ankomme. Im stummen Duell mit der Erinnerung oder dem Gespenst der Schuld. Was weiß ich. Er reicht mir zwischen den Gitterstäben meinen Einkauf durch: fünf Alfajores im Sonderangebot, eine Schachtel Kippen und ne kleine Flasche Legui. Wir reden fast nicht. Zusammen mit dem Wechselgeld gibt er mir eine weiße Plastiktüte. Ich nehm sie, ohne den Mund aufzumachen, und leg die Sachen rein. Der Türke sitzt schon wieder auf dem Hocker hinter dem Tresen, die Lider auf halbmast, den Blick auf dem Foto von seinem Hund. Ich hau ab, ohne mich zu bedanken.

Ich latsche ziellos mit der schwingenden Tüte durch die Gegend und lande wieder am Bach. Aber diesmal geh ich nicht auf die Brücke. Ich setz mich ans Ufer auf einen Haufen Bauschutt. Das Wasser steigt noch. Schüttelt sich wie ein Tier. Wirbelt und schlingert. Reißt viel Müll mit.

Vom Mond sieht man nicht viel zwischen den Wolken, die taumelnd den Himmel überqueren. Schwer zu sagen, wer schneller ist, der Bach oder das Gewitter.

Ich wickel den ersten Alfajor aus und ess ihn lustlos. Die Übrigen quäl ich mit ein paar Schluck Legui runter. Ist eklig süß, das Dulce de Leche und die Quittenmarmelade in den Alfajores und der zuckrige Likör. Aber die Bitterkeit in meinem Inneren lässt nicht nach. Ich versuch, nicht zu denken. Zünd mir ne Zigarette an. Ich rauch eine nach der andern, bis ich die Flasche ausgetrunken hab. Werf sie ins Wasser, wo sie untergeht wie ein Lot. Ich stell mir vor, wie sie herumwirbelt, um auf den Grund zu kommen. Das Bachbett muss zerwühlter sein als Pampitas Pritsche.

wie Hund und Katze

Mit ihr sieht das Haus ganz anders aus. Ich erkenn es nicht wieder. Ihre Anwesenheit verändert den Ort. Oder ich war zu dicht, als ich das erste Mal hier war. Obwohl ich jetzt mit dem Joint und dem Likör auch nicht grade klar bin. Eher aufgekratzt als gelassen, ehrlich gesagt.

»Komm rein«, sagt Yanina verschlafen.

Ich folge ihr. Wir gehn durch den dunklen Flur. Das bläuliche Leuchten im Hintergrund umreißt ihre Gestalt. Im Gegenlicht. Die gerundete Hüfte und die hängenden Schultern. Die offenen Haare. Sie trägt ein vier Nummern zu großes T-Shirt als Nachthemd. Ihre Beine sind nackt. Die Badelatschen klatschen ihr bei jedem Schritt gegen die Füße. Das Leuchten kommt vom Fernseher. Sie sieht grade einen uralten Film in Schwarz-Weiß. Mit Libertad Lamarque. Sie dreht die Lautstärke runter, bis der Dialog ein unverständliches Murmeln ist.

»Ah, du warst noch wach … Musst du morgen nicht früh aufstehen?«, frag ich sie.

»Nein, die Lehrer streiken.« Sie schnalzt mit der Zunge. »Ich konnte nicht einschlafen …« Sieht mich an und klimpert ein paarmal mit den Wimpern. Das entgeht mir nicht.

Sie setzt sich auf einen Stuhl vorm Fernseher, zieht die Beine hoch und zieht das T-Shirt drüber. Ein Sekundenbruchteil, nicht mehr. Aber sie schenkt mir einen kurzen Blick auf ihre Oberschenkel und ein Stück nackten Hintern und Hüfte, der mich ausknockt. Sie zieht eine Zigarette aus einer Schachtel auf dem Tisch und steckt sie sich an. Nimmt einen tiefen Zug, atmet den Rauch aus und umarmt ihre Knie, als wär ihr kalt.

»Und was wolltest du mir sagen?«

Sie kommt zur Sache. Direkt. So direkt, dass es mich rausbringt. Alles oder nichts: Was erzähl ich ihr jetzt?

»Vieles, Yani. Wo soll ich anfangen?«, sag ich und steck mir eine Kippe zwischen die Lippen.

Ich setz mich auf der anderen Seite an den Tisch, und sie nimmt eine Digitaluhr ohne Armband, die versteckt neben dem Aschenbecher liegt, und wirft im Fernseherlicht einen Blick drauf.

»Wo du willst, aber mach hin, es ist spät. Mein Vater kann jeden Moment kommen.«

»Glaub ich nicht, in der Bar war noch richtig was los … Der hat noch ne Weile zu tun«, sag ich, um Zeit zu gewinnen.

Sie runzelt die Stirn. Zieht an der Kippe.

»Trotzdem, Gringo. Er mag es nicht, wenn ich Leute ins Haus lasse, und ich will nichts riskieren. Er ist echt streng …«

»Der schlägt dich doch nicht?«

Ich hab sie überrumpelt, aber das war nicht meine Absicht. Hab gefragt, ohne nachzudenken. Und die Antwort ist offensichtlich. Yani sieht mich geradewegs an. Große, runde Augen wie ein geprügelter Hund, der gestreichelt werden will. Der veränderliche Widerschein des Fernsehers tanzt über ihr Gesicht. Sie schiebt sich eine Strähne hinters Ohr und drückt die Kippe im Aschenbecher aus.

»Nein, aber manchmal …«, murmelt sie und senkt den Blick.

Sie ist ängstlich. Das merk ich. Der dämliche Dicke wird sie ständig verprügeln. Garantiert. So was merkt man. Angst kann man riechen. Und ihre sticht mir in die Nase. Wir schweigen unbehaglich. Das war nicht der Plan. Das Treffen läuft nicht gerade gut. Ich räusper mich und steck mir noch eine an.

Yanina streckt die Beine aus und betrachtet sie eine Weile. Ganz dicht aneinander. Ich reck den Hals, um sie auch zu sehen. Sie sind wunderschön. Vor allem die Knie. Die Knöchel sind voller roter

Punkte. Stiche. Mücken oder Flöhe, was weiß ich. Aber sie gefallen mir. Sie sind ganz schmal. Langsam zieht sie sich die Latschen an und steht auf.

»Willst du Mate …?«

»Klar«, sag ich, bevor sie den Satz beenden kann. Sie könnte mir auch Zyanid anbieten, und ich würds nehmen.

Ich steh auf und folg ihr in die Küche. Sie schaltet das Licht an und stellt den Kessel auf den Herd. Es ist genauso dreckig wie neulich Nacht, aber ein bisschen ordentlicher. Die angebrannten Töpfe sind aus der Spüle verschwunden, und die Arbeitsplatte ist halbwegs aufgeräumt. Yanina reckt sich, um Mate und Yerba von einem Regal runterzuholen. Ich kann derweil in aller Ruhe ihren Arsch taxieren. Unter dem T-Shirt zeichnet sich der Tanga ab. Wahnsinn. Macht mich voll an. Bis jetzt hab ich mich wie ein Gentleman benommen, aber ich weiß nicht, wie lang ich das noch durchhalte. Sie merkt es aus den Augenwinkeln. Glaub ich. Weil sie mit den Augen lacht. Sie befüllt den Mate und gießt den ersten mit kaltem Wasser auf, so wie die Uruguayer. Spuckt ihn in die Spüle und dreht den Wasserhahn auf. Der Kessel pfeift schon. Bevor sie ihn ausmacht, schlag ich vor:

»Wir könnten ihn mit was mixen.«

»Mit was zum Beispiel?« Sie grinst wie ein unartiges kleines Mädchen.

»Weiß nicht. Was du hast …«

»Mal sehen …« Sie macht den Kühlschrank auf und blickt starr hinein, als wär es ein Fenster in die Nacht oder eine dunkle Höhle. Da drin ist es dunkler als in einem Schrank. Wenn mich die Erinnerung nicht trügt, könnt ich schwören, dass er das letzte Mal leer war.

»Ist Genever okay?«, fragt sie und dreht sich um, die rechte Hand noch an der Kühlschranktür.

»Perfekt. Bols?«

»Nee, Llave.« Sie bückt sich, holt eine Anderthalb-Liter-Flasche raus, und gibt sie mir. Sie ist warm.

»Schließt du den nicht an, um Strom zu sparen, oder verwechsel ich deine Speisekammer mit einem Kühlschrank?«, frag ich.

Und sie lacht. Läuft mit uns.

»Nee, der ist kaputt«, antwortet sie mit genervtem Blick.

Ich mach die Flasche auf, probier und geb sie ihr zurück.

»Okay … der Llave ist ein bisschen bitter. Wir könnten das Ganze noch versüßen …«, schlag ich vor.

»Warte mal. Ich glaub, ich hab Honig …«

Sie stellt die Geneverflasche neben den Mate und sucht in einem der Unterschränke. Als ich schon ungeduldig werde und ihr sagen will, dass sie es lassen soll, richtet sie sich triumphierend auf und hält ein Schraubglas hoch.

»Da ist er!«

Sie schraubt den Deckel ab und versucht erfolglos, den Löffel in den Honig zu drücken. Er ist zu alt. Hat sich kristallisiert.

»Lass mich mal«, sag ich, als ich seh, wie sie sich abmüht.

Ich komm näher, und der Geruch ihrer Haare trifft mich wie ein Stromschlag. Er ist gleichzeitig frisch und kräftig. Ich nehm das Glas und halt die Hand auf, damit sie mir den Löffel gibt. Und sie legt ihn auch rein, lässt ihn aber nicht los. Ich schließe die Hand um den Löffel und um ihre Finger. Yanina zieht sie erst nach einer Weile weg, und wir tauschen einen Blick.

Ich steche ein Honigwürfelchen aus und lass es in den Hohlraum zwischen Yerba und Bombilla fallen. Sie kümmert sich um den Rest. Ein großzügiger Schuss Genever, dann gießt sie den Mate auf.

»Bitte schön!«, sagt sie neckisch und reicht mir den Mate.

Er dampft. Die Mischung ist erste Sahne. Ich kann spüren, wie mein ganzer Körper warm wird. Es ist richtig gut.

»Und?«, fragt sie ungeduldig.

»Lecker. Sehr lecker«, sag ich lächelnd, während ich gebannt ihr Profil betrachte. So nah war sie mir noch nie.

Ich geb ihr den Mate zurück und wieder berühren sich unsere Finger. Obs Absicht ist oder nicht, spielt keine Rolle. Sie gibt noch einen Schuss Genever dazu, gießt auf und probiert. Sie findets gut. Dann gießt sie wieder einen für mich auf und rückt ein paar Zentimeter ab. Zur Vorsicht. Die geringste Berührung schlägt Funken wie bei zwei nackten Kabeln. Strom und Masse. Schwer zu sagen, wer von uns beiden elektrisch geladen ist. Und ist auch egal.

Ich lehn mich an die Arbeitsplatte und der 38er drückt mir in den Rücken. Der saß so gut, dass ich ihn gar nicht mehr gespürt hab.

Laut schlürf ich den letzten Schluck und deute auf den Kühlschrank.

»Warum holt ihr keinen Elektriker, der sich den mal ansieht?«

»War schon einer da … Man kann nichts mehr machen, wir brauchen einen neuen«, seufzt sie.

»Und wie kommst du klar?«

»Gar nicht …«

So wie ich sie anseh, weiß Yani wahrscheinlich, was ich denk. Kann der Dicke sich nicht mal den Luxus gönnen, einen neuen Kühlschrank zu kaufen, meinetwegen gebraucht? Bei dem, was er mit dem gepantschten Wein verdienen muss?

»Mein Pa sagt, er hat drei Kühlschränke in der Bar und braucht nicht noch einen …«, erklärt sie mir.

»Nichts für ungut, Yani, aber das klingt ein bisschen nach Neandertaler.«

»Ein bisschen?«, sagt sie. Sie lacht wieder, aber lustlos. Fast bitter.

Ich wechsel das Thema. Wir reden über den Film mit Libertad Lamarque, über die Schlaflosigkeit, über die Schreie von rolligen Katzen … Über alles Mögliche. Alles ist okay, solange wir den Dicken Farías und seinen Laden nicht erwähnen. Die Bar des

Alten ist das Auge des Sturms. Ihres Sturms und meines. Und für eine Weile wollen wir der Scheiße nicht ins Auge sehen. Der Mate ist viel zu gut, um ihn zu verderben. So gut, dass wir immer schneller trinken. Er ist schon ziemlich ausgewaschen. Und bei den vielen Spritzern Genever vernichten wir ein Viertel der Flasche. Yaninas Augen glänzen. Ihre Wangen glühen.

Ich stell den Mate auf die Arbeitsplatte und pack Yanina ohne Vorwarnung um die Taille. Zieh sie entschlossen an mich. Sie wehrt sich nicht und ich beiß ihr in die Lippen. Yanis Zunge tanzt in meinem Mund. Sie schmeckt nach Genever, nach Tabak, nach Pflaume, nach Hustentee, nach Rosmarin … und nach so viel mehr, das ich nicht erklären könnte. Aber vor allem nach Lust. Ich schieb die Hände unter ihr T-Shirt und fahr mit den Fingern über jeden Zentimeter ihres Arschs. Sie kriegt Gänsehaut. Unsere Atmung wechselt den Gang. Sie reißt an meinem T-Shirt und der Jacke. Wild. Ich verschränk die Arme und zieh mir beides mit einer einzigen Bewegung über den Kopf. Die Zeit wird schneller. Oder wir werden schneller. Ich greif unter ihren Arsch, heb sie hoch. Dreh mich um und setz sie auf die Arbeitsplatte. Während ich vorn ihr T-Shirt hochzieh und hinter den Nacken klemm wie bei einem Stürmer, der ein Tor feiert, macht Yanina meinen Gürtel und den Reißverschluss auf. Der 38er löst sich und rutscht innen das Hosenbein runter. Fällt mit einem dumpfen Knall zu Boden.

»Warte … hast du das gehört?«, fragt sie beunruhigt.

»Ich hab nichts gehört, Yani«, lüg ich.

Ich beiß ihr in die Nippel und sie nimmt meinen Schwanz in beide Hände. Lenkt ihn in ihre Mitte, als wärs ihr Spielzeug. Und sie zieht ziemlich kräftig, als würde sie ihn abreißen. Mit Zeige- und Mittelfinger schieb ich den Tanga beiseite und fahr über ihre Pussy. Heiß und feucht. Rutsch mit den Fingern aus und bahn mir einen Weg. Und schon bin ich drin. Ich reise durch den Raum. Es gibt keine Grenzen. Jetzt beißt sie mich. Ins Ohrläppchen. Und sie stöhnt. Ihre Zunge singt eine Melodie aus Spucke in meinem Ohr. Ich halt mich an ihrer Hüfte fest, als wär sie der Anker eines Papierschiffchens im Sturm. Man sieht die Küste nicht. Wir sind auf hoher See, und es gibt kein Draußen. Es gibt keins, oder der einzige Ausweg führt nach innen. Und ich bin drinnen. Aber sie krampft sich um mich zusammen und holt mich auf die Erde zurück. Sie stöhnt und bohrt mir die Fingernägel in die Seiten. Jetzt bin ich eine Pistole. Der Schmerz feuert mich ab. Und ich beiße. Beiß ins Gras, der letzte Reflex von einem, der erschossen wird.

Ich ergeb mich. Lehn die Stirn zwischen den Titten an ihre Brust. Der Schweiß ihrer Haut kühlt mich. Sie legt die Arme über meine Schultern und küsst meinen Hals. Ich hör sie atmen. Sie erholt sich. Und mit einer einzigen Hüftbewegung wirft sie mich raus.

»Guck, was du gemacht hast, Cat Woman.« Ich zeig ihr die Kratzer auf meiner Seite, während ich die Hose hochzieh.

»Und du, mein Hündchen?«, sagt sie und zieht ihre Unterlippe nach vorn.

Wo ich sie gebissen hab, sieht man mehrere blaue Flecken. Auf einem glänzt sogar ein bisschen Blut.

Sie zieht das T-Shirt wieder runter und streicht sich die Haare glatt. Ich schieb den 38er mit dem Fuß unter den Schrank. Und als wär nichts gewesen, nehmen wir ein Gespräch wieder auf, das wir nie angefangen haben.

»Er sieht ne Puffmutter in mir … Ich soll mich um das Bordell kümmern.«

»Wer? Der Jetita?«

»Wer sonst …«, antwortet sie gereizt.

»Ich dachte, der Negro Sosa managt die Mädchen«, erklär ich.

»Erwähn bloß diesen schleimigen Typ nicht. So ein Arschloch … Der macht mir echt Angst. Der und der Jetita wollen mich beide ficken …«

»Und was sagt dein Alter dazu?«

»Gar nichts. Er sagt zu allem Ja, als würde er ihnen was schulden …«

»Kohle?«, frag ich.

»Nicht dass ich wüsste.«

»Was ist der Deal mit dem Polizeichef von Zavaleta?«

»Er hat versprochen, nicht so genau hinzusehen, bis Charly und der Jetita sich das Territorium aufgeteilt haben, und dann kassiert er von beiden die ›Freihandelssteuer‹. Das hat er gesagt, kannst du das glauben?«

»Das teilen die mit Kugeln auf, Yani«, warne ich sie. »Wenn du in der Bar bleibst, kriegst du einen Querschläger ab.«

»Das kapier ich ja, aber was soll ich deiner Meinung nach machen?«

»Abhauen«, sage ich.

Sie sieht mich an. Und die Pfütze der Angst, die sich in ihren Augen bildet, droht, mich nass zu machen. Uns trennen nur Zentimeter.

»Und mein Pa? Soll ich den einfach im Stich lassen?«, sagt sie.

»Er ist schon groß, oder? Er wird schon wissen, worauf er sich eingelassen hat …«

»Wo die ihn reingezogen haben«, unterbricht sie mich grob. »Die haben ihn reingelegt. Der Jetita und all die Arschlöcher, die für ihn arbeiten. Du und dein Kumpel Chueco zum Beispiel.«

»Ich arbeite für niemanden, Yani! Ist das klar? …« Jetzt sind wir wie Hund und Katze. Die Harmonie, die zwischen uns geherrscht hat, ist im Arsch. »Und nur dass dus weißt«, red ich weiter, »ich hau ab. Ich geh ins Tigre-Delta.«

»Und was willst du da machen?«, fragt sie leiser.

»Was weiß ich, egal. Da ergibt sich schon was. Wenn du mitkommen willst …«

Yanina lacht los, aber es klingt gezwungen. Sie ist nervös. Hat nicht erwartet, dass ich mit so was ankomm. Ich verwirr sie.

»Und ich soll einfach die Schule hinschmeißen, bei dem bisschen, das mir bis zum Abschluss fehlt?«

»Nein, du beantragst den Wechsel und machst da zu Ende.«

Sie scheint drüber nachzudenken, sieht aber nicht besonders überzeugt aus. Im Gegenteil. Sie runzelt die Stirn und macht Anstalten, von der Arbeitsplatte aufzustehen. Ich zieh mich an. Beug mich vor, tu so, als würde ich mir einen Schuh zubinden, und schnapp mir die Waffe.

»Bei dir klingt das alles so easy, Gringo, aber so einfach ist das nicht …«, murmelt sie, als würde sie mit sich selbst reden.

Ich antworte nicht. Und sie wiederholt die Worte leise mit verlorenem Blick.

»So einfach ist das nicht …«

Ich nutz den Moment, um mir die Waffe hinten in den Hosenbund zu stecken, ohne dass sies merkt. Aber Yani ist hellwach. Kapiert sofort. Und so, wie sie mich ansieht, ist alles gesagt.

Rätsel

Manchmal versteh ich Mamina nicht. Das mit der sinnlosen Arbeit zum Beispiel. Aber auch ihre Haltung, ihre Reaktionen ... Je länger ich sie kenn, desto weniger versteh ich sie. In diesem Augenblick scheuert sie den Gehweg. Und das macht sie gewissenhaft jeden zweiten Tag. Obs regnet, stürmt oder schneit, sie putzt ihr Stück Zement, bis es makellos sauber ist. Und heute ist es dran.

Ich hör, wie sie am Wasserhahn draußen den Eimer füllt. Und ich seh sie durch das kleine Küchenfenster. Im Nebel. Sie gießt immer ein bisschen Wasser aus und schwingt den Besen. Und sie sieht aus, als würde ein einzelner Strohhalm ein Bündel Stroh festhalten. Jeden Tag ist sie dünner. Kleiner und gebeugter. Sie putzt mit ganzer Seele. Und es ist fürn Arsch. Der Erste, der vorbeigeht, macht alles wieder dreckig. Die unbefestigte Straße ist ein Morast. Aber Mamina scheuert trotzdem. Ich hab keine Ahnung, wo sie die Willenskraft hernimmt.

Ich stell den Kessel auf den Herd und befülle den Mate. Gieß mir ein paar bittere auf und bring ihr einen süßen. So, wie sie ihn mag.

»Guten Morgen.«

»Guten Morgen, Junge. Wie hast du geschlafen?«

Total scheiße, aber ich trau mich nicht, es ihr zu sagen. Sie tut mir leid. In meinem Bett schläft der Quique. Wie ein Stein. Und Mamina hat sich große Mühe gegeben, mir ein anderes zu bauen. Eine Schicht Pappe und ein paar Decken. Ich hab mich hingelegt, als es hell wurde, und bin ziemlich bald mit steifem Rücken wieder aufgewacht. Danach hab ich kein Auge mehr zugetan, obwohl ich wirklich wollte.

»Geht so«, sag ich.

»Ich bitte Ernestina heute, mir eine Matratze zu bringen …«

»Machen Sie sich keine Umstände, Großmutter, Sie haben schon genug mit dem Jungen zu tun.« Sie sieht mich böse an, als hätte ich was Schlimmes gesagt.

»Wie geht es dem Mädchen?«, frag ich, um abzulenken.

»Nicht gut.« Sie schlürft genüsslich und gibt mir den Mate zurück.

Ich bringe ihr noch zwei süße, und beim dritten bedankt sie sich. Mehr will sie nicht. Sogar beim Mate ist sie genügsam.

Drinnen ist der Quique jetzt aufgestanden. Er klaut mir heißes Wasser aus dem Kessel und macht sich einen Mate Cocido in einem Marmeladenglas. Fühlt sich offensichtlich wie zu Hause.

»Hey, Kumpel! Frag wenigstens um Erlaubnis.«

»Geh mir nicht auf den Sack, Gringo.«

Er nimmt zwei Tütchen Zucker, schüttet sie in den Mate Cocido und geht pustend mit dem Glas zu dem Regal, wo Maminas Radio steht. Schaltet es ein und dreht am Knopf, bis er *Sympathy for the Devil* erwischt, das grade angefangen hat. Macht es lauter.

»Stehst du nicht eher auf Cumbia Villera?«, provozier ich ihn.

»Klar, aber jetzt bin ich Stones-Fan«, steigt er drauf ein.

»Seit wann?«

»Seit grade eben.«

»Scheiß die Wand an … Was für ne Entscheidung!«

»Pfft … Menschen ändern sich halt.«

»Und verstehst du, was die sagen?«

»Nee, aber ich finds trotzdem gut.«

Ich auch. Vor allem dieses Stück. Ich mag die Trommeln. Hört sich an wie Candombe. Aber ich weiß auch, was der Text bedeutet. Mehr oder weniger. Der Loco Santi hat ihn mir mal übersetzt, als er mich in seinem Chevy mitgenommen hat. Sympathie für den Teufel, heißt das Stück. Handelt von einem Typ, der sich sehr höflich vorstellt, aber seinen Namen nicht sagt. Er lässt dich raten und gibt dir ein paar Tipps, falls du zu blöd bist. Und da wir eh alle mit drinstecken und der Typ ein Gentleman ist, rät er dir, ihn korrekt zu behandeln und nett zu sein. Der Chor wiederholt immer wieder, wer, wer, wer ist er, als wärs ein Rätsel, und der Typ verrät nicht mehr.

Während der Quique den Mate Cocido trinkt, klopft er mit dem Fuß den Takt. Sieht mich aus den Augenwinkeln an und lacht. Benimmt sich voll merkwürdig. Als er das Glas geleert hat, stellt er es in die Spüle. Ich lehn mit dem Mate in der Hand an der Arbeitsplatte. Er dreht sich zu mir um und rückt ein Stück näher.

»Wenn ich wieder den Spion spielen soll, ist das übrigens kein Ding, eh?«, flüstert er.

Ich seh ihn an, und er tut so, als wär nichts gewesen. Zieht sogar eine Augenbraue hoch. Hält der sich für James Bond, oder was?

»Klar, mach weiter ...«, sag ich. »Gib mir Bescheid, sobald dir was Komisches auffällt.«

»Aber der Kurs steigt, eh? Sagen wir zehn Pesos, solange es keine Probleme gibt. Sonst wirds teurer ...«

»Hä? Hast du sie noch alle ...«

Das Stück von den Stones endet und es kommt ein Rock 'n' Roll von hier. Ich steck mir eine Kippe an. Knabber am Zeigefinger. Guck aus dem Fenster ... Kurz gesagt, ich stell mich blöd.

»Ich kann mir vorstellen, dass du nicht abgeknallt werden willst«, hebt er hervor.

»Du schon, oder was?«

»Ich sags nur, weil ich dir Bescheid geben kann, wenn Charlys Leute hier rumschnüffeln.«

»Und wer hat gesagt, dass Charly hinter mir her ist?«, unterbrech ich ihn.

»Nachdem ihr den Negrito und den Medusa überfallen habt,

wirst du kaum erwarten, dass sie dir Blumen schicken. Oder vielleicht doch, aber nur, um sie dir aufs Grab zu legen.«

»Wer zur Hölle hat dir das erzählt?«

»Ich habs selbst gesehen, mit diesen beiden Äuglein, die Gott mir gegeben hat, Alter«, sagt er und zeigt mit zwei Fingern im V auf seine Augen.

Irgendwer hat diesen Bengel ausgetauscht. Das kann unmöglich derselbe niedliche und ein bisschen naive Quique sein … Der mir so sympathisch war. Jetzt hätt ich Lust, ihn zu erwürgen. Er hat das ernst genommen mit dem Ausspionieren. Ist mir gefolgt, als ich mit dem Chueco los bin. Zum Glück ist er mein Freund.

»Dir haben sie anscheinend ins Gehirn geschissen. Willst du mich verarschen oder kommts mir nur so vor?«, schimpf ich, bevor er auf dumme Gedanken kommt.

»Alles gut, Gringo. Ich helf dir.«

»Ich sags nur, weils sich anhört, als würdest du frech werden …«

Er schlägt sich mit der rechten Faust auf die Brust. Aufs Herz. Er ist loyal. Hoff ich.

»Hier«, sag ich und halt ihm einen Fünf-Peso-Schein hin. »Mach schön deine Hausaufgaben und du kriegst noch so einen.«

»Ah, vorsichtiger Mann … Na gut, was soll man machen …« Er zieht sich einen Pulli über, der Löcher an den Ellbogen hat, und setzt sich eine Wollmütze auf. »Gib mir ne Zigarette.«

»Erlaubt Mamina das?«

»Ist ja wohl meine Sache, ey.« Er sieht mich wütend an. Das ging gegen seine Selbstachtung.

»Du bist viel zu klein zum Rauchen. Hast ja nicht mal Flaum im Gesicht, Champion.«

»Liegt wohl eher dran, dass du ein Geizhals bist. Sei nicht so knauserig, Ratte!«

»Hier, du kleiner Scheißer!« Ich werf ihm das Päckchen auf den Tisch. »Und jetzt verschwinde, okay?«

»Darf man erfahren, was das Geschrei soll?«, fragt Mamina barsch.

Sie lehnt den Besen an den Türrahmen und kommt herein. Es macht sie wahnsinnig, wenn im Haus jemand die Stimme erhebt.

Der Quique versteckt die Zigarette, die er geschnorrt hat, in der Hand und spielt den Unschuldigen.

»Gar nichts … der Junge hier ist nur ein bisschen nervös«, sagt er. Er klopft sich die Taschen ab, als hätte er was vergessen. »Na gut, Großmutter, ich hol Sultan, der ist schon seit Samstag im Haus angebunden. Der arme Hund …«

Dann geht er einfach, und Mamina sieht mich an.

»Was ist los mit dir, mein Gringo?«, fragt sie, und es verwirrt mich. Sie fragt nie wirklich nach, wie es mir geht. Oder hat es nur sehr selten getan, soweit ich mich erinnere. Es gefällt mir, es klingt liebevoll, aber ich weiß nicht, was ich davon halten soll.

»Nichts. Warum?«, frag ich. Und vor Angst überschlägt sich meine Stimme. Ich weiß nicht, warum, aber mir ist zum Heulen.

»Mit dir stimmt doch was nicht. Steckst du in etwas drin?«

»Nein, Großmutter, wo sollte ich drinstecken?« Ich weich ihrem Blick aus. Gieß mir noch einen Mate auf und meine Hand zittert. Der Mate ist ausgelaugt. Und kalt.

Mamina seufzt. Sie setzt sich, stützt die Ellbogen auf den Tisch und sieht mich an.

»Pass gut auf, was du tust … Ich will nämlich nicht, dass du wie Antonio endest«, stößt sie leise hervor.

»Toni? Aber dem gehts super, Mamina. Er verkauft Kunsthandwerk … Hab ich nicht erzählt, dass ich ihn Freitag getroffen hab und dass er Sie grüßen lässt?«

»Davon will ich nichts wissen. Für mich ist er tot. Was der Junge getan hat, ist unverzeihlich … Ich will nichts mehr mit ihm zu tun haben.«

»Was ist denn passiert, Mamina? Um Gottes Willen …«, sag ich verzweifelt. Mamina redet nie in Rätseln. Wenn sie etwas sagt, dann immer klar.

»Das Gleiche, was mit dir passiert, wenn du dich weiter an diesen Kerl hältst, der die Drogen im Viertel verkauft ... Und mir wäre es lieber, nicht auch mit dir brechen zu müssen, Gringo.«

»Wen meinen Sie? Den Jetita?«

»Genau den.« Die Mamina sieht mich starr an. Hart.

Mehr wird sie mir nicht sagen. Ich kenn sie. Sie fängt an, ihre Sachen zu machen, und ignoriert mich. Was soll die Geheimnistuerei?

Bevor die Angst mich wieder überkommt, geh ich in mein Zimmer. Heb die Kartons und die Decken auf. Irgendwas liegt in der Luft. Ein säuerlicher Geruch wie nach Wichse. Grade, als ich mich aufs Bett hauen will, entdeck ich einen fetten Spermafleck auf dem Laken. Dieser kleine Scheißbengel, verdammt ... Hat sich einfach in meinem Bett einen runtergeholt. Ich breite die Decke über den Fleck und leg mich drauf. Hol den 38er hinten aus dem Hosenbund und steck ihn unter die Matratze. Wo das Buch vom Wal liegt. Ich tausch das eine gegen das andere.

Ich nehm die Scheine aus dem Buch und alles an Geld, was ich in den Taschen hab. Zähl es. Es ist ein kleines Vermögen. Ich hatte noch nie so viel Kohle auf einmal. Gierig zähl ichs noch mal und legs wieder weg. Ich hab genug, um abzuhauen, wie Ismael. Was soll ich machen? Ich klapp das Buch auf, als würd ich Rat suchen, mal sehen, was er mir erzählt, und dieser durchgeknallte Typ fängt mit dem größten Scheiß an ...

Unglücksbringer

Der Chueco kommt mit der Beretta in der Hand durch die Querstraße gerannt. Von Weitem zeigt er mit der Waffe auf das Grundstück vom Portugiesen Oliveira. Ich denk nicht zweimal drüber nach. Zieh das Tempo an und spring über die Gartenmauer. Oben über der Mauer krieg ich die Tasche zwischen die Beine, die ich mir über die Schulter gehängt hab, und pack mich fast auf die Fresse, als ich lande. Ich bahn mir einen Weg durch den Liguster und hock mich unter ein Kumquatbäumchen. Klein, aber blickdicht.

Durch die Zweige seh ich den Chueco über die Mauer fliegen. Er überspringt sie sauber. Sieht aus wie Superman. Aber er kommt blöd auf. Knallt mit der Schulter auf den Boden und rollt über die Blumenkohlsetzlinge. Er unterdrückt einen Schrei und flucht leise. Steht auf und hält sich das Schlüsselbein, und im Haus bellt der Hund vom Oliveira. In einem Fenster zeigt sich die Silhouette des Portugiesen.

»Você que faz aqui?! Filho da puta!«

Der Chueco zeigt ihm die Beretta und legt sich den Zeigefinger an die Lippen wie eine Krankenschwester. Oliveiras Gesicht verändert sich. Er wird blass. Der Chueco fuchtelt mit der Pistole, dass er reingehen soll, ohne den Finger von den Lippen zu nehmen. Oliveira schließt die Fensterläden, und der Hund hört sofort auf zu bellen. Der Chueco sieht sich orientierungslos nach allen Seiten um. Ich ruf ihn aus meinem Versteck, und grade, als er sich unter den Strauch duckt, hören wir auf der anderen Seite der Gartenmauer die Schreie. Sie laufen vorbei.

Der Chueco sieht mir direkt in die Augen. In seinen sehe ich

Angst, Aufregung oder die Kaltblütigkeit von Kokain. Eins von den dreien. Oder alle drei zusammen. Wir schweigen, bis die Schreie sich in der Ferne verlieren.

»Die jagen uns wie Ratten, Gringo …«

»Was du nicht sagst, verdammte Scheiße! Die waren bei mir zu Hause. Fast hätten die mich geschnappt.«

»Wie viele?«

»Was weiß ich, drei oder vier. Den Medusa hatten die dabei, damit er mich identifiziert«, sag ich und spar mir die Details.

Ich muss Zauberkräfte haben, denn als ich den kleinen Medusa auf der Straße meinen Namen schreien gehört hab, war ich schon dabei, die zwei einzigen Klamotten, die ich besitze, und das Buch vom Wal in die Tasche zu packen. Um abzuhauen. Ich hab mir den Revolver geschnappt, bin durch das Zimmerfenster geklettert und hinten über die Mauer gesprungen. Vom Nachbargrundstück hab ich gesehen, wie sie ins Haus gerannt sind. Alle bewaffnet. Zum Glück war Mamina eine halbe Stunde vorher ins Krankenhaus gefahren.

Der kleine Medusa war draußen geblieben. Schmiere stehen. Fast hätte ich ihn abgeknallt, konnte mich gerade noch zurückhalten. Aber mit dem Schuss hätte ich nur die Aufmerksamkeit der anderen Jungs auf mich gezogen, und die hätten sich auf mich gestürzt. Wie eine Hundemeute. Deshalb bin ich einfach leise hintenrum verschwunden. Auf direktem Weg zum Bahnhof. Aber war nix mit verreisen. Nicht mal auf den Bahnsteig hab ichs geschafft. Bin nicht an denen vorbeigekommen. Auf dem Bahnhofsvorplatz ist der Negrito Silva rumspaziert. Wie ein Boss. Hat Gras vertickt, als wär nichts gewesen. Und überall warn Typen aus Zavaleta. Haben die Augen offen gehalten. Ein paar kannte ich vom Sehen. Die mich wahrscheinlich auch. Deshalb wollte ichs nicht drauf ankommen lassen. Abwarten, bis der Negrito nicht aufpasst, und auf den Bahnsteig rennen, war zu riskant. Weil er nicht der Einzige war, der mich erkennen konnte.

»Und was machen wir jetzt, Gringo? Die Sache wird langsam brenzlig …«, sagt der Chueco und lehnt sich an den schmalen Stamm. Seine Stirn glänzt. Ein Schweißtropfen rinnt ihm zwischen den Augenbrauen runter. Dabei ist es ziemlich kühl.

»Was fragst du mich, Revolverheld? Soll dein Boss für dich die Kartoffeln aus dem Feuer holen«, sag ich.

»Der Arsch … Hat die ganze Zeit den großen Boss gespielt und jetzt steckt er bis zum Hals … Die haben sich alle beim Dicken verschanzt. Charlys Leute knallen jeden ab, der sich zeigt …«

Der Chueco holt ein Plastiktütchen und ein Paper aus der Hosentasche und baut eine Tüte. Seine Hände zittern. Er leckt das Blättchen an und klebt zu. Ich geb ihm Feuer. Zwei Züge, dann reicht er sie mir. Macht Rauchringe beim Ausatmen. Klopft den Dreck von der Jacke und massiert sich unter den Klamotten die Schulter.

»Du hast dich verletzt …«

»Das ist nichts.« Er spielt den Harten, aber Schmerzen hat er doch.

»Hast du was gegessen? Ich hab mega Kohldampf …«, sag ich und geb ihm den Joint zurück. Es ist Nachmittag und bei dem ganzen Chaos hab ich noch nichts zwischen die Zähne gekriegt.

»Proviant haben wir genug«, sagt der Chueco und zeigt auf den Baldachin aus Kumquats zwanzig Zentimeter über unseren Köpfen.

Ich reiß ein paar ab und ess sie eine nach der anderen, zerdrück sie entschlossen zwischen den Zähnen. Sie sind sauer. So sauer, dass ich unwillkürlich das Gesicht verzieh. Wie als ich ein Kind war.

Der Chueco probiert eine – und dasselbe. Ich muss lachen. Wir sind wie zwei Kinder, die sich verstecken, weil sie Mist gebaut haben. Weil sie die Prügel von Papa aufschieben wollen. Und früher oder später müssen wir rauskommen. Denn Verstecken spielen hat den einzigen Zweck, den Hundesohn wütend zu machen, der mit dem Gürtel auf dich wartet. Ich hatte nie einen Vater. Der Chueco genauso wenig. Aber ich hab das Gefühl, dass uns ein aufbrausender Papi gleich Manieren beibringen wird. Und dass es besser gewesen wär, wenn ein versoffener Irrer uns damals die Milchzähne ausgeschlagen hätte, bevor wir es jetzt mit diesem anderen aufnehmen müssen. Das Viertel, der Hunger, das Schicksal, die Angst ... Von einem von diesen Ungeheuern sind wir die Söhne. Von welchem, ist egal. Sind alles grausame Väter.

Während ich das denke, zieht der Chueco fast die ganze Tüte allein durch. Ich nehm sie ihm grob aus der Hand und rauch den Rest, bis ich mir die Finger verbrenn.

»Und? Was machen wir?«, fragt er mit glasigen, hervortretenden Augen.

»Gehn wir raus?«

»Vergiss es. Bevors nicht dunkel wird, geh ich hier nicht weg ...«

Der Chueco verstummt plötzlich und spitzt die Ohren.

»Hör mal! Hör mal!«, flüstert er.

Schüsse. Und die sind nicht weit weg. Garantiert beim Dicken Farías. Die hab ich schon gehört, als ich kleinlaut vom Bahnhof zurückgekommen bin. Fast den ganzen Tag schon geben die sich eine Runde Blei nach der anderen aus. Da ist ein richtiger Krieg ausgebrochen. Und der hört erst auf, wenn die das Territorium ordnungsgemäß aufgeteilt haben.

»Warum zur Hölle geben die sich solche Mühe, um zwei kleine Idioten wie uns abzuknallen ...? Kannst du mir das mal sagen?« Ich denke laut.

»Wir haben die Lunte angezündet, als wir die beiden Jungs überfallen haben. Außerdem kann man uns leichter killen als jeden anderen aus Jetitas Truppe. Und die Botschaft ist dieselbe. Der Charly macht klar, dass er sich nicht verarschen lässt.« Der Chueco sagt das in einem Zug, bis ihm die Luft wegbleibt. Er ist aufgedreht.

Ich krieg Krämpfe in den Beinen, so lange hocken wir hier schon unter dem Baum. Ich will endlich weg. Steh auf und versuch, mich zwischen den Zweigen aufzurichten. Schaff es halb und hör in der Ferne den Vogel, den es nicht gibt. Hört sich an wie meiner, ist aber ein anderer. Dieser klingt heiser und wütend. Er bläst zu kräftig. Verschwendet viel zu viel Luft für das bisschen Lautstärke, das er rausholt. Der Quique. Er sucht mich, und es soll keiner merken. Am Ende hat er doch gelernt, mit den Händen zu pfeifen. So lange hat er geübt und es nicht hingekriegt. Wenn alle Stricke reißen, lernt mans mit Gewalt. Oder so.

Ich erwider den Ruf. Leg die Hände hohl aufeinander und blase sanft zwischen die Daumen. Flatter mit den Fingern der rechten. Geb alles, damit der Ruf glaubwürdig klingt. Nicht dass ich am Ende selber schuld bin, wenn wir auffliegen. Dann setz ich mich im Schneidersitz hin und warte. Der Chueco sieht mich verständnislos an. Ich sag nichts, lausche aufmerksam auf die Antwort. Die kommt nach zwei oder drei Minuten. Näher dran. Ich pfeif noch mal und warte wieder auf die Reaktion. Der Chueco zieht neugierig die Augenbrauen hoch. Ein paarmal wiederhol ich das Ganze noch, dann ist der heisere Vogel da. Auf der anderen Seite der Mauer.

Langsam und ganz vorsichtig späh ich drüber, aber kann den Quique nirgends entdecken. Dann hör ich hinter mir ein Geräusch, dreh mich um, und da bahnt sich schon Sultan einen Weg durch den Liguster. Hinter dem Hund erscheint Quiques Kopf, der sich wie ein Wiesel durch ein Loch im Maschendraht schiebt. Ich geb ihm ein Zeichen und hock mich wieder unter das Kumquatbäumchen. Sultan schnuppert misstrauisch, bevor er unseren Schlupfwinkel betritt. Der Quique schubst ihn von hinten, weil er ihm den Weg versperrt.

»Und?«

»Die kämmen das ganze Viertel durch … Die suchen nach euch, eh?«, sagt er und zupft sich einen Zweig aus den Haaren.

»Schnee von gestern, Kumpel«, unterbrech ich ihn. »Erzähl mir was, das ich nicht schon weiß.«

»Mann, was für ein Spast …«, sagt der Chueco und hält sich Sultan mit einem Tritt vom Leib.

Der Quique ignoriert ihn komplett und sieht wieder mich an.

»Was soll ich dir sagen … Es sind scheiß viele und die sind überall. Weißt du noch, wie der Sapo Medina den Sheriff vom Bahnhof abgestochen hat und die komplette Bullerei gekommen ist, um ihn zu suchen? Die Razzia jetzt ist krasser. Die Typen sind besser organisiert und viel aufdringlicher.«

»Was machen wir, Gringa?«, fragt der Chueco. »Das wird langsam hässlich …«

»Lass mich kurz nachdenken«, unterbrech ich ihn.

Ich steck mir eine Kippe an. Der Chueco streckt automatisch die Hand aus, damit ich ihm eine ausgeb. Ich reich ihm das Päckchen, aber ihm zittern so heftig die Hände, dass er keine rauskriegt.

»Was los, Cowboy?« Ich hol ihm eine raus und geb ihm Feuer. Demnächst muss ich ihm noch den Arsch abwischen.

»Und wenn wir uns ein paar Tage bei mir verstecken …?«, stammelt er und zieht mit ganzer Seele an der Zigarette.

Ich antworte nicht. Seh den Quique an, der den Kopf schüttelt und langsam blinzelt.

»Was?«

»Da waren die schon«, sagt der Quique. »Dem alten Siria haben sie die Nase gebrochen. Und diesen Typ, der hängen geblieben ist, wie heißt der noch? Willi? Den haben die fast umgebracht. Haben ihm die Scheiße aus dem Leib geprügelt. Der Typ konnte nicht mal reden, und weil die dachten, dass er was für sich behält, haben sie nicht lange gefackelt.«

»Woher weißt du das?«

»Ich hab die gesehn, Gringo. Ich sag dir, diese Typen sind echt abgefuckt … Die haben sogar den Loco Santi angehalten und ihm ne Knarre in den Mund gesteckt. Hat sich voll in die Hosen geschissen, Mann. Sag mir, dass der keine Ahnung hat, wo ihr seid, sonst hat der das direkt ausgeplaudert.«

»Warst du zu Hause?«, frag ich und denk an Mamina. Wenn die ihr was getan haben, sterb ich.

»Ich bin hinten rein, weil sie einen als Wachposten dagelassen haben. Die haben alles kaputt geschlagen …«, sagt der Quique und weiß schon, was ich denk, als er mein erschrockenes Gesicht sieht. »Wegen der Großmutter mach dir keine Sorgen. Die ist heute Nacht im Krankenhaus und leistet meiner Ma Gesellschaft. Und wenn sie morgen zurückkommt, und die Sache so heiß bleibt, fang ich sie ab.«

Der Chueco hat riesengroße Augen. Der Quique kratzt mit einem Stöckchen über den Boden. Wir schweigen eine Weile, und mir dreht sich der Kopf. Der Quique seufzt und sieht mich an. Mit Augen, in denen weder Angst noch Unruhe liegt. Eher Traurigkeit.

»Das geht nicht gut aus, Gringo«, sagt er. »Ich weiß, wovon ich rede …«

»Mit dir gehts nicht gut aus, bei der Fotze deiner Schwester! Wer bist du überhaupt, du verhexter Mistkerl?«, schimpft der Chueco bösartig. »Du bringst uns nur Unglück, verfickter Hurensohn!«

Sultan stellt die Ohren auf. Er schnuppert. Ist wachsam. Der Hund des Portugiesen drinnen hat ihn auch bemerkt und bellt. Sultan antwortet ihm.

»Halt den Mund, verdammt«, schimpft der Quique leise und gibt ihm einen Klaps auf die Schnauze.

»Verpiss dich, du Stück Scheiße! Und nimm die Töle mit, Alter! Du wirst uns noch alles verderben.«

»Reg dich mal ab, Mann, du bist echt angespannt«, sagt der Quique.

Und das macht es noch schlimmer.

»Geh, Quique, und nimm den Hund mit«, sag ich, während der Chueco weiterflucht. »Aber bleib in der Nähe, und wenn du siehst, dass wir rauskönnen, pfeif einmal.«

Er nickt und wirft einen gierigen Blick auf die Kippe, die ich zum Mund führe. Tätschelt Sultan auf den Rücken und steht auf.

»Quique«, ruf ich.

»Was?« Er dreht sich um, ist schon halb raus aus dem Unterschlupf.

»Pass auf dich auf«, sag ich und geb ihm ne Zigarette.

»Du auch, Gringo.«

die Belagerung

Als ich auf dem Dach von Farías Bar lande, ertönt der erste Schuss. Automatisch duck ich mich, dreh mich um und seh den Chueco, der wie eine Salzsäule auf dem Vordach vom Nachbarn stehen bleibt. Er hat solchen Schiss, dass er nicht reagiert. Die Schüsse vervielfachen sich. Und von drinnen antworten sie auf gut Glück.

»Los, du Idiot! Oder willst du, dass die dich abknallen?«, schrei ich.

Der Chueco nimmt einen Schritt Anlauf und springt. Wir kriechen über das Blechdach wie die Wiesel. Die Kugeln pfeifen über unseren Köpfen. Hört sich an wie ein surrender Wespenschwarm. Hätt ich nicht gedacht, dass das so klingt. Man könnte sich echt in die Hose pissen. Als wir zum hinteren Ende der Bar kommen, halt ich mich an der Dachrinne fest, lass mich kopfüber runterhängen und klopf dreimal kräftig an die Küchentür. Die Antwort darauf ist ein Flintenschuss, der fast mein Gesicht streift. Die Blechtür ist ein Sieb.

»Nicht schießen, verdammt, wir sinds!«, schreit der Chueco.

Ich krieg keinen Ton raus, obwohl ich verzweifelt den Mund aufmach. Bei dem Knall ist mir glatt das Herz stehen geblieben. Ich bin dran mit Salzsäule. Drinnen wird was geschrien, das ich nicht versteh, und jemand tritt die Tür auf. Der Chueco krabbelt über mich drüber, lässt sich vom Dach runter und schwingt sich im Fallen durch die Tür. Ich dreh mich um, um nicht mit dem Kopf voran zu landen, und folge ihm. Sobald ich drinnen bin, knallt ein Typ mit Wampe und einer abgesägten Ithaca 37 die Tür zu und drückt sich gegen die Wand. In Deckung. Ich bleib angespannt, glotz wie ein Idiot auf den grau melierten Schnurrbart. Sieht aus wie ein Bulle, der Fettwanst. Er starrt mich grimmig an.

»Die Kavallerie ist da, Jungs. Wir sind gerettet«, schreit der Jetita am anderen Ende der Küche. In einer Hand hat er eine Knarre, in der anderen ein Funkgerät.

Ich brauch ne Sekunde, bis ich kapier, dass da ein ganzer Haufen Leute ist zwischen dem Jetita und uns, die wir fast direkt an der Tür kleben. Die schmale Küche kommt einem vor wie ein Zugwaggon in der Rushhour. Der Zug rattert volles Rohr durch die stockfinstere, mondlose Nacht. Und er fährt geradewegs auf den Abgrund zu. Ich sehs an den unsicheren Blicken und den panischen Gesichtern der Fahrgäste. Die alte Riquelme sitzt heulend neben mir und zieht schreckliche Grimassen. Mit Falten wie tiefe Furchen der Verzweiflung. Rubén kratzt sich mit einer doppelläufigen Flinte am Ohr und raucht Kette. Die Augen weit geöffnet, aber leer. Den Blick auf eine Fußleiste der Unendlichkeit gerichtet.

Yanina sitzt auf der Arbeitsplatte. Ist kurz vorm Heulen. Ihre Blicke durchbohren mich. Ihr Kinn zittert. Sie klammert sich an der Schulter vom Dicken fest, der sich schlaff wie eine Lumpenpuppe an ihre Beine lehnt. Mit dem Turban aus Verbandgaze, dem runtergeklappten Unterkiefer und dem verlorenen Blick sieht Farías aus wie ein Gespenst.

Neben ihm hebt der Negro Sosa eine Geneverflasche, die Stirn gerunzelt wie eine Faust. In der rechten Hand hält er locker eine Automatik. Sein Hemd ist blutbefleckt.

Vom Fußboden sieht die Pampita zu mir hoch, elend, bettelt um etwas, von dem ich nicht weiß, was es ist, aber das ich ihr mit Sicherheit nicht geben kann. Sie ist gefasst. Weint nicht. Sie ist barfuß, trägt ne Art Morgenmantel aus fadenscheinigem Frottee. Mit einer Hand stützt sie den Nacken vom Dünnen Fabián, mit der anderen drückt sie auf den improvisierten Verband, den sie ihm um den Brustkorb gewickelt haben. Der rote Fleck über der

Wunde schreit nach Notaufnahme. Fabián liegt in einer Blutlache, schnappt nach Luft und zwinkert mit den Augen, als hätte er einen nervösen Tick. Viel weiß ich nicht über Anatomie, aber nach der Lage des Schusses könnt ich schwören, dass sie seine Leber durchlöchert haben.

Die Küche hat keine Fenster. Sie ist hinten in die Bar eingebaut. Es ist der beste Ort, um die Belagerung zu überstehen. Aber auch, um die Angst in einen Käfig zu sperren. Die Panik rast blind gegen die Wände, schießt wie Querschläger hin und her in unseren Köpfen, die vor Furcht zerbrechen. Unsichtbar. Und verrückt. Sie ist der gefährlichste Passagier in diesem Wagen. Wenn der Nachtzug entgleist oder zum Teufel geht, ist sie schuld. So einfach. Weil es die Angst ist, die uns belagert. Die uns innerlich in die Enge treibt.

»Alle nach vorn jetzt, Mädels. In der Küche will ich nur die Röcke sehn!«, schreit der Jetita. Er spielt den General. Übernimmt das Kommando, bevor der unsichtbare Passagier es für ihn tut. Redet weiter. Aufgedreht. Ihm bleibt nichts anderes übrig. »Robledo, Sie bleiben hier und bewachen den Hof. Kann sein, dass die einen Kamikaze vorschicken«, sagt er zu dem Dickbäuchigen mit der Ithaca. »Und du, Dicker, hol irgendwas aus den Kühlschränken, die Mädchen machen uns was zu futtern. Das hier wird ne Weile dauern … Hast du noch Brot?«

Der Dicke Farías nickt. Er bringt kein Wort raus, solchen Schiss hat er. Aber Yanina lässt ihn nicht los. Und der Dicke bewegt sich erst, als der Jetita ihn anschreit.

»Los, Mann! Was stehst du da rum? Und ihr anderen auch, los! Bewegt euch …« Er packt den Chueco im Nacken und treibt die Leute an.

Auf dem Weg gibt der Negro Sosa ihm den Genever und flüstert ihm dabei was ins Ohr.

»Und, Sapito? Wie siehts aus?«, schreit der Jetita, sobald er den Streifenvorhang zum Gastraum durchschritten hat.

»Im Moment alles ruhig …«, kommt die Antwort.

Als ich in den vorderen Teil des Lokals komm, seh ich ihn. Ich seh ihn im orangen Licht der Straßenbeleuchtung. Weil die Bar dunkel ist. Und komplett verwüstet. Es ist der kleine Bruder vom Sapo Medina. Hat sich neben dem Fenster zur Straße verschanzt. Die langen Haare hat er zum Pferdeschwanz gebunden und eine Basecap mit dem Schirm nach hinten aufgesetzt. Löst den Blick nicht vom Visier. Der Typ sieht zu viele Filme. Hält sich fürn Scharfschützen. Das Gerät dafür hat er allerdings. Er stützt den Gewehrlauf in einem Winkel des Scherengitters ab. Das Gitter ist geschlossen. Die Scheibe haben sie kaputt geschossen. Auf ein paar Tischen ist das Resopal abgeplatzt. Auch die Bilder von der Copa Libertadores, die der Dicke aufgehängt hat, sind geborsten. Überall liegen Scherben.

Ich glaub, es ist ein FAL, was er da hat. Ich nehms nur an, ist nämlich das erste Mal, das ich eins seh. Die Frage ist, wo zur Hölle der Schwachkopf so ne Maschine herhat. Soweit ich weiß, war der Sapito den lieben langen Tag mit dem Santi unterwegs. Genau son irrer Schrauber. Brav wie Lassie. Und jetzt stellt sich raus, dass er ein Soldat vom Jetita ist. Und noch dazu mit schwerer Artillerie hantiert … Ich versteh überhaupt nichts mehr.

Das Walkie-Talkie gibt ein hohes Pfeifen und Störgeräusche von sich. Der Jetita hält es sich ans Ohr. Nur weil er Bock hat, ist nämlich auch so laut genug. Unter dem Rauschen hört man eine näselnde Stimme, die eine Einheit für die Kreuzung an der Raffinerie anfordert. Der angefunkte Bulle antwortet mit den üblichen Formulierungen. Es ist die Frequenz der Provinzpolizei.

»Und was machen wir mit dem Dünnen? Der nippelt uns ab«, sagt Rubén zum Jetita und nimmt ihm die Flasche aus der Hand.

»Du meinst, der hält nicht durch?«, mischt sich der Negro Sosa ein.

Rubén schnalzt mit der Zunge und antwortet ungeduldig:

»Wie soll der durchhalten! Hast du den mal angesehen?«

»Er wird durchhalten müssen, Mann. Schön entspannt wie Gardel damals im Flugzeug … Was soll ich machen?«, unterbricht ihn der Jetita, als durch das große Fenster auf der Seite drei Schüsse pfeifen.

Einer trifft den Tresen. Die anderen beiden die Wände. Alle liegen sofort auf dem Boden.

»Sapito, bei deiner Hurenmutter! Sag gefälligst Bescheid, du Schwachkopf«, schreit der Jetita.

»Was willst du? Die Arschlöcher zeigen sich nicht …«, antwortet der und feuert blind ein paar Salven ab.

»Und warum verschwendest du dann Munition? Bei der Fotze meiner Schwester, wer hat mich mit diesen Rotznasen in den Ring geschickt …«, meckert der Jetita. Er sagt was zum Negro Sosa, das ich nicht hören kann, und schreit dann weiter. »Chueco, du gehst da hin! Und du, Gringo, auf die andere Seite. Ihr pumpt mir alles mit Blei voll, was sich bewegt! Egal obs ein Hund ist, der Wind oder die Hurenmutter, die euch geboren hat! Und dasselbe gilt für dich, Sapito! Ist das klar? Los, Mann, bewegt euch!«

Der Chueco kriecht zwischen umgekippten Stühlen und Tischen über die Scherben. Ich schieb mir die Tasche, die ich immer noch umgehängt hab, auf den Rücken, und folge ihm. Aber jemand hält mich am Knöchel fest. Ich dreh mich um und der Jetita flüstert mit irrer Miene:

»Wenn das hier nicht mehr geht, Gringuito, bist du mein Verbindungsmann. Kapiert? Du holst mir Toni her, damit wir verhandeln.«

Klar, ich bring dir auch gern meine Schwester. Nur schade, dass ich keine hab. Für wen hältst du dich? Ich sags nicht, aber ich denks. Und so wie ich ihn anguck, lass ich es auch durchblicken. Das und mehr: Was zur Hölle Toni damit zu tun hat, zum Beispiel. Wo er sich schon vor ner Weile aus der Scheiße hier rausgezogen hat …

»Du hast mich gehört. Und versuch nicht, mich reinzulegen, sonst bist du tot«, sagt der Jetita auf meinen Blick hin. »Jetzt beweg dich!«

Der Chueco hat sich schon neben dem großen Fenster eingerichtet. Rücken an der Wand. Beine lang ausgestreckt. Er stützt sich auf den linken Ellenbogen, um den Körper zu drehen und durch den Spalt zu gucken. Es gibt zwei Fingerbreit Licht zwischen dem Fensterrahmen und dem nicht ganz geschlossenen Metallrollladen. Da stützt er die Beretta ab. Und da dringt die Nacht zu uns herein. Ein kühler und feuchter Windzug. Die letzten drei Schüsse sind zur Löchersammlung im Rollladen dazugekommen. Die Straßenbeleuchtung lässt sie strahlen. Wie Sterne an einem schwarzen Himmel.

Ich robbe auf die andere Fensterseite. Hol den 38er raus, nehm die Tasche ab und setz mich drauf. Späh durch den Spalt, und nichts. Die Straße ist menschenleer. Aufmerksam such ich die möglichen Verstecke ab, von denen aus sie auf uns feuern. Die Straßenecke, die Hausbaustelle gegenüber, die Brache ein Stück weiter, die Dächer … Und es bringt nichts. Anscheinend belagern uns Gespenster. Oder Brüder vom unsichtbaren Passagier.

Aus den Augen vom Chueco schreit mich Verzweiflung an. In seinen Augenbrauen sammelt sich der Schweiß von der Stirn. Sie tropfen. Als hätte er grade ein kleines Match gespielt. Der Passagier hat sich in seine Haare gehängt. Lässt ihn nicht los. Das merkt man. Er will mir was sagen, aber ich geb ihm ein Zeichen, dass er warten soll. Und zuhören.

Das Walkie-Talkie vom Jetita rauscht und pfeift immer noch. Er hat sich mit Rubén und dem Negro Sosa hinter die Theke geflüchtet. Sie reden. Aber von meinem Platz aus kann ich nicht hören, was sie sagen. Ich versteh nur laut und deutlich den Jetita, der in den Apparat brüllt.

»Comisario Zanetti, hören Sie mich? Kommen.«

Er wiederholt den Funkspruch drei- oder viermal, jedes Mal ungeduldiger, bis das Walkie-Talkie nach einem langen Pfeifton ausspuckt:

»Hier Zanetti, ich höre. Identifizieren Sie sich. Kommen.«

»Na endlich, verfluchte Scheiße!«, schreit der Jetita, bevor er auf den Knopf des Funkgeräts drückt. »Comisario, ich bin es, Ricardo. Ich versuche schon den ganzen Abend, Sie zu erreichen … Wir haben ein Problem. Kommen.« Es ist das erste Mal, dass ich seinen Namen höre, den richtigen, der hinter dem Spitznamen steht. Und ich hör den Jetita auch zum ersten Mal in diesem Tonfall reden. Ganz brav.

»Mir wurde schon gesagt, dass jemand unbefugt auf unserer Frequenz funkt. Ein Idiot, der mit mir reden will, ohne seinen Namen zu nennen. Eigentlich darfst du diese Frequenz gar nicht benutzen. Ich überschreite schon die Dienstvorschriften, wenn ich dich überhaupt anhöre. Was willst du, mein Lieber? Und verschwende nicht meine Zeit. Kommen.«

»Comisario, einer meiner Jungs ist angeschossen worden, und wenn er nicht versorgt wird, zieht er ins nächste Viertel um. Sie müssen die Lage hier für mich klären, die belagern uns in Farías' Bar … Kommen.«

»Was heulst du mir das vor, Ricardito? Bin ich deine Mama, oder was? Was hatten wir besprochen? Du einigst dich mit Charly, und danach schließen wir den Deal ab. Geh mir nicht auf die Eier, mein Lieber, ich hab schon genug Ärger mit der Straßenblockade auf der Brücke von Zavaleta, und noch dazu muss ich wegen dem Lehrerstreik morgen früh aufstehen. Kommen.«

»Ich sags Ihnen nur, weil Robledo hier ist, und er sagt, bei denen, die uns belagern, hat er zwei Polizisten erkannt …« Der Jetita ist immer noch zurückhaltend, aber nicht mehr ganz so höflich. »Was bedeutet das, Zanetti? Kommen.«

»Hör zu, Robledo gehört nicht mehr zur Truppe, und ich glaub kein Wort von dem, was der Typ sagt. Also kümmer dich selbst um deine Angelegenheiten und komm mir nicht mit Geschichten. Ah, und eins noch … Vergiss nicht, was ich gesagt hab: Lass bloß keine Leichen rumliegen … Mach mir keine Probleme oder Extraarbeit, sonst kannst du die Sache gleich vergessen, eh? Dann ist Feierabend …« Das Walkie-Talkie lässt eine letzte Salve Störgeräusche hören und verstummt.

»Der beschissene Zanetti! Verfickter Hurensohn! Das wird er mir bezahlen!«, flucht Rubén.

Der Jetita fällt mit einer langen Reihe von Beschimpfungen ein. Auch der Negro Sosa sagt etwas, das ich aber nicht verstehe.

Die ganze Zeit hat der Chueco mich angesehen. Jetzt zieht er die schweißnassen Augenbrauen hoch und flüstert:

»Wo sind wir hier gelandet, Gringa?«

»Uns blieb nichts andres übrig. Da draußen waren wir komplett am Ende …«

»Und in dieser Mausefalle nicht?«, gibt er zurück.

»Das werden wir sehen«, sag ich ohne große Überzeugung.

Der Chueco schnaubt, trocknet sich mit dem Handrücken die Stirn ab und beugt sich ein bisschen vor, um die Straße abzusuchen. Wir schweigen ein paar Minuten, dann sagt er leise, ohne mich anzusehen:

»Sei nicht sauer, Gringo, ich hab dich nie verarscht … Ich hab dir nicht erzählt, dass das mit dem Farías ein Job war, damit du nicht kneifst. Und bei der Sache mit dem Santi hast du dir echt was eingebildet … Ich hab nicht ohne dich angefangen zu ticken, ich wollte nur ein bisschen was loswerden, das ich dem Jetita geklaut hatte.«

»Ganz ruhig, Chueco, was ist los? Wirst du sentimental, oder was?«

»Ich sags nur, damit du es weißt …«

»Entspann dich, alles gut«, sag ich und spür den dicken Kloß im Hals.

der Ausgucksteher schummelt

Ich schummel. Blätter immer gleich zwei oder drei Seiten vor. Und trotzdem gehts mit der Geschichte nicht voran. Oder nur sehr langsam. Höchstens im Schritttempo. Vorsichtig und unentschlossen. Die Schwuchtel Ismael ist zu weitschweifig. Der erzählt absolut alles. Angefangen mit der Form von den Walkieferknochen bis zu den Partys, die die Walfänger feiern, wenn sie sich auf hoher See begegnen. Manchmal geht er mir gewaltig auf den Senkel.

Ich wollte einfach nur weit von hier weg mit Käpt'n Ahabs Schiff, aber das Tempo, das die Pequod schafft, ist ein Witz. Oder sogar ein schlechter Witz. Sie segelt in Zeitlupe. Selbst der Minutenzeiger bewegt sich schneller. Und das, obwohl die Zeit sich zieht wie ein Kaugummi in dieser belagerten Nacht. Wir sitzen schon viel zu lange hier fest. Als ich den Sapito Medina das letzte Mal nach der Uhrzeit gefragt hab, wars halb vier. Und das ist ewig her. Aber anscheinend will es einfach nicht hell werden.

Der Sapito hat keinen Bock mehr, den Scharfschützen zu spielen. Er hat das FAL ans Gitter gelehnt. Harmlos. Hat sich den Schirm der Basecap über die Augen gezogen und nickt immer wieder ein. Genau wie der Chueco. Er döst ein und schreckt zwischendurch hoch. Ab und zu macht er die Augen auf und guckt mich komisch an. Verwirrt. Als würde er beim Aufwachen nicht wissen, wo er ist oder was zur Hölle hier los ist. Ich les. Ertrag die Müdigkeit und kämpf gegen die Angst. Geh der Unruhe, so gut es geht, mit dem Buch über den Wal aus dem Weg, aber Ismael macht es mir nicht leicht. Es passiert absolut nichts. Draußen auch nicht.

Trotzdem les ich weiter. Stütz das Buch auf den Fensterrahmen, damit ich Licht hab. Das Licht der Straßenlaternen, das durch den

Spalt unter dem metallenen Rollladen hereinfällt. Dort späh ich auch in die Nacht, während ich mit voller Fahrt die Seiten umblätter. Aber es bringt nichts. Es will nicht Tag werden. Und im Buch noch weniger.

Der Jetita, Rubén und der Negro Sosa geben kein Lebenszeichen von sich. Bis vor Kurzem haben sie ihre Gebote geschrien. Haben sich hinter der Theke verschanzt und Truco Gallo gespielt, als würds bei jeder Ansage um ihr Leben gehen. Aber mehr als beim Kartenkloppen und Geneversaufen haben sie beim Koks reingehauen. Bei jedem Passen haben sie lautstark eine Line geschnupft.

»Die Arschlöcher könnten uns wenigstens was abgeben«, hatte der Chueco mir zugeflüstert, völlig erledigt vor Angst. Danach war er eingeschlafen mit dem ängstlichen Gesicht eines kleinen Jungen, der Albträume hat, und so sieht er auch jetzt aus. Man kriegt schon Mitleid, wenn man ihn nur ansieht.

Auch die drei Oberbosse müssen eingeschlafen sein. Auf den Karten. Anders ist diese Stille nicht zu erklären. Kann höchstens sein, dass sie ein Kartenspiel für Taubstumme ausprobieren. Was ich bezweifel. Von mir aus können die sich Paco reingezogen haben, das mit Mottenpulver gestreckt war. Oder, besser noch, mit Ätznatron.

Mich nervt eher das Schweigen in der Küche. Und nicht mal wegen Yani, obwohl ich mich scheiße fühl wegen ihr. Im Moment trau ich mich kaum, ihr ins Gesicht zu sehen. Auch nicht wegen der Pampita, und wenn sie mir noch so sehr leidtut. Und auch nicht wegen der alten Riquelme oder dem Dicken Farías. Oder diesem Robledo, dem beschissenen Bullen, der die Seiten gewechselt hat …

Mich stresst das Schweigen von dem anderen. Dem Dünnen Fabián. Der Typ raucht grade die letzte Kippe in der Schachtel. Und es macht mich fertig, weil ich das Gefühl hab, dass alle schlafen, außer ihm. Ich fühl, dass er mir Gesellschaft leistet. Als würden wir gemeinsam die Nacht bewachen. Ich warte auf die erste Farbe des Morgenhimmels. Der Dünne darauf, ein für alle Mal den Rollladen runterzulassen. Licht aus und abschließen. Mit oder ohne Dämmerung. Deshalb schläft er nicht. Wenn er nicht eh schon weit weg von diesem Albtraum aufgewacht ist. Auch wenn er vor Schmerzen schielt oder bei jedem Stechen die Lider zusammenkneift, hat der Dünne die Augen jetzt weit geöffnet. Darauf wette ich. Und sie starren in die Nacht.

Genau wie Ismael, als er dran ist, in den Ausguck zu klettern. Ein halbes Fass ganz oben am Mast, um den Wasserstrahl zu entdecken, den die Wale in der Ferne ausblasen. Weil Ahab den Blas des weißen Wals erkannt hat, zwingt er die Mannschaft, da oben vierundzwanzig Stunden täglich Wache zu schieben. Ismael klettert für die Nachtschicht hoch. Der weiße Strahl erscheint und verschwindet im Mondlicht wie ein Gespenst. Sie folgen ihm ein paar Tage, aber der Mistkerl taucht nicht auf. Ismael sagt, dass es eh sinnlos ist, weil sie gar nicht Moby Dick jagen, sondern Ahabs Fluch. Er weiß echt alles besser. Die ganze Zeit ahnt er, dass ein Unglück auf sie zukommt, als könnte er in die Zukunft sehen. Aber er schummelt. Er weiß schon, was sie erwartet. Die Geschichte, die er erzählt, ist vor langer Zeit passiert. Und er ist noch mal davongekommen. Deshalb kann er die jetzt erzählen. Er weiß, wies ausgeht. Ich nicht. Der Dünne Fabián auch nicht, aber der kann es sich vorstellen.

Die Goldmünze ist immer noch an den Mast genagelt und wartet auf den, der Moby Dick am Horizont entdeckt. Aber es passiert nichts. Die Tage vergehen, und der Alte wird immer verrückter. Wenn sie ein anderes Schiff treffen, fragt er zuerst nach dem Wal. Sie verfolgen weiter seine Spur. Und auf dem Weg verlieren sie Leute. Es ertrinken welche. Boote gehen bei der Jagd kaputt. Die Verfolgungsjagd hört nicht auf. Fast sind sie schon in Japan. Und als es schon aussieht, als würden sie ihn jeden Moment einholen, bricht dem Alten das Knochenbein durch. Der Zimmermann muss ihm aus dem Kiel eines gesunkenen Boots ein neues machen.

Dieser Zimmermann ist echt eine Type. Ist aus dem Nichts aufgetaucht. Ein alter Bauer, der zur See fährt, weil seine ganze Familie gestorben ist. So einer hat nichts zu verlieren.

Und da nimmt die Geschichte auf einmal Fahrt auf, und es passiert richtig viel. Jetzt ist vorbei mit Schummeln. Ismael lässt mich nicht. Ich kann nicht mal eine einzige Seite überspringen. Die Sache wird immer krasser. Über Nacht wird Ismaels Freund krank, der Harpunier mit dem Ganzkörpertattoo. Fast stirbt er. Der Zimmermann nimmt schon Maß und baut ihm einen Sarg. Mit ein paar Leuten legen sie ihn in die Kiste, zusammen mit der Harpune und dem Krempel, den er ins nächste Viertel mitnehmen will. Und als Ismael schon zu heulen anfängt, sagt der Typ einfach, dass er doch noch nicht sterben will. Sie holen ihn wieder raus, und dem Kannibalen gehts besser. Einfach so, nur weil ihm scheiße noch mal danach ist. Aber das ist das geringste Problem. Es geht noch weiter.

Weil der Sarg jetzt voll überflüssig ist, beschließen sie, ihn als Rettungsring zu benutzen, weil sie ihren mit dem letzten Ertrunkenen verloren haben. So langsam wird Ismael frech. Ich hätte echt Bock, ihm eine reinzuhauen. Der Typ hält uns alle für Idioten. Warum erzählt er so eine Scheiße? Ist ja okay, dass der Sarg aus Holz ist und schwimmt. Und am Ende kann man nie wissen. Aber dann gleich zu behaupten, dass ein Sarg als Rettungsring dient? Dafür muss man echt ein ziemliches Arschloch sein. Oder schon wissen, wies am Ende ausgeht. Der Einzige, der so einen Rettungsring jetzt gut gebrauchen könnte, ist der Dünne Fabián.

der Tropfen

Ich les weiter. Der alte Bauer heißt Perth. Und der kann nicht nur mit Holz umgehen, sondern ist auch noch Schmied. Ahab gibt ihm seine besten Messer, damit er ihm eine Harpune daraus schmiedet. Er braucht guten Stahl, um Moby Dicks Herz zu durchbohren. Perth macht ihm die, und der irre Alte will sie mit dem Blut der Harpuniere härten. Weil es Heiden sind, sagt er. Einer ist Queequeg, Ismaels Kannibalenfreund, der fast gestorben wär. Der zweite ist ein großer Schwarzer und der dritte ein Indianer. Als er Blut von den dreien zusammen hat, taucht Ahab die Spitze der Harpune rein und sagt einen Schwur. Wie bei einem Macumba-Ritual. Fast hör ich das rot glühende Eisen pfeifen, als es ins Blut getaucht wird. Aber als ich den Kopf heb, hör ich es wieder pfeifen. Es kommt von draußen.

Eine Gewehrsalve lässt die Stille detonieren. Die aufgestaute Zeit explodiert in einem Konzert von Schüssen. Und die Angst macht mich schnell. Ich bin schon am Schießen.

»Hä?« Der Chueco fährt zusammen und schießt auch.

Das FAL vom Sapito rattert entschlossen. Der metallene Rollladen zittert wie das Fell einer Trommel. Wird von Blei durchlöchert. Von den Tischen platzen Splitter ab, von den Wänden bröckelt der Putz.

»Scheiße, verdammt!«, schreit einer hinter der Theke. Der Jetita oder Rubén, ich kanns nicht sagen.

Ich will durch den Spalt gucken, aber trau mich nicht. Der Rollladen wird heftig geschüttelt. Wenn ich da durchguck, krieg ich einen Schuss ab. Das sagen jedenfalls meine zitternden Beine und die Kälte, die mir über den Rücken läuft. Ich schieß blind, ohne mir die Mühe zu machen, zu zielen. Ich dreh mich um und seh Rubén, der flink zur Tür robbt. Das Gewehr vor sich. Er sieht aus wie ne Schlange. Ne ziemlich dicke. Mit dem Lauf drückt er die entglaste Tür auf und feuert vom Boden aus Schrotsalven ab.

Ich drück ein paarmal wirkungslos den Abzug. Munition ist alle. Der Chueco sieht mich aus den Augenwinkeln an, und ohne aufzuhören mit Schießen, greift er in die Jackentasche. Holt eine Schachtel mit 38er-Patronen raus und wirft sie mir rüber. Ich lade und hör wieder das Pfeifen von eben. Aber jetzt pfeift es mehrmals. Hysterisch, zwischen den Schüssen. Es ist der Quique, sag ich mir, und hab einen Kloß im Hals.

Der Jetita brüllt einen Befehl, den ich nicht versteh. Es öffnet sich ein Loch aus Stille. Und ich halte ein Auge vor den Spalt. Das linke. Mitten auf der Straße liegt in einer großen Blutpfütze, die sich immer weiter ausbreitet, ein schwarzer Klumpen. Hat zu viele Haare, um ein Mann zu sein. Es ist ein Hund. Bestimmt Sultan. Deshalb pfeift der Quique so verzweifelt nach ihm.

Über einer nur halb hochgezogenen Mauer auf der Baustelle gegenüber seh ich eine Waffe auftauchen. Dann langsam einen Kopf. Aber bevor die Linie der Augenbrauen sichtbar wird, verschwindet er plötzlich mit einem Knall. Wo das Gesicht sein müsste, ist jetzt ein Loch im Mauerwerk, vernebelt durch den Staub, den die Schrotsalve aufgewirbelt hat.

»Scheiße, Mann! So geht das, ihr Idioten! Knallt die endlich ab, worauf wartet ihr noch? Dass die hier reinkommen?«, schreit Rubén begeistert.

Einer weniger. Aber der Wahnsinn geht volle Kanone wieder los. Der Rollladen sieht aus, als könnte er jeden Moment runterkommen. Der Sapito morst Blei in Stakkato, aber sein Gewehr macht keinem mehr Angst. Im Gegenteil: Es scheint, als würden uns immer mehr Leute belagern. Sultans Blut sieht jetzt rot aus. Und der Asphalt glänzt gelb. Wann ist die Sonne aufgegangen? Ich hab so drauf gewartet, dass endlich Tag wird, und dann kommt er so: ohne Vorwarnung und gehetzt vom Adrenalin und dem stechenden Pulvergeruch. Die Schüsse hören nicht auf, aber die Abstände dazwischen vergrößern sich nach einer Weile. Der Chueco ist blass und wirkt trotzdem gefasst. Er sieht mich so wenig an wie möglich. Ich kann nicht erraten, was hinter diesem Blick steckt.

»Gringo! Komm her!«, schreit der Jetita. Er gibt mir Handzeichen, dass ich in die Küche kommen soll.

Der Negro Sosa springt glatt über die Theke und ist mit zwei großen Schritten an meinem Platz. Er übernimmt für mich. Rüttelt an meiner Schulter, als wollte er mich wecken. Und ich weiß nicht, warum er das macht, weil ich gar nicht schlafe. Oder wenigstens nicht so sehr, wie ich gern würde.

»Los jetzt … sei kein Feigling«, sagt er. »Ich mach hier weiter.«

Ich schnapp mir meine Tasche und das Buch vom Wal, das auf den Boden gefallen ist. Stecks ein und häng mir die Tasche über die Schulter. Ich will schon aufstehen, aber beim nächsten Schuss, der den Metallrollladen durchschlägt, überleg ichs mir noch mal. Ich kriech besser.

»Und du? Wo willst du hin, Spatzenhirn?«

»Ich geh mit ihm«, antwortet ihm der Chueco. Trocken.

»Du bleibst schön hier! Bist du ihr Macker, oder was? Hast du Angst, dass sie deine Freundin in den Arsch ficken?«, provoziert ihn der Negro.

»Ich geh mit dem Gringo, hab ich gesagt. Bist du taub?«, antwortet der Chueco in einem Ton, der keinen Raum für Diskussionen lässt.

»Du kleiner Scheißkerl. Suchst du Streit, oder was? Ich stech dich ab, Idiot!«

»Jetzt beruhigt euch mal, Mädels«, ruft der Jetita beschwichtigend. »Lass ihn, Negro. Lass ihn doch, wenn er seinen Hals riskieren will. Der Junge wird schon wissen, was er tut.«

Der Negro Sosa verzieht das Gesicht. Der Chueco nicht mal das.

Ich komm in die Küche und richte mich auf. Der Chueco folgt mir. Der Rücken vom Jetita versperrt mir den Weg. Und den Blick.

»Und, Robledo? Wie siehts aus?«

»Ruhig«, sagt der Bulle. »Hinten ist jetzt alles ruhiger seit der Dünne ...«

»Was? Der ist abgetreten?«

»Vor ner Weile. Der ist schon kälter als ein Nonnenarsch.«

»Verfickte Scheiße! Alter, das hat mir grade noch gefehlt. Das ist der Tropfen, der das Fass zum Überlaufen bringt ...«, sagt der Jetita, geht weiter und tritt gegen eine schmutzige Matratze. Jemand hat da in der Mitte geschlafen. Nur Zentimeter vom Toten entfernt.

Der Dünne Fabián ist weißer als ein Blatt Papier. Sein Mund steht offen. Die Augen haben sie ihm zugemacht. Auf der einen Seite hält die alte Riquelme auf einem Bierkasten für ihn die Totenwache. Mit versteinertem Gesicht. Auf der anderen Seite sitzt die Pampita. Auf dem Fußboden. Noch ausdrucksloser.

Der Dicke Farías stürzt auf den Jetita zu und packt ihn mit der Linken. Die andere Hand hängt noch in dem dreckigen Tuch. Nur der Turban, den er auf dem Kopf hatte, ist verschwunden.

»Ricardo, wir müssen reden. Die Sache ist uns aus den Händen geglitten ...«, sagt er. Ernst. Er nimmt den letzten Rest Würde zusammen, der ihm noch bleibt.

»Geh mir nicht auf den Sack, Dicker! Siehst du nicht, dass jetzt nicht der Moment ist?«, wimmelt der Jetita ihn ab, als wär er ein Straßenkind, das um ein paar Münzen bettelt.

Ich nutz die Gelegenheit, um dicht an Yanina vorbeizugehen, die immer noch auf der Arbeitsplatte sitzt. Sie hat die Beine angezogen. Lehnt mit dem Rücken an der Wand. Die Haare hängen ihr ins Gesicht und ihr Blick ist nach innen gerichtet. Sie sieht mich an, aber sie sieht mich nicht. Ich flüster ihr ins Ohr, dass sie vorsichtig sein soll, dass wir abhauen, sobald ich zurück bin. Keine Reaktion. Es ist, als würd ich mit einer Wachsfigur flüstern.

»Die Jungs gehen hinten raus«, sagt der Jetita zu Robledo. Dann dreht er sich zu uns.

»Gringuito, du holst Toni her. Sag ihm, er soll dreimal in die Luft schießen und ein weißes Tuch hochhalten, dann lassen wir ihn rein. Und dass er mir keinen Blödsinn macht, eh? Er soll unbewaffnet kommen, ich bin das auch. Wir werden uns nett und freundlich einigen und das hier hört auf. Verstanden?«

»Wer hat dir gesagt, dass Toni da draußen ist?«, stoß ich hervor.

»Der ist da … Ich kenn ihn. Und wenn nicht, schlägt er jeden Moment hier auf. Charly hat ihn bei der ersten Gelegenheit rufen lassen. Die hab ich genau im Auge, die zwei … Aber was erklär ich dir das alles. Tu, was ich dir sage, Bengel, und halt den Mund!«

»Und woher weißt du, dass ich ihn dir einfach so auf dem Silbertablett ausliefer? Wenn ich durch diese Tür geh, siehst du mich nie wieder«, sag ich und bereu es schon, bevor ich den Satz beendet hab.

Der Jetita lässt ein Lachen hören und sieht mich an. Er verzieht die offene Wunde, die sein Mund ist, und die Sekunden dehnen sich aus. Ich kenn diesen Gesichtsausdruck.

»Du bist echt ein schlaues Kerlchen, Gringuito … Wirst es weit bringen, ich weiß, was ich sag.« Und er zwinkert mir zu.

Er hebt eine Hand, als wollte er mir auf die Schulter klopfen, und bevor ich reagieren kann, hat er mich am Hals gepackt. Knallt meinen Kopf gegen die Wand. Der Aufprall hallt in mir nach. Robledo geht auf Abstand, und der Jetita drückt zu. Ich krieg keine Luft. Er beugt sich zu mir, bis er mit den Lippen mein Ohr streift. Jetzt steht der Chueco direkt in meiner Sichtachse. Schließt einmal langsam die Augen und schüttelt den Kopf. Ganz unauffällig, aber ich kriegs mit. Wenn er mein Partner beim Truco wär, würde das ganz klar bedeuten, dass er keine Karten auf der Hand hat für dieses Spiel.

»Hör gut zu, was ich dir jetzt sage«, flüstert der Jetita. Und ich scheiß mir am meisten in die Hose bei dem entspannten Tonfall, mit dem er redet, während er mich würgt. »Du wirst das aus drei Gründen erledigen. Erstens, weil ich dich auch noch im allerletzten Loch finde, in dem du dich versteckst, und dir die Augen aussteche. Mit den Fingern, kapiert? Zweitens, weil du Toni bestimmt bezahlen lassen willst für das, was er der Zunge angetan hat. War schließlich deine Mama, oder? Und drittens wegen der Kleinen. Hübsches Ding, die Yani. Sie gefällt dir, oder? Also, wenn du nicht brav deine Hausaufgaben machst, fick ich sie dir kaputt. Danach ist ihre Fotze weiter offen als der Eingang zur Donnerstagsdisco. Die wird dir nicht mal mehr als Wichsvorlage nützen … Ist das klar?«

Er löst den Klammergriff und ich schnapp nach Luft. Ich spür, wie meine Beine nachgeben. Der Jetita gibt Robledo ein Zeichen, und der Bulle macht die Tür auf.

»Jetzt verpiss dich«, sagt der Jetita und unterstreicht den Befehl mit einem Schlag auf den Hinterkopf. »Und du auch, los …«, sagt er dem Chueco.

Wir gehen raus. Robledo knallt die Tür zu. Wir bleiben hinter dem Stapel aus Bierkästen stehen. Unentschlossen. Ich huste und spuck aus. Erhol mich langsam. Der Chueco hält die Klappe. Ich seh ihn an und zeig aufs Dach. Der Chueco schnalzt mit der Zunge, und ich besteh nicht drauf. Ich hab auch nicht wirklich Bock, wieder da hochzuklettern. Da oben waren wir wie zwei Pappenten in ner Schießbude. Zwei Zielscheiben in Menschenform. Er zeigt mit der Beretta auf die seitliche Mauer. Die am Lager anfängt.

»Los«, sag ich. Ich denk besser nicht drüber nach, sonst mach ich keinen einzigen Schritt.

Ich schieb mir den 38er wieder in den Gürtel. Wo ich ihn grade sinnlos rausgeholt hatte. Häng mich mit beiden Händen an die Mauer und spring rüber. Noch bevor ich auf dem Boden aufkomm, hör ich Schüsse. Die haben uns gesehen. Geduckt zähl ich die Sekunden. Vier, fünf, sechs … Der Chueco landet neben mir und wieder hallen Schüsse. Er war schnell. Hats geschafft.

Aber hier können wir nicht bleiben. Der Hof vom Nachbarn ist lang und schmal. Es gibt keine Deckung. Und die werden jeden Moment hier sein. Das Tor ist nicht verschlossen. Ich schieb den Riegel zur Seite, aber komm nicht so weit, sie zu öffnen. Der Chueco hält mich an der Schulter fest. Ich dreh mich um, und er signalisiert mit dem Daumen, dass er zuerst geht. So machen wirs.

Er drückt die Pforte auf, schießt ein paarmal und rennt los. Ich folg ihm fluchend und versuch, auf irgendwas zu zielen, aber ich seh keinen. Die Kugeln pfeifen. Schon wieder der surrende Wespenschwarm … Dann kippt der Chueco mir um wie ein Sack Kartoffeln. Fast reiß ich ihn ein Stück mit, als ich über ihn stolper. Jetzt erkenn ich doch zwei Gestalten an der Ecke. Das Morgenlicht umreißt sie von hinten. Ich ziel und schieß ein-, zwei-, dreimal. Hör einen Schrei und sie verschwinden. Einen hab ich getroffen, ich bin mir sicher. Ich zieh den Chueco an den Achseln hoch und er stößt ein raues Stöhnen aus, als würd es ihn innerlich zerreißen.

»Los, komm schon … Komm schon, Chueco, jetzt nicht schlapp machen!«, schrei ich ihn an und schlepp ihn mit, als wäre er besoffen.

Wankend überqueren wir die Straße.

»Los, Mann, komm schon!« Der Chueco sackt in sich zusammen.

Er atmet nicht, er gurgelt. Räuspert sich und spuckt aus. Die haben ein Sieb aus ihm gemacht. Überall tropft es raus. An der Ecke zeigt sich ein großer Schatten und schießt noch mal. Der

Kopf des Chueco rollt hin und her, bis er ihn auf meine Schulter legt. Seine Beine sind aus Knetmasse. Tragen ihn nicht mehr.

»Warte, Gringo. Warte, lass mich hier …«, sagt er und kotzt Blut.

Viel Blut. Es läuft mir lauwarm über die Rippen. Der Chueco läuft aus. Fast fällt er hin. Ich setz ihn, so gut es geht, in einen Hauseingang, hämmer gegen die Tür und warte auf ein Wunder. Ich dreh total durch.

»Aufmachen! Aufmachen, verdammt!«

»Es ist vorbei, Gringo, lass es. Hau ab«, sagt er stockend. Verschluckt sich an der roten Kotze.

»Jetzt komm schon, Mann! Halt durch!«, schrei ich ihn an, aber meine Stimme überschlägt sich. »Halt noch ein bisschen durch, ich hol den Santi und bring dich in die Notaufnahme …«, sag ich und versuch, den 38er zu laden.

Ich will mich beeilen, aber es ist schwer. Es ist gar nicht, dass meine Hände zittern, die Welt zittert. Die Waffe zittert und die Patronen springen mir aus der Hand. Die Luft bewegt sich, die Straße wankt. Die Lider vom Chueco zittern und die Sonne am Morgenhimmel. Alles zittert wie ein Wassertropfen in der Schwebe. Ein Tropfen, der gleich in die Tiefe stürzt. Als ich die Patronen mit Gewalt in die Trommel stopf, klappts, aber der Tropfen fällt. Und ich renn los. Ich renne, bevor er auf dem Boden aufschlägt. Ich renne, und wieder surren die Wespen um mich herum.

Botschaften

Das Schilf zerschneidet mir Hände und Gesicht. Macht mir die Klamotten kaputt. Aber ich kann nicht stehen bleiben. Ich hör eine Stimme, die mit mir spricht. Mir widersprüchliche Botschaften schickt. Sie stöhnt, flucht, schimpft laut los, bis sie wieder stockt, flüstert und gleich zu heulen anfängt. Sie ist dicht hinter mir und ich kann sie nicht abschütteln. Ich such im Schilf am Bach nach ihr, aber das Einzige, was ich seh, sind Ratten. Die Ratten, die auf der Müllkippe am Ufer nisten. Wenn ich näherkomm, quieken sie und verschwinden.

Weil ich kein Taschentuch hab, putz ich mir die Nase mit dem T-Shirt. Das wie aus Pappe ist. Das Blut, das der Chueco auf mich draufgekotzt hat, ist schon getrocknet. Ich zieh das Ding aus und geh zum Wasser, um mich zu waschen. Der Bach ist ein schwarzer Spiegel. Staut sich. Und riecht nach Fäulnis. Aber ich wasch mich trotzdem. Der Gestank, der an mir klebt, ist schlimmer. Der Gestank der Angst.

Ich hol ein sauberes T-Shirt aus der Tasche und zieh es über. Auch die Hose ist dreckig und am Knie aufgerissen, aber die behalt ich an. Ich hab nur die eine. Und es ist kalt. Ich zieh die Windjacke wieder an, egal wenn sie kaputtgeht. Das Nylon bleibt dauernd am Schilf hängen.

Als ich zwischen die Daumen blase, um den Quique zu rufen, geht die Stimme aus. Der Idiot, der mich die ganze Zeit quält, hält endlich die Klappe. Ich leg die hohlen Hände aufeinander und pfeif noch mal, und da geht mir auf, dass ich den ganzen Morgen mit mir selbst geredet habe. Es ist zum Verrücktwerden.

Ich versuch, mich zu beruhigen, und flüchte wieder ins Schilf.

In einer Lichtung versuch ich, ein bisschen zu schlafen. Die Ratten hier draußen sind das geringste Problem. Gefährlicher ist die, die mir innen am Kopf nagt. Ich weiß nicht, ob ich komplett abschalte, aber ein bisschen kann ich wenigstens ausruhen. Und nach einer Weile gehts mir viel besser. Ich pfeif ab und zu, auch wenn es nichts bringt. Zu weit weg. Ich kann den Vogel, den es nicht gibt, so laut singen lassen, wie ich will, der Quique wird mich nicht hören, wenn er am anderen Ende des Viertels ist. Aber ich verlier nicht die Hoffnung und blas weiter.

Als die Sonne in die Höhe klettert, bewölkt sich der Himmel. Und ich krieg Durst. Hunger hab ich keinen. Einen Magen auch nicht. Hab ich auf der Flucht verloren. Jetzt ist da nur noch Leere im Bauch. Ein Gully, der den Strudel meiner Eingeweide verschluckt und mich nicht in Ruhe lässt.

Ein Tier bellt meinen Vogel an, und ich verstumme. Hör das müde Quietschen einer Achse. Hol die Knarre raus und erkenn zwischen dem Schilfrohr einen dürren Hund, der in meine Richtung schnuppert. Ein Karren fährt langsam vorbei. Ich kenn den alten Klepper, der ihn zieht. Die lassen ihn angeleint auf dem Brachland am Bahnhof grasen. Hab den schon öfter gesehen. Den bärtigen Typ, der ihn am Zügel führt, noch nie. Der Hund läuft mit dem Karren weiter. Und das Quietschen verliert sich in Richtung Müllkippe. Der Typ geht Müll sammeln. Metall, Papier, Flaschen, alles, was irgendeinen Wert hat. Man muss nur geduldig suchen. Alles wie immer. Dass die sich ein paar Querstraßen weiter gegenseitig abknallen, hat für den Bärtigen keine Bedeutung. Er muss trotzdem raus und malochen. Heute ist ein Tag wie jeder andere auch. Nur nicht für mich.

Noch von Weitem hör ich das gedämpfte Quietschen der Achse. Und das Geräusch entspannt mich ein bisschen. Als es ganz verschwindet, lass ich den Vogel wieder singen. Nach einer Weile kommt es mir vor, als würde genauso einer antworten, aber aus einer anderen Dimension. Obwohl ich nicht weiß, ob das, was ich hör, ein Echo ist oder eine Antwort, die mir mein eigener Kopf gibt, mach ich weiter. Und langsam nimmt der andere Vogel Form an. Kommt näher. Hat schnurstracks das Viertel durchquert. Das letzte Stück ist nicht so leicht. Es fällt dem Quique schwer, meinen Ruf zu lokalisieren. Nach einigem Hin und Her kommt er zu der Stelle, wo vor Kurzem der Karren vorbeigekommen ist. Ich steck den Kopf aus dem Schilf, damit er mich sieht. Er tut so, als würde er weggehen, um einen möglichen Beobachter auf eine falsche Fährte zu locken, und ein paar Meter weiter schlägt er sich ins Schilf.

»Die haben meinen Hund umgebracht, Gringo«, sagt er mit zitternder Stimme.

»Und den Chueco erschossen«, sag ich genauso. Im selben elenden Tonfall.

Er antwortet nicht. Rutscht näher, umarmt mich und klopft mir auf den Rücken. Als hätten wir uns Jahre nicht gesehen. Die Geste macht mich fertig. Ich kann schon fühlen, wie sich mein Gesicht verzieht und ich gleich heulen werde. Aber ich will nicht, dass er mich am Boden sieht. Ich umarm ihn fester und zünd mir schnell ne Kippe an. Geb ihm auch eine.

Der Quique raucht langsam und guckt auf den Boden. Eine angegammelte Matratze aus Blättern, Zweigen und Müll. Er hebt den Blick und sagt:

»Da ist so ein Typ, der dich sucht, seit gestern …«

»Wer?«

»Keine Ahnung. Ist nicht aus dem Viertel. So ein schmächtiger Rockertyp mit nem Gesicht voller Narben.« Der Quique lässt die Kippe fallen, tritt sie aus und sieht mich fragend an. »Voll der komische Typ. Sagt, dass er ne Nachricht von Toni für dich hat.«

»Und Toni hast du nicht gesehen?«, frag ich und versuch, noch eine Zigarette aus dem Päckchen zu holen.

Aber die Sache wird schwierig, weil die Kippen jetzt krasser zittern als vorhin die Patronen. Das Gute ist, dass ich sie nicht in eine Trommel stecken muss. Reicht schon, wenn ich eine rauskrieg. Als ich es schaffe, halt ich dem Quique das Päckchen hin. Der nimmt seine ohne Probleme. Und gibt mir auch Feuer. Bei mir zickt das Feuerzeug.

»Ich weiß nicht, Gringo … Ich kenn den überhaupt nicht.«

»Klar kennst du den, du erinnerst dich nur nicht. Du warst noch klein …«

Der Quique sieht mich an und zuckt mit den Achseln. Ist egal, ob er ihn kennt oder nicht. Er hat recht. Ich versuch nachzudenken, aber das geht nicht vor Durst.

»Wo ist dieser Typ?«

»Bei Zaid. Ich hab ihm gesagt, dass er da auf mich warten soll, dass ich versuch, dich zu finden.«

»Und wie ist die Lage, falls ich da vorbeigehen will?«, frag ich und denk an den Liter Bier, den ich beim Türken in einem Zug runterkippen würde.

»Solang du einen Bogen um den Bahnhof machst und die Augen offen hältst, ist alles okay. Der Negrito Silva und der Medusa haben sich wieder auf dem kleinen Platz breitgemacht, aber die werden da nicht einfach bleiben … Die sind super angepisst. Haben sogar nach mir gefragt, haben die Jungs gesagt.«

Der Quique schnaubt und legt sich hin. Verschränkt die Hände im Nacken. Schließt die Augen. Er ist blass. Als wär er um fünf oder sechs Jahre gealtert. Er sieht aus wie eine Gipsfigur. Oder eine Leiche.

»Du siehst total fertig aus … Hast du nicht geschlafen?«, frag ich.

»Nur ein paar Stunden.«

»Wo hast du gepennt?«, frag ich, während ich mir die Tasche unter den Kopf leg und mich auch ausstrecke.

»Bei Mamina.«

»Du konntest abhauen, ohne dass sie dich gesehen haben?«

»Nee, im Morgengrauen sind die weg. War ja nix los, und die Typen hatten keinen Bock mehr zu warten«, erklärt er mir.

»Und hast du die Großmutter gesehen?«

»Ist nicht zurückgekommen. Meine Ma auch nicht.« Er schnalzt mit der Zunge und flucht leise.

»Machst du dir Sorgen wegen deiner Schwester?«, frag ich und weiß nicht, warum ich an die madige Puppe denken muss.

Der Quique macht die Augen auf und dreht sich zu mir um. Er wirft mir einen bösen Blick zu.

»Sollte ich?«, sagt er und macht die Augen wieder zu. Ich komm mir vor wie ein Idiot.

Scheiße. Und was kann ich dafür? Denk ich, aber sags ihm nicht. Wir schweigen eine Weile. Ich hör seine Atemzüge. Jetzt ist er entspannt. Als würde er schlafen. Ich kann nicht. Die Angst arbeitet in meiner Brust.

»Was machen wir, Gringo?«, fragt er unvermittelt und richtet sich halb auf.

»Ich hau ab. Ich bleib sicher nicht hier und lass mich für nichts abknallen. Ist deine Sache, ob du mitkommen willst«, sage ich.

Der Quique macht den Mund auf und braucht ein bisschen, um zu reagieren. Ist wie vor den Kopf geschlagen, dann:

»Geil, Mann, echt cool … Und wie willst du abhauen? Mit dem Vier-Uhr-Zug?«, sagt er. »Sonst kannst du vielleicht den Negrito und den Medusa fragen, ob sie dir freundlicherweise den Express um zwanzig nach fünf anhalten. Die legen ne Schwelle auf die Gleise, wies die Eisenbahner beim Generalstreik gemacht haben, und tschüss. Aber ich hab noch ne bessere Idee … Du latschst einfach nach Zavaleta rüber, und vielleicht zahlt Charly dir ein Taxi. Was meinst du?« Und dann guckt er mich auch noch blöd an, als würd er wirklich erwarten, dass ich mir was aussuche von den Möglichkeiten, die er aufzählt.

Sogar der Quique verarscht mich, so siehts aus. Der Junge ist total von der Rolle. Und ich werfs ihm nicht vor. Wenn ich schon überfordert bin von der Situation, ist er das zehnfach. Außerdem war mein Tonfall auch nicht grade besonders freundlich.

»Das Taxi zahl ich selbst, Mann. Kohle hab ich genug«, sag ich und hol eine Handvoll Scheine aus der Hosentasche. »Hier, geh zum Loco Santi und gib ihm die.« Ich knüll die Scheine zu einer Kugel zusammen und geb sie ihm. Ist ein Haufen Geld, aber ich zähls nicht. Wenn die Schleifen dafür nicht gut sind, kann ich die für nichts andres mehr gebrauchen, fürchte ich.

Der Quique nimmt die Kohle mit spitzen Fingern. Als würde da Scheiße drankleben oder er Krätze davon kriegen. Ein zerknüllter Schein fällt ihm runter. Er hebt ihn auf, drückt ihn an die anderen und steckt alles ein. Guckt mich die ganze Zeit an. Ernst.

»Sag ihm, er soll um Mitternacht beim Türken Zaid vorbeifahren. Wenn er mich mit dem Chevy bis Retiro bringt, geb ich ihm das Doppelte.«

Der Quique kratzt sich am Kopf. Bohrt die Sneaker in den Boden. Jetzt hat er sie richtig angezogen. Hat lange Schnürsenkel eingefädelt und zweimal um die Knöchel gewickelt.

»Der fährt dich nicht …«, sagt er und seufzt, als müsste er seiner kleinen Schwester erklären, dass es den Weihnachtsmann gar nicht gibt. »Der scheißt sich in die Hose vor Angst, der macht das nicht. Den Chevy haben die längst auf dem Schirm. Und er weiß, dass die jeden komischen Move von ihm sofort mitkriegen und ihn abknallen. Und wie soll er dich auch fahren, wo die Straße blockiert ist? Am Eingang nach Zavaleta steht ein Haufen Bullen. Und auf der Kreuzung machen die Lehrer ne Straßenblockade, zusammen mit den Stadtangestellten und den Arbeitslosen … Da ist totales Chaos. Da sind Gott und die heilige Maria auf der Straße …«

»Na und? Dann fährt er halt an der Raffinerie vorbei oder nimmt die alte Straße … Wenn der Santi mitspielt, ist das kein Problem. Bring ihm einfach das Geld, du wirst sehen, wie der dabei ist. Denkst du, der ist ein Schisser?«

»Er wirds nicht machen, Gringo.«

»Tu, was ich dir sag, und sei nicht so stur. Ich sags dir, der Loco ist dabei.«

Der Quique schnaubt und reibt sich die Augen. Er ist nicht überzeugt. Ich auch nicht, aber es ist der einzige Ausweg, der mir bleibt.

»Komm schon, Mann, beeil dich«, beharre ich. »Von Retiro aus gehn wir ins Kinderkrankenhaus, wenn du willst. Ich weiß, wie man da hinkommt.« Ich lüg und nutz die Sache mit seiner Schwester aus. Die Nähe der Ratten ist ansteckend. Mir fehlt nur ein Schwanz, und ich verwandel mich selbst in eine.

Der Quique sieht mich ein paar Sekunden lang an, sagt, dass fragen ja nichts kostet, und geht. Ich ruf ihm nach, dass er pfeifen soll, wenn er auf dem Weg zum Türken was Verdächtiges bemerkt, und warte. Warte zu lange, weil die Warnung vom Quique nicht kommt, und denk an den Chueco, anstatt mich auf den Weg zu machen. Und dann fängt der Schwachkopf, der vorhin auf mich eingeredet hat, wieder an, mir auf die Nerven zu gehen. Und kaum fällts mir auf, plaudert er schon mit dem Toten, einfach so.

»Pass auf, was du tust, mach bloß keinen Fehler …«, sagt der Chueco zu ihm.

fantastische Literatur

»Ah, du bist das, Mann. Ich erinner mich … Du bist neulich mit *Moby Dick* unterm Arm im Parque Lezama aufgetaucht«, sagt Piti, der Kunsthandwerkerkumpel von Toni.

Ich bestätige das mit dem Blick. Einmal langsam zwinkern. Der Mund hat mit der Flasche zu tun. Und der Kopf auch, ich leg ihn zurück, um den halben Liter Bier auf einmal auszutrinken.

Er hat eine Weile gebraucht, um mich zu erkennen. Ich bin im Vorteil, weil ich ihn sofort identifiziert hab. Seine Visage ist nicht grad von der Sorte, die man leicht vergisst. Voller Male und Narben. Er ist hässlicher als Verrat.

»Und? Was macht der Wal?«, fragt er.

»Ein Scheißbuch«, antworte ich und überwach misstrauisch die Straße.

Von der Bachseite kommt keiner. Auf der anderen zeigt sich nur ein Hund. Aber ich sollte mich nicht drauf verlassen. Auch der Türke Zaid blickt argwöhnisch durch die Gitterstäbe. Die Schüsse haben ihn aus seiner Lethargie gerissen. Jetzt hat das Foto von der Dogge für ne Weile Ruhe vor seinem schuldigen Blick. Dann hatte der ganze Aufruhr wenigstens einen Sinn. Und hat ihn abgelenkt. Ich kapiers nicht, wie der Türke sich so an diesem Bild aufhängen kann. Fast, als wärs das Foto von einem verschwundenen Kind oder von der Frau, die ihn betrogen hat. Und er tut mir echt leid, denn wenn er das heulende Elend kriegen will, hat er nicht mal richtig bittere Erinnerungen, die er dafür braucht. Ich hab überhaupt keine Erinnerungen. Weder gute noch schlechte. Ist mir auch lieber so.

Aber dafür verbrennt mich die Gegenwart. Unruhe und Angst

lodern heiß. Und es gibt kein Bier, mit dem ich diesen Brand löschen könnte.

»Was redest du da, Mann? Die Story ist ein Trip auf Mescalin«, drängt der Piti.

»Es ist ein Haufen Blödsinn. Wenn du das glauben willst, ist das dein Problem.«

»Ey, was redest du? Du hast nichts kapiert …«

Der Piti sieht mich herausfordernd an. Er trinkt einen Schluck, gibt mir die Flasche zurück und zündet sich ne Zigarette an. Raucht ein paar Züge und betrachtet mich noch etwas länger, und dann fängt er an zu reden und wedelt mit der Kippe, als wär die ein Zeigestock und er würde ne Schulstunde geben. Er hält mir einen langweiligen Vortrag über die menschliche Seele, die Hölle des Wahnsinns, die Natur des Bösen und was weiß ich für Schwachsinn noch, und dabei wiederholt er ständig, dass es den Wal gar nicht gibt und dass er nur eine Metapher für was anderes ist, das man ohne das Viech nicht benennen könnte.

Und ich lass ihn reden. Trink das Bier aus und bestell noch eins beim Türken. Als ich merk, dass ihm langsam die Luft ausgeht, unterbrech ich ihn bei der nächsten Gelegenheit.

»Bist du fertig?«

»Mehr oder weniger, Mann, aber ich weiß nicht, ob du kapiert hast, worums geht«, sagt er.

»Hör mir mal zu, Metapher, mir scheint, du bist derjenige, der nichts kapiert. Die ganze Sache ist wie die Story vom Kiffer, der sagt, dass er den Teufel gesehen hat. Und es ist Quatsch … Wenn du wirklich zum Teufel gehst, dann komm nicht damit an, dass er Hörner hat und ein Ziegenbärtchen, oder dass er klein ist mit großen Ohren. Das ist Bullshit. Glaubt dir eh keiner, und du kannst gleich die Klappe halten, weil du gar nichts gesehen hast. Wenn einer wirklich was gesehen hat, hat er am Ende ne Kugel im Kopf, verreckt an ner Überdosis oder landet in der Klapse.«

Der Piti verzieht die Oberlippe und sieht mich selbstgefällig an. Ich red weiter, damit ich ihm nicht auf die Fresse box.

»Und bei der Geschichte von dem Wal ist es dasselbe. Wer den jagt, kommt eigentlich nicht zurück. Und dieser Ismael will mir weismachen, dass er ihn mit eigenen Augen gesehen hat und jetzt wieder zu Hause sitzt? Was für ne Scheiße! Der Typ erzählt Märchen. Er schummelt. Wenn er mit dem Kapitän untergegangen wär und dir das alles vom Meeresgrund aus erzählen würde, während er verrottet und die Fischlein ihm die Augen wegknabbern, dann wärs wenigstens logisch. Wenn du lügst, dann lüg gut. Oder halt die Klappe.«

Der Typ zündet sich noch ne Kippe an. Schnappt sich die Flasche, und nachdem er ein paar Schluck getrunken hat, labert er mich voll, dass man die Geschichte so nicht erzählen kann, weils dann fantastische Literatur wär, und Melville – so heißt der Autor von dem Roman, erklärt er – zum Realismus gehört.

»Hör mal, Fantastiko, bist du hier, um dich mit mir über Literatur zu unterhalten?«, fall ich ihm ins Wort. Mir reichts echt mit seinem Realismus, seiner fantastischen Literatur und der Hurenmutter, die ihn zur Welt gebracht hat.

»Nein, Mann. Toni hat mich geschickt, damit ich dir ein paar Sachen sag«, gibt er rotzig zurück.

»Und warum redet er nicht selbst mit mir?«

»Frag ihn doch, Blödmann.« Man merkt, dass ers nicht witzig findet, den Laufburschen zu spielen. Und noch weniger, dass ich ihn drauf aufmerksam mach. »Toni wartet in Zavaleta auf dich. Er sagt, du sollst nicht jeden Scheiß glauben, er hat mit der Sache mit deiner Alten nichts zu tun gehabt. Und du sollst dich sofort aus dem Viertel verpissen, weil Charly klar Schiff machen wird und keiner ungeschoren davonkommt.«

Der Luft, die ich atme, geht der Sauerstoff aus. Ich ersticke. Und beim dritten Einatmen inhalier ich das krasseste gasförmige

Dope, ist voll unglaublich, landet direkt in meiner Birne, und ich seh so klar wie nie zuvor. Woher weiß Toni, dass ich wegen dem mit meiner Ma an ihm zweifel? Ich hab ihm nur ausrichten lassen, dass Mamina ihn abgeschrieben hat, und dass ich erst wissen will, was zur Hölle zwischen den beiden los war, bevor ich mit ihm als Kunsthandwerker anfang. Er hat eindeutig Dreck am Stecken. Wenn einer springt, ohne zu hören, was ihm vorgeworfen wird, hat er sich verraten. Da gibts nichts zu wollen. Inzwischen interessiert mich nicht mal mehr, was wirklich passiert ist. Ist nicht mehr wichtig.

Auch wenn er nicht da war, Toni war wie ein Bruder für mich … Und er hat mich verraten, mit Absicht oder nicht. Hat mich im Stich gelassen. Mutterseelenallein. Und dafür muss er blechen …

Das Fieber in mir entspannt mich und dreht mich gleichzeitig auf. Ich bin tot. Ganz genau wie der Chueco.

»Sag ihm, ich kann da nicht hin, weil die mich abknallen«, erklär ich dem Piti nett. »Er muss schon herkommen, wenn er mich aus der Scheiße hier rausholen will.«

Der Piti sieht mich ungläubig an und zuckt mit den Schultern.

»Könnte schwierig werden. Deine Leute hier sind ein bisschen angespannt. Die haben mir am Bahnhof die Waffe vorgehalten. Die Sneaker konnte ich wie durch ein Wunder retten, aber sonst haben die mir alles abgenommen. Wenn die einen Fremden so begrüßen, will ich mir lieber nicht vorstellen, was sie mit einem verlorenen Sohn machen.« Der Piti trinkt den Rest Bier, spuckt aus und schließt: »Ich hab dir die Nachricht überbracht. Wenn du willst, spiel ich auch für dich den Boten, aber ich will ehrlich sein: Ich glaub nicht, dass Toni sich traut, herzukommen.«

Ich schieb die Tasche ans Gitter vom Kiosk neben den Piti, setz mich drauf, zünde die x-te Kippe an und fang an zu reden. Ganz ruhig und besonnen, wie ein guter Kerl, der einfach nur den besten Ausweg für alle sucht. Ich erklär ihm, dass wir in der Klemme sitzen, dass es nicht anders geht. Er muss den Toni überreden, zu kommen und zu verhandeln, sonst wird das hier in einem Blutbad enden. Es sind Frauen in der Bar und sogar eine Leiche. Die verrottet. Wenn er unbewaffnet kommt, garantiert der Jetita für seine Sicherheit. Ich erklär ihm das mit den drei Schüssen und der weißen Fahne. Und dass ich auch da sein werde und mich vor ihn stell, wenn es nötig ist. Ich lüge wie ein Abgeordneter. Er muss so tun, als würden sie sich das Geschäft nett und freundlich aufteilen, damit eine Weile nicht geschossen wird. Damit ich Zeit hab, die Mädels hinten rauszuschaffen und zu verschwinden. Danach können sie meinetwegen alle wegmachen. Es ist die einzige Möglichkeit.

Was ich sag, klingt absolut vernünftig. Nur für den Fall fang ich noch mal von vorn an und trag dicker auf. Und ich sag ihm, dass er besser schnell kommen muss. Allerspätestens morgen, ganz früh, weil die Belagerung kaum noch auszuhalten ist.

»Was für ein Schlamassel, Bruder. Alles klar, ich erklärs ihm«, sagt der Piti.

Jetzt muss Toni es nur noch schlucken. Ich kanns nicht, obwohl der Plan richtig gut klingt. Ich kanns nicht, weil ich schon tot bin. Ich bin abgekratzt, genau wie der Chueco. Jetzt lass ich vom Meeresgrund Luftbläschen aufsteigen, während ich langsam verrotte, so wie Ismael, wenn seine Geschichte wahr wär.

süße Träume

Yani bläst mir einen. Sie ist nackt, kniet. Als würde sie vor einem Altar beten. Die schwarzen Haare fallen ihr über die Schultern. Glänzen in der Sonne. Bläulich. Sie biegt den Rücken durch. Ich beuge mich vor und fahre ihr mit dem Daumen über das Rückgrat. Hör da auf, wo der Arsch anfängt. Eine umgedrehte Birne im Sommer, köstlich und frisch, zum Reinbeißen. In der flimmernden Hitze. Sie hört kurz auf und lächelt mich an. Ihre Lippen sind feucht. Vom süßen Saft der Frucht. Ich würd sie gern kosten, aber ihr Blick beunruhigt mich. Jetzt ist es nicht mehr Yani, es ist eine andere Frau, die mir bekannt vorkommt. Sie hält meinen Schwanz mit beiden Händen und bläst weiter. Macht es richtig gut. Massiert mir sogar die Eier. Ich bin kurz davor, zu kommen, als mich jemand grob von hinten an den Schultern packt. Toni schubst mich weg. Jetzt bin ich ein Kind, er ist viel größer als ich. Sieht finster auf mich runter. Die Zigarette hängt ihm schräg im Mundwinkel, wie eine Drohung. Er dreht mir den Rücken zu, streichelt ihre Titten und gibt ihr ein paar Klapse auf den Hintern. Und ich finds widerlich. Als er keine Lust mehr hat, sie zu betatschen, bindet er ihr eine Leine um den Hals und zieht sie hinter sich her. Als wär sie ein Tier. Ich bleib allein. Steh vor der Schule. Die letzte Lehrerin ist schon gegangen, das Tor ist abgeschlossen, und ich weiß, dass Mama mich nicht abholt. Nie wieder. In den Taschen vom Schulkittel such ich nach Geld, um allein mit der Bahn nach Hause zu fahren, und es ist sinnlos. Ich hab keins. Und was mach ich jetzt? Die Angst und die Verzweiflung machen mich fertig und ich fang laut an zu weinen.

Beim Aufwachen erstick ich an meinen Tränen. Mir läuft der

Rotz, und mein Gesicht ist nass. Die Tränen sind real. Sind aus dem Traum entwischt. Der Albtraum ist nicht das, was immer noch in meinem Kopf spukt. Sondern das Jetzt, weil ich nicht mal mehr weiterheulen kann, um mich zu trösten. Aber die Angst ist dieselbe. Oder schlimmer.

Die Nacht hat mich überrascht. Es ist kalt. Und ich bin immer noch ein bisschen betrunken. Ich bin am Gitter vom Türken eingeschlafen. Mit dem Hals im rechten Winkel. Der ist jetzt steif. Der Mund wie ausgetrocknet. Ich steh auf und bitte Zaid um Wasser. Wenigstens ist der, wie immer, da. Er holt mir ne Flasche Mineralwasser. Geldgeiler Arsch, wo ich nur den Kater besänftigen will. Ein Glas Leitungswasser reicht völlig. Aber ich sag nichts. Ich zahl und bereu es nicht. Es ist herrlich, richtig lecker. Nur tut mir jetzt der Magen weh. Und ist ja auch klar, wo ich seit vierundzwanzig Stunden nichts Festes mehr zu mir genommen hab. Ich frag den Türken, ob er mir einen Hamburger machen kann, und er sagt Nein, weil er kein Gas mehr hat. Dafür bietet er mir ein Schnitzelsandwich an. Sein letztes. Ich seh es unter der dreckigen Plastikhaube, die es vor Fliegen schützt, und mir wird ein bisschen schlecht, aber ich nehms trotzdem. Das Brot ist trocken, die Tomate schmeckt leicht gammlig und den Salat probier ich erst gar nicht. Den nehm ich gleich raus, der sieht echt fertig aus. Trotzdem tut mir das Schnitzel richtig gut.

Ich vertret mir die Beine, pinkel an einen Baum und geh noch mal zurück, um den Türken nach der Uhrzeit zu fragen. Es ist fast Mitternacht. Der Loco Santi müsste jeden Moment hier aufschlagen. Theoretisch, wenn der Quique ihn gefunden hat. Wenn er das Geld genommen hat und losgefahren ist. Wenn er nicht im letzten Moment kneift und Charlys Leute ihn nicht anhalten …

Zu viele Bedingungen, als dass ich mir große Hoffnungen machen könnte. Und sowieso, was, wenn er kommt? Verschwinde ich einfach so? Präsentier ich denen keine Rechnung wegen dem

Chueco? Schließlich war er mein Kumpel … Und wenn er ohne den Quique kommt? Hau ich ab und lass den im Stich? Und Yani? Hab ich ihr nicht gesagt, dass sie auf mich warten soll, dass ich sie hol?

Das schlechte Gewissen arbeitet auf Hochtouren in meiner Brust. Bis jetzt hab ich nur dran gedacht, allein abzuhauen und auf den Rest zu scheißen. Ne miese Nummer, klar. Aber so ist das Gesetz der Straße, was willst du machen? Die Frage ist, ob ich abhauen kann. Und klar kann ich. Warte ich nicht gerade brav auf den Loco Santi? Was also?

Mir dreht sich der Kopf. Ich rauch eine Kippe nach der andern, und der Loco kommt nicht. Zum Glück, denn die Frage ist noch da. Wie ne halb ausgenommene Katze, die an einer Wand hängt. Wer sie umgebracht hat, ist das geringste Problem. Das tut nichts zur Sache. Die Frage ist, was du machst. Du kannst zehnmal abhauen, das Vieh wird nicht wieder auferstehen und auch nicht verschwinden. Und in jedem Fall hast du dir die Hände schmutzig gemacht. Mit Blut und Eingeweiden. Aber wenn du bleibst, musst du die Sache wohl oder übel zu Ende bringen. Und dafür musst du dein Messer benutzen, ob du willst oder nicht.

Ich will vor allem nicht verrückt werden, sag ich mir. Es wird immer kälter, und ich kann nicht stillstehen. Ich rauch die letzte Kippe aus dem Päckchen und seh den Türken, der den Blick nicht von mir wendet. Warum glotzt der nicht das Bild von seinem Scheißhund an und lässt mich in Ruhe? Vielleicht red ich wieder mit mir selbst und merks gar nicht.

Ich tret ans Gitter, bitte ihn um eine Schachtel Kippen, und der Türke sieht mich an.

»Warum gehst du nicht schlafen, Junge? Was schief läuft, läuft schief, da kann man nichts machen«, sagt er. »Du tigerst hier auf und ab und machst mich langsam nervös. Warum verschwindest du nicht endlich?«

»Und du, warum kümmerst du dich nicht um deinen eigenen Scheiß und hörst auf, mir auf den Sack zu gehen?«, geb ich zurück.

Der verfickte Autist sagt nie mehr als zwei zusammenhängende Wörter und muss mir ausgerechnet jetzt ne Predigt halten.

Er wirft das Wechselgeld auf den kleinen Tresen, ohne den Mund aufzumachen. Ich nehm die Münzen, und er sieht mir wieder in die Augen. Aber kalt, die Lider auf halbmast. Da ist keine Herausforderung und kein Hass in diesen Augen. Aber auch kein Mitgefühl. Weiß echt kein Arsch, was zur Hölle dem durch den Kopf geht. Der Türke ist undurchdringlich.

Wie die Nacht. Stockfinster wie im Innern einer Faust. Schon eine Weile war kein Schuss mehr zu hören. Und zu diesem Zeitpunkt ist klar, dass der Santi nicht kommen wird. Es ist zwecklos, länger zu warten. Aber ich bleib noch ein bisschen, rauch ne Genusszigarette. Wenns ne andere Jahreszeit wär, würd ich schwören, dass es Frost gibt. Ich geh auf und ab, damit mir nicht kalt wird, und bei jeder Runde seh ich den Türken, der mich beobachtet. Er wird nicht müde. Jetzt macht er mich nervös. Es reicht langsam. Ich nehm die Tasche, häng sie mir über die Schulter und verabschiede mich von meinem Aufpasser:

»Bis morgen, Türke, schlaf gut«, sag ich mit einem höflichen Lächeln und zeig ihm den Mittelfinger. Wie das As der Stäbe.

»Träum was Schönes, Gringo«, antwortet er und lacht sich kaputt.

Er kann sich gefälligst ins Knie ficken.

Vorräte für die Schlacht

Der Karren ist so voll beladen, dass er überquillt. Autoreifen, Holz, Pappe, Eisenstangen und eine mit Kugellagern, Bolzen und großen Muttern gefüllte Dose. Da wiegt eine Handvoll schon fast ein Kilo. Ich leg die wieder in die Dose und latsch weiter nebenher.

»Das ist Munition für die Schleudern«, erklärt mir der Chelo, ohne dass ich ihn drum gebeten hab. »Die Sache wird heftig, und wir müssen vorbereitet sein. Hattest du nicht ne Knarre?«

Kalt am Rücken. Da steckt sie im Gürtel. Und da würd ich sie auch gern lassen. Im Moment bin ich echt weichgespült. Ich weiß nicht, ob ich mich in der Lage fühl, die noch mal zu benutzen, aber ich antworte mit einem Nicken.

»Dann bring die besser mit. Werden wir brauchen …«, sagt er.

Ein Rad sinkt im Schlamm ein, und die Last rutscht auf eine Seite.

»Soll ich mit anfassen?«, frag ich und pack eine Strebe des Karrens.

»Nee, lass mal, du bringst mir das nur aus dem Gleichgewicht. Gib mir lieber ne Kippe.«

Während ich eine Zigarette aus dem Päckchen nehm und für ihn anzünde, befreit der Chelo den Karren mit einem einzigen Ruck. Er nimmt die Kippe mit zwei Fingern, als wärs ein Joint oder als hätte er fettige Hände. Nimmt einen langen Zug, bläst den Rauch aus und sieht mich mit zurückgelegtem Kopf an.

»Und was willst du jetzt machen?«

»Weiß nicht … Werd mich wohl verpissen«, sag ich.

»Dir bleibt gar nichts andres übrig, nach dem Chueco bist du dran«, warnt er mich und zieht eine Augenbraue hoch. Ja, is klar.

Der Chelo lässt die Zigarette im Mundwinkel hängen und zieht den Karren mit beiden Händen. Wenigstens hat ers mitgekriegt. Er weiß Bescheid. Erspart mir den Ärger, ihm die Nachricht zu überbringen. Ihm und den andern. Oder was von ihnen übrig ist. Was ich vermeiden wollte. Wie zur Hölle soll ich das vom Chueco erzählen, wenn ich es nicht mal selbst glaub?

»Dann komm mit zur Straßenblockade. Irgendwann laufen wir als Demo Richtung Zentrum, wenn wir das hier nicht mehr halten können. Und sobald die Straße frei ist, kannst du einfach abhauen«, sagt er.

Und er hat recht, es ist das Beste. Der Spinner denkt für mich. Muss gemerkt haben, dass mein Kopf nicht mehr richtig funktioniert. Der Chelo hatte immer so ne Scheißlaune, wenn er mit dem Karren Papier sammeln gegangen ist, und am Ende ist er ein total okayer Typ. Hilft mir aus der Klemme, ohne dass ich ihn bitten muss.

»Hast du den Santi gesehen?«, frag ich.

»Der ist von der Erdoberfläche verschwunden, der Typ. Ist ihm nicht gut bekommen, wie die Leute vom Charly ihn unter Druck gesetzt haben …«, sagt er vorsichtig.

Hört sich an, als wollte er ihn in Schutz nehmen. Aber voll der beschissene Freund, der Loco Santi. Wär nicht das erste Mal, dass die ihm ne Knarre vor die Nase halten und der Typ nicht mal bei uns checkt, wie die Lage ist. Hat sich einfach abgesetzt und mich und den Chueco hängen gelassen. Keine Sekunde gezögert.

»Und den Quique?«

»Keine Ahnung«, sagt er.

Ich auch nicht. Ich hab nicht die geringste Ahnung, wo er stecken könnte. Und das, obwohl ich schon ne ganze Weile den Vogel singen lass, den es nicht gibt. Aber es kommt keine Antwort.

»Da sind wir«, sagt der Chelo und setzt die Hinterseite des Karrens auf eine Böschung, damit er nicht umkippt. »Warte kurz, bin gleich zurück.«

Er geht in die Hütte, in der bis vor ein paar Tagen der Chueco gewohnt hat. Jetzt nicht mehr. Jetzt hat er sein Domizil im nächsten Viertel. Aber ich kenn das hier gut. War ein paarmal da, um ihn abzuholen. Nur hab ich diesmal nicht mal den Weg wiedererkannt. Bin dem Chelo wie ein Ochse hinterhergelatscht, geistesabwesend, ohne zu kapieren, wo wir hingehen.

»Du bist ein bisschen angeschlagen, Gringo.« Der Chelo ist zurück und reißt mich aus den Gedanken.

Er schüttelt mich mit der freien Hand an der Schulter. In der anderen hält er ein paar löchrige Decken, die er von drinnen geholt hat. Legt sie, so gut es geht, auf den Karren. Und die sehen wirklich armselig aus. Dreckig, zerschlissen, mehr Löcher als Wolle … richtig erbärmlich.

»Die Nacht wird lang … die sind für die alten Frauen«, erklärt er und zeigt auf die Decken, »und für die Kinder, denen wird echt kalt. Ich hab keine Ahnung, warum sie die überhaupt zur Blockade mitnehmen. Wahrscheinlich wissen sie nicht, wo sie sie sonst lassen sollen …«

Der Chelo faselt vor sich hin, ich hör ihn schon nicht mehr. Und er ist auch erbärmlich. Er nimmt das richtig ernst. Ist mit Feuereifer dabei. Eifer ist das Einzige, was ihm noch bleibt. Das Einzige, was er hat. Für alles andere strampelt er sich mit seinem Karren ab. Wenn er sich so sehen würde, wie ich ihn seh … Aber das braucht er gar nicht, er sieht ja mich mit seinen Augen, und das ist dasselbe. Garantiert findet er mich auch erbärmlich. Wie ich da rumsteh, wie die Figur auf ner Torte. Durchgeknallt, mit irrem Blick und stumm. Aber das ist gar nicht der Punkt, es geht gar nicht um uns. Es ist die ganze Situation, die erbärmlich ist. Die Nacht ist eine Träne. Und das Viertel ein Loch voll schäbiger Ängste im Morgengrauen.

»Okay, ich mach mich auf die Socken«, sagt er, als er alles verstaut hat. »Kannst ruhig ne Weile hier abtauchen, wenn du willst,

Gringo, kein Ding.« Um die Einladung zu unterstreichen, deutet er mit dem Kopf auf die Tür und schiebt mich in die Richtung. Als würd ich ihn sonst nicht verstehen. Ich muss richtig scheiße aussehen, dass er das denkt. Ich zwinker ihm zu und bedank mich für die Geste mit ein paar Kippen. Um in dem Loch hier unterzukommen, war nie ne Einladung nötig. Dass er die jetzt ausspricht, bedeutet viel.

Ich seh ihm und dem Karren hinterher, dann geh ich rein. Der Gestank trifft mich wie ein Schlag in die Fresse, und auch wenn das komisch klingt, macht er meinen Kopf frei. Es riecht penetrant nach Urin, Erbrochenem, Schweiß und dem ganzen angesammelten Dreck. Es ist schummrig, aber ich such gar nicht erst den Lichtschalter, gibt bestimmt sowieso keine heile Glühbirne. Nach zwei Schritten haben sich meine Augen gewöhnt, und ich kann Formen erkennen. Der alte Soria döst auf dem Tisch, ein Tetra Pak Wein neben sich. Leise reiht er Flüche aneinander und brabbelt besoffen vor sich hin. Die haben ihm die Nase gebrochen. Sie ist blau und geschwollen wie ne Aubergine. Das ganze Blut ist ihm auf der Brust getrocknet. Wenigstens weiß ich jetzt, woher der Gestank kommt. Es ist der Alte, der sich eingepisst und einfach neben sich gekotzt hat.

An der Wand liegt ein zitternder Schatten auf einer Pritsche. Draußen hört man das Säuseln der Bäume, die sich im Wind wiegen. Sonst nichts. Seit ich beim Türken Zaid eingeschlafen bin, hab ich keinen Schuss mehr gehört. Diese Ruhe ist zum Verrücktwerden. Macht einem Angst.

Die Stille kommt von draußen, aber hier drinnen gibts ein ganzes Flüsterkonzert. Zum Gebrabbel des Alten kommt der wimmernde und stöhnende Schatten. Ich geh näher ran und erkenn ein Auge, feuerrot wie ein glühendes Stück Kohle, das mich anstarrt. Das andere ist zugeschwollen und blau. Und plötzlich schießt eine Hand hervor und packt mich an der Schulter.

»Gib mir irgendwas, Gringo, was du hast, egal, ich kann nicht mehr«, stammelt er.

Die Bitte kommt schwach aus einem blau geschlagenen Mund mit aufgeplatzten Lippen. Aber der Griff ist kräftig. Ich brauch ein paar Sekunden, um zu kapieren, wer hinter der Maske steckt. So krass haben die Willi verprügelt. Den würde nicht mal seine eigene Mutter erkennen, falls er eine hat.

»Ich hab nichts, Kumpel«, sag ich und löse die verkrallte Hand.

Der Typ ist klitschnass. Er wird dehydrieren. Schwitzt wie ein Schwein. Ist auf Entzug von Pillen, Koks, Acid oder was auch immer er sich am meisten reinzieht. Er ist das erste Opfer in der Fehde zwischen Charly und dem Jetita. Der Krieg der Lieferanten hat ihn ohne Vorräte erwischt. Und jetzt ist er in der Hölle.

Da sind wir schon zwei. Aber meine Hölle ist wenigstens nicht chemisch wie seine. Und der Körper ist unerbittlich. Der Körper befiehlt, sag ich mir, als mir einfällt, dass ich noch einen Rest Dope hab von dem, was wir dem Medusa und dem Negrito Silva abgenommen haben.

»Stimmt gar nicht. Ich hab Gras, Willi«, verbesser ich mich. »Gib mir ein Paper, dann dreh ich dir ne schöne Tüte.«

Der Typ stützt sich mit letzter Kraft auf einen Ellbogen und durchsucht seine Taschen. Fast sofort holt er ein Blättchen raus. Ich streich es glatt und merk, dass es feucht ist. Dem Typ schwitzen sogar die Fingerkuppen. Er ist kurz vorm Koma. Schnell zerbrösel ich das Gras und such die Samen raus, damit es gut brennt. Aber als ich drehen will, reißt das Blättchen in der Mitte durch. Wenn ich nach noch einem frag, gibt er mir noch ein feuchtes, und so kommen wir nicht weiter.

Ich hol das Buch vom Wal aus der Tasche und reiß eine Seite raus. Die ist ideal. Dünner als das Blättchen und schön glatt. Ich schütte das ganze Dope auf die Seite und roll das Ding mit beiden Händen. Wird fast eher ne kubanische Zigarre als ein Joint. Wie eine dieser fetten Tüten, die Bob Marley geraucht hat. Ich zieh ein paarmal und reich sie Willi. Sein einsames Auge hat Gesellschaft gekriegt, noch ein Stück Kohle im Dunkeln. Der Typ raucht den Joint, ohne ihn vom geschwollenen Mund abzusetzen. Qualmt, wie sichs gehört. Wie ein Schornstein.

Mich entspannt das Dope sofort. Meine Gedanken lassen locker. Willi scheint es auch zu beruhigen, weil er nicht mehr so schlottert wie eben. Und nicht stöhnt.

»Danke, Gringuito, du bist Gardel, echt der Geilste …«, sagt er.

Klar. Gardel. Bei dem Flugzeug-Crash. Wie ein Hund such ich mir eine Ecke, wo ich mich ein bisschen hinlegen kann. Streck mich auf einem Sack aus. Das Geflüster des Alten schläfert mich ein. Das Dope ist erste Klasse, daran gibts keinen Zweifel, jetzt riech ich nämlich Jasmin.

in Schwarz

Noch bevor es hell wird, verpiss ich mich aus der Hütte. Ich mach schnell. Beeil mich, als müsste ich pünktlich irgendwo sein, oder als würde wer auf mich warten. Stimmt aber beides nicht. Eher bin ich ne unbesetzte Stelle. Verfügbares Material oder leerer Raum. Deshalb lauf ich beim ersten Licht der Dämmerung durchs Viertel. Ruhelos. Und am meisten macht mich nervös, dass alles so still ist. Da ist keine Menschenseele. Als wär ich ein Gespenst in einer Geisterstadt.

Das einzige Lebenszeichen, grade mal ein Murmeln, kommt aus Farías Bar. Gedämpfte Laute, von denen ich aus dieser Entfernung nicht weiß, ob ich sie mir einbilde oder wirklich höre. Ich will da hin, aber ich trau mich nicht. Durch die Querstraße zum Bahnhof gehen zwei Gestalten mit schnellen Schritten in meine Richtung. Hand in Hand. Etwa gleich groß. Sie reden nicht, sind ganz in Schwarz gekleidet. Für alle Fälle duck ich mich hinter das Skelett eines zerlegten Autos und lass sie näher kommen.

»Großmutter, wohin wollen Sie?« Als ich sie erkenne, springe ich aus dem Versteck.

»Meine Güte … Junge! Was musst du mich so erschrecken …«, sagt Mamina.

Trotz der Kleidung hab ich sie schon von weiter weg erkannt. Den Quique nicht. Er sieht aus wie ein anderer. Haare mit Gel gekämmt, weißes Hemd, Jackett und ne schwarze Hose. Er hat sogar richtige Schuhe an. Alles tadellos, wie zur Kommunion. Die Mamina weiß sich zu helfen. Keine Ahnung, wo sie die Klamotten herhat, um ihn so auszustaffieren. Ich bin stumm, versteh gar nichts.

»Wir gehen zur Totenwache für die Kleine, die …«, fängt Mamina an und lässt den Satz unvollendet.

»Oh, Scheiße … mein Beileid, Mann«, sag ich zum Quique und umarm ihn fest.

Die Stille muss ausgefüllt werden, aber kaum mach ich den Mund auf, tuts mir schon leid. Worte. Und er eine Säule. Stocksteif. Ohne Reaktion. Er bewegt gerade mal die feuchten Augen, die so groß und rund sind wie der anbrechende Morgen. Sein Blick springt von einem Ding zum anderen, als ob ihm alles fremd wär. Nicht einmal mich erkennt er. Guckt starr in die Ferne, zu einem Horizont, der keiner ist.

»Und wo willst du mit der Tasche da hin?«, fragt die Großmutter.

»Egal wohin, Mamina. Wenn ich im Viertel bleibe, bringen die mich um …«, antworte ich.

»Hast du gesehen, wie die mein Haus verwüstet haben? Hab ich dir nicht gesagt, du sollst dich fernhalten von diesen Leuten? Was soll ich machen, damit du auf mich hörst?«, schimpft sie. Fürn Arsch, weils eh nicht mehr zu ändern ist.

»Verzeihung, Großmutter«, sag ich und senke den Blick, wie als ich noch klein war.

Aber ich weiß, dass es keine Vergebung mehr gibt. Zu diesem Zeitpunkt kann man nicht einfach alles wieder richten …

Mamina kneift mir kräftig in die Wange und gibt mir eine Ohrfeige. Liebevoll, aber mit Nachdruck.

»Am Ende bist du doch wie Antonio. Hältst dich an diesen Abschaum, da kann man nichts machen. Und du wirst genauso enden …«

Schon wieder fängt sie damit an. Mir reichts echt mit den Andeutungen.

»Was zur Hölle hat er Ihnen getan! Reden Sie Klartext, Mamina, der Toni ist nämlich zurück im Viertel!«, platze ich raus.

»Mir hat er gar nichts getan. Eher dir, kannst du dich nicht erinnern?«, flüstert sie. Schön leise, wie immer. Ich beiß mir auf die Lippen, balle die Fäuste und funkel sie an. »Nein«, fährt sie fort, »anscheinend willst du dich nicht erinnern. Weißt du nicht mehr, wie er um deine Mutter rumscharwenzelt ist und sie nach Zavaleta mitgenommen hat, damit sie da auf den Strich geht? Er ist schuld, dass Cecilia in einem Straßengraben geendet ist … Und das werd ich ihm nie verzeihen.«

Cecilia. Das war Mamas Name. Es ist lange her, seit ich ihn gehört hab. Cecilia. Jetzt ist er nur noch ein Wort. Leer. Aber er hallt in mir nach. Ich zähle einen, zwei, drei … sieben Buchstaben. Zusammen sagen sie etwas, das mir entgeht, und sie öffnen auf die harte Tour das Kästchen mit Erinnerungen. Natürlich erinner ich mich. Die Bilder treffen mich wie mit der Keule, ob ich will oder nicht. Ich erinner mich, wie Toni ihr Komplimente gemacht hat, wenn Mama die Wäsche aufhing, und wie sie gelacht hat. Ich erinner mich, wie er immer gesagt hat: »Du hungerst, weil du es nicht anders willst, Cecilia.« Ich erinner mich, wie sie auf der Straße getuschelt haben … Und ich erinner mich an eine Gestalt unter einer Decke, die neben einem Polizeiauto auf dem Randstreifen lag, und wie Mamina mich am Arm weggezerrt hat, weil ich sie nicht sehen sollte …

»Du bist schon groß und kannst für dich selbst entscheiden, Gringo. Wenn du gehen musst, dann geh. Aber wir sind hier fertig, komm später nicht zu mir, um dich auszuheulen …«, flüstert Mamina mit einer Miene, die mich fertigmacht.

»Keine Sorge, Großmutter, ich weiß, was ich zu tun hab«, sag ich und stell mich der Verachtung, die sie mir zeigt. Aber ich spür, wie mich der Mut verlässt.

»Komm jetzt, deine Mutter wacht ganz allein bei der Kleinen«, sagt sie zum Quique, sieht aber mich an.

»Kopf hoch, Mann«, sag ich und drück ihm den Arm. »Du musst jetzt stark sein und deiner Ma helfen.«

Der Quique nickt und blinzelt. Er steht immer noch stocksteif da. Und er ist stark, aber nur nach außen. Er nimmt Maminas Arm und führt sie mit festem Schritt. Als müsste in Wirklichkeit er in seinen Kommunionsklamotten die Großmutter stützen. Dabei ist es umgekehrt. Der Quique wird mit dem Tod das Brot brechen. Eine schwarze Messe, mit der keiner rechnet, auch wenn sie dir noch so viele Hinweise geben. So wie beim Chueco. Der hat mit dem Sensenmann das Brot gebrochen, wie es sich gehört. Ich war gerade mal der Messdiener. Und die Hostie war aus Blei.

Wenns für mich auch so eine gibt, soll sie bitte schnell kommen und ohne Vorwarnung. Weil dieser ganze Zirkus langsam nicht mehr auszuhalten ist. Die Sonne bemüht sich, die Dinge gelb zu umranden. Als wären sie neu. Die Pfützen, die Häuserreihe, die Müllsäcke, die von den Hunden zerrissen werden, das Ende der Straße, Maminas Schultern und Quiques schwarze Haare, die sich im Gegenlicht entfernen … Die Umrisse leuchten gestochen scharf, als wär nichts passiert. Als könnte alles von Neuem anfangen.

Sauber und ohne einen Fleck empfängt der Morgenhimmel die Glockenschläge. Den Ruf zur Messe, einer undankbaren Messe, die nie aufhört. Aber es sind gar nicht die Glocken der Kirche im Viertel, die erklingen. Es sind Schüsse. Ich kann sie perfekt hören. Drei Wunden in der Stille des Lichts. Das ist das Zeichen.

unter Wasser

Auf das Zeichen renne ich los. Renne, ohne nachzudenken, zu Farías. Aber ich nehm nicht den direkten Weg. Ich lauf ein paar Blocks zu weit und mach einen Bogen um die Vorderseite. Komm hinten bei der Bar an. Bei dem Tor, das auf den kleinen Hof führt. Ich hätte auch über den Hof vom Nachbarn gehen können, von der anderen Seite des Blocks, und über die Mauer springen, da wo der Chueco und ich rausgekommen sind, aber es ist eh egal. Wenn ich auch eine Hostie aus Blei abkrieg, dann lieber gleich.

Das Geschrei verwirrt mich. Ich kapier nichts. Stimmen überlagern sich, tauschen Drohungen und Beleidigungen aus. Sie kommen von drinnen und von draußen. Anscheinend diskutieren sie die Bedingungen des Waffenstillstands, bevor jemand rüberkommt, um zu verhandeln. Auf der Baustelle gegenüber wird zwischen den langen Eisenstangen, die zum Himmel zeigen, eine weiße Fahne geschwenkt. Nur ist die gar nicht weiß. Es ist ein Trikot von San Lorenzo. Rot und blau. Wie das, das Toni sonntags immer zum Fußball angezogen hat. Und ich kanns nicht glauben, aber das muss er sein, bestimmt. Er zieht diesen Zirkus ab, damit sie ihn reinlassen. Für den Jetita läuft alles nach Wunsch, ganz genau, wie ers wollte.

Ich drück das Tor auf und geh in den Hof. Werd von einer Ithaca empfangen, die aus der angelehnten Hintertür zur Küche ragt. Die zwei Läufe sind zwei Augen, die mich gradewegs ansehen.

»Ganz ruhig, ich bins! Der Gringo!«, schrei ich Robledo zu, auch wenn ich ihn nicht seh, sondern nur ahne, wie sein fetter Schnurrbart den Abzug streift.

Der Bulle lässt die Waffe sinken. Steckt den Kopf raus und sagt:

»Hast du sie noch alle? Hier einfach so reinplatzen! Was willst du? Dass ich dich abknall?«

Ich spar mir die Antwort. Unter anderem, weil ich keine Antwort hab.

»Komm rein, Junge! Los! Halt hier Wache, ich geh nach vorn«, sagt Robledo und verschwindet.

Ich näher mich der Küchentür und zwischen den Schreien, die von drinnen kommen, hör ich leises Schluchzen. Ich brauch ein paar Sekunden, um zu kapieren, woher das gedämpfte Weinen kommt. Aus dem kleinen Lagerschuppen, denk ich, während bitter in mir ein Verdacht wächst. Er liegt mir wie ein saurer Stein im Magen. Es ist die Pampita, die haben sie verprügelt … Haben ihr ne Abreibung verpasst … Ich mach die Blechtür auf, und nein. Es ist nicht die Pampita, die da schreit und verzweifelt flucht und mit den nackten Beinen zappelt. Die sich windet und blind um sich schlägt, als wollte sie das Licht löschen, das von draußen reinfällt. Es ist Yanina. Die Pampita kniet neben ihr und hält sie so gut fest, wie sie kann. Versucht, sie zu umarmen, und flüstert ihr was ins Ohr. Hört sich an wie ein Wiegenlied, aber auf Aymara oder Quechua, was weiß ich … Und sie gibt mir Handzeichen, dass ich gehen soll.

»Was ist passiert? Was ist passiert, Yani?«, frag ich wie ein Idiot. Man braucht nicht viel Fantasie, um es zu kapieren.

Aber man sieht, dass meine Fantasie versagt, weil ich wie ein Schwachkopf immer dasselbe schrei und sie an den Schultern pack. Und sie wird richtig wütend. Dreht total durch.

»Du Arschloch! Du Arschloch!«, schreit sie mich an und zerkratzt mir mit den Fingernägeln das Gesicht, als hätte ich Schuld. An den zerwühlten Haaren, den geschwollenen Augen, dem Blut an der Lippe und dem blauen Fleck auf der Wange … Schuld an allem, was ich durch ihre Krallenfinger sehen kann.

»Lass sie in Ruhe, Gringo. Lass sie schon …«, sagt die Pampita und hält ihre Arme fest.

»Wer war das, verdammt? Wer war das?«, frag ich, und ich lass sie nicht los.

Yani zittert wie eine Verrückte, heult und fängt an, mich zu treten. Ist total außer Kontrolle.

»Verschwinde schon!«, schreit die Pampita, und ringt jetzt mit mir, damit ich Yani loslass. Meine Hände müssen brennen auf Yanis Haut, ihre Schultern sind eiskalt.

»Wer war das, verflucht!«, schrei ich, und keine der beiden antwortet.

»Jetzt hau endlich ab, du Wichser! Siehst du nicht, dass es zu spät ist?«, schreit die Pampita mich an. Sie ist so nah, dass ich ihren warmen Atem auf der Wange spür.

Und das macht mich fertig. Die zurückgehaltene Wut in ihrem Blick macht mich fertig. Nie hätte ich solchen Hass in ihren Augen erwartet. In den sanften Augen der Pampita, denn die von Yanina sehen nicht mal mehr. Sie sind leer, trotz der vielen Tränen.

»Jetzt lass sie endlich in Ruhe …«, sagt sie und gestikuliert wieder, dass ich verschwinden soll. Yanis Schreie verwandeln sich in ein energisches und anhaltendes Schluchzen. Sie ist jetzt eine Weinmaschine. Und die Pampita singt wieder das Wiegenlied und wiegt das Kind in ihren Armen, um es zu beruhigen.

Ich steh gefasst von der Strohmatratze auf, als würd ich alles verstehen. Dabei gibts gar nichts mehr zu verstehen. Lautlos geh ich raus. Lehn sanft die Tür des Lagers an, genau wie sie war, und merk, dass ich den 38er in der Hand hab. Wann hab ich den rausgeholt? Es ist ein Rätsel. Er hat hinten im Hosenbund gesteckt, ganz sicher.

Langsam geh ich zur Küchentür. Steck den Kopf rein, aber kann nichts erkennen. Es ist dunkel. Das bisschen Licht aus dem vorderen Teil des Lokals wird halb vom Streifenvorhang abgehalten. Das

Geschrei ist verstummt. Ich hör jemand gurgeln und seh den Dicken Farías, am Boden gegen einen Kühlschrank gelehnt. Er erstickt an seinem eigenen Blut. Ihm wurde noch mal der Schädel eingeschlagen, und diesmal war ichs nicht. Von vorn hör ich ein paar leise Bemerkungen, aber sonst nichts. Aufmerksam warte ich ein paar Sekunden, dann schreit der Jetita.

»Jetzt komm schon, Mann, komm endlich raus. Lass uns reden!«

Ich geh leise rückwärts raus bis zum Tor und werf einen Blick auf die Straße. Die Pfützen und der feuchte Schotter glänzen. Die Sonne steht schon ein Stück über dem Horizont. Die Gewehrläufe hinter der Mauer der Baustelle zeigen immer noch nach oben. Bewegen sich unruhig. Die Fahne nicht. Toni hat sie jetzt angezogen und geht mit sicherem Schritt quer über die Kreuzung. Er blickt nach vorn. Hat nichts in der Hand.

Ich heb die Waffe und ziel auf die blauen und roten Streifen. Aber meine Hand zittert. Und als ich korrigieren will, ist es zu spät. Der Schuss verliert sich die Straße hinauf. Ich hab ihn nicht getroffen. Die Zeit verlangsamt sich auf unglaubliche Weise. Die Bewegungen sind schleppend und zäh, als wär das ganze Viertel auf den Meeresboden gesunken.

Ich seh Tonis überraschte Miene. Er zieht die Augenbrauen hoch und öffnet den Mund. Die Gewehrläufe senken sich langsam in die Horizontale. Er bückt sich im Schneckentempo, zieht ein Hosenbein hoch und nimmt den Revolver, den er im Strumpf trägt. Auf der Baustelle wird eine Waffe abgefeuert. Toni hebt seine und bekommt einen Schuss in die Brust. Der Aufprall erschüttert ihn in Zeitlupe, den Arm hat er noch erhoben und schießt. Der rote Fleck breitet sich langsam über die Streifen des Trikots aus. Dann folgen abwechselnd Schüsse, einer nach dem anderen. Toni kriegt noch drei Gnadenschüsse ab. In den Knöchel, ins rechte Schlüsselbein und in die Stirn. Sein Kopf wird nach hinten geschleudert. Aber es dauert noch eine Ewigkeit, bis er zusammenbricht. Und schließlich fällt er weich, wie abgefedert durch den Wasserdruck.

Die Schüsse vervielfältigen sich schnell. Fast überschneiden sie sich. Aber nein, ich kann sie voneinander unterscheiden. Ich trete die Pforte auf und bin verwirrt von der Langsamkeit meiner eigenen Bewegungen.

Ich renne los, und jeder Schritt ist ein Wunderding. Ich muss jeden Muskel erst überzeugen, bevor er sich entschließt, sich zu rühren. Und wenn ers endlich tut, scheint er gegen den Widerstand von unendlichen Wassermassen zu kämpfen, fünftausend Meter unter der Meeresoberfläche. In solche Tiefen dringt kein Sonnenlicht, und ich muss die Straße aus dem Gedächtnis zurücklaufen. Erahne die Richtung des Tiefseegrabens, durch den ich renne, und der Lärm nimmt langsam ab in der Dunkelheit des Meeresgrunds. Wenn ich Flossen hätte, würd ich schneller vorankommen, sag ich mir und seh, wie meine Knie sich abwechselnd heben und senken. Das Problem ist das Atmen, denn ich krieg keine Luft, so weit ich den Mund auch öffne. Es kommt nur Wasser rein und ich schluck ziemlich viel davon. Salziger als Tränen. Bitterer als Schuld. Und ich ertrinke.

der rote Wal

Ich schnapp nach Luft wie ein Fisch auf dem Trocknen, aber werd erst langsamer, als ich nur noch ein paar Meter von der Straßenblockade entfernt bin. Und sogar das letzte Stück jogge ich noch. Der Chelo tritt lächelnd aus der Menge und begrüßt mich.

»Am Ende bist du doch gekommen, ich wusste es …«

Ich will antworten, aber krieg kein Wort raus. Bin viel zu abgehetzt. Ich nicke und heb die Arme, um mehr Luft in die Lungen zu kriegen. Verschränk die Finger im Nacken und japse wie ein Irrer, die Ellbogen nach oben gereckt.

»Die geben sich ganz schön«, sagt er und deutet mit dem Kopf auf das Viertel. »Wenn der Wind von da kommt, hört man die Schüsse, trotz dem ganzen Lärm hier …«, fügt er hinzu und richtet den Blick auf einen unbestimmten Punkt zwischen dem Bahnhof und der Bar vom Dicken Farías.

Und es wundert mich nicht, es ist gar nicht so weit. So vier, fünf Kilometer liegen zwischen uns und der Schießerei. Trotzdem hab ich das Gefühl, Jahre zurückgelegt zu haben. Mindestens drei oder vier bis zum letzten Lastwagen im Stau, der die Landstraße verstopft. Und von dort, etwa auf Höhe der Kurve an der Raffinerie bis zum Anfang der Autoschlange an der Straßenblockade, noch ein paar mehr. Kommt mir vor, als wär ich sieben oder acht Jahre älter geworden in einem einzigen Lauf.

»Problematisch wirds, wenn die mit dem Geballer aufhören …«, fährt der Chelo fort.

Und ich unterbrech ihn:

»Das kann jeden Moment sein, das geht nicht mehr lange …«

»Kann ich mir vorstellen. Dann müssen wir die Augen offen

halten, weil wenn Charlys Leute nach Zavaleta zurückkehren, werden sich die Bullen, die bei ihm sind, unter die Blockade mischen«, sagt er. »Ich habs schon dem Toro López gesagt, der der Boss bei dieser Aktion ist, aber wir müssen echt aufpassen, sonst sehen wir alt aus. Es ist eine Sache, die Bullen vor dir zu haben, und eine völlig andere, wenn die noch dazu von hinten kommen …«, erklärt er und zeigt mir den Polizeikordon, als wär er ein Touriguide.

Das Aufgebot ist nicht der Rede wert. Drei Streifenwagen versperren den Weg in knapp hundert Metern, und ein halbes Dutzend Bullen bohrt sich in der Nase. Dahinter sieht man einen blauen Laster, der ein Wasserwerfer oder ein Gefangenentransporter sein kann, kann man von hier nicht erkennen, aber das wars.

»Das ist kein Spiel, Gringo. Die schicken uns die Gendarmerie auf den Hals, haben sie grad über Funk gesagt …«, meint der Chelo, als würd er meine Gedanken lesen. Oder meinen Gesichtsausdruck, wer weiß.

»Aber die brauchen ein ganzes Regiment, um gegen so viele Leute vorzugehen«, sag ich und lass den Blick über die Blockade schweifen.

Das komplette Viertel ist hier und blockiert die Landstraße. Eine beeindruckende Rauchsäule steigt vom Pflaster auf. Dichter als Teer. Und die Jungs, die das Feuer schüren, heizen ordentlich ein. Ein paar von denen, die Müll auf die brennenden Autoreifen werfen, sind aus Quiques Bande. Und er wär garantiert dabei, wenn er nicht gerade im Sonntagsstaat seine Schwester beerdigen müsste.

Hinter dem Rauch ragt ein Meer aus Transparenten und improvisierten Pappschildern in die Luft. Leute schlagen pausenlos auf Trommeln und Töpfe ein. Die Lehrer geben am meisten Gas. Man sieht richtig, wie die Schulkittel flattern. Die von der Stadtverwaltung wirken am entspanntesten. Ein paar unterhalten sich sogar mit den Arbeitslosen, die die rote Armbinde der Organisation tragen und in der Mehrzahl sind. Die übrigen sind Arbeiter von unterschiedlichem Schlag, es ist nicht leicht, die zuzuordnen, aber es sind alles bekannte Gesichter. Definitiv aus dem Viertel. Alle möglichen Leute: Schlitzohren und Penner, Typen vom Bau und solche mit Ausbildung, die Industriemaschinen bedienen.

Beim ersten Laster in der Schlange sieht man mehrere kleine Grüppchen. Manche trinken Mate, andere spielen Truco auf ein paar Kisten. Wahrscheinlich sind das die Lkw-Fahrer, die die Sache gelassen nehmen. Die sind hier gestrandet, weil sie wegen ihrer Fracht oder der Länge der Anhänger nicht wenden können. Bleibt ihnen eh nichts anderes übrig.

Auf einer Seite der Straße stehen unregelmäßig verteilt die Zelte aus Decken und Planen aus Segeltuch oder Plastik. Sieht aus wie ein Indio-Zeltdorf. Da sind nur alte Frauen und kleine Kinder. Auf einer Lichtung gibt es drei oder vier Lagerfeuer, über denen ein paar große Töpfe dampfen. Und ich bete, dass die für alle kochen, weil ich einen Mordshunger hab.

»Glaubst du, das können die nicht?«, antwortet mir der Chelo mit Verzögerung, als hätte er sich diese ganze Zeit genommen, um mit mir zusammen das Panorama zu betrachten. »Die schicken uns locker ein ganzes Regiment, wenn nötig auch zwei …«

Er übertreibt, und zwar voll. Ich zieh die Augenbrauen hoch und such mit dem Blick in der Ferne nach ihm, als wär er so weit übers Ziel hinausgeschossen.

»Du hast keine Ahnung, was hier abgehen wird … Was willst du wetten?«, sagt er.

Ich zünd mir eine Kippe an, und Chelos Äuglein leuchten. Ich geb ihm eine, bevor er mich darum bittet. Und beim ersten Zug sagt er:

»Ich tipp mal, du hast deine Knarre mitgebracht?«

»Richtig getippt«, sag ich und häng die Tasche ab, die ich seit einer Ewigkeit über der Schulter trag. Sie wiegt praktisch nichts, aber mein Nacken und das Schlüsselbein sind schon ganz wund.

»Gut, wenigstens eine Kanone mehr … Du wirst es nicht glauben, aber obwohl wir so viele sind, kann man die Waffen an einer Hand abzählen …«

»Das sind Arbeiter, was willst du?«, sag ich.

»Schon klar, Mann, aber das hier ist kein Spaziergang«, grummelt er, und er hat recht. Zum Teil …

»Hast du denn ne Knarre?«, frag ich ihn.

»Nein.«

»Was regst du dich dann auf?«, sag ich. Der Chelo sieht mich genervt an, macht aber den Mund nicht auf. »Hier, nimm den«, sag ich und halt ihm den 38er hin.

Überrascht reißt er die Augen auf. Traut sich nicht, ihn zu nehmen.

»Ohne Scheiß, Gringo? Du willst mir den wirklich geben?«, fragt er.

»Ich leih ihn dir. Wenn ich ihn brauch, sag ich Bescheid«, sag ich. Und die Erklärung zeigt Wirkung, denn der Chelo entspannt sich.

»Danke, Kumpel, du bist echt einer von uns …«, sagt er und schnappt sich den Revolver.

Ich werf ihm auch die Schachtel mit den Kugeln zu, ohne Vorwarnung. Aber der Chelo hat gute Reflexe. Fängt sie in der Luft. Der Typ ist echt gerührt. Klopft mir auf den Rücken, schleimt voll rum. Fehlt nur, dass er anfängt, mich abzuknutschen. Weil ich das kommen seh, misch ich mich ein bisschen unter die Leute und such einen Platz, wo ich die Tasche lassen kann. Der Chelo läuft mir hinterher und blubbert mich voll mit allem, was ihm durch den Kopf geht. Die Freude hat ihm die Zunge gelöst.

Wir schaffen ein paar Meter, gehen im Slalom durch die Menge, als ich hinter mir eine bekannte Stimme hör:

»Wenn das nicht Käpt'n Ahab höchstpersönlich ist!«

Ich dreh mich um und seh den Piti mit einem Bier in der Hand. Er sagt was zu ner Frau mit Rastamütze und einem geleckten Typ im Kakihemd, um sie herum ein halbes Dutzend Nasen. Alle nicht von hier. Es sind dieselben, die ich letzte Woche im Zentrum getroffen hab. Die Aktivisten der Studentenvereinigung, die in der Calle Corrientes demonstriert haben und keinen hinter sich hatten. Die müssen ihr Banner nicht mitnehmen, damit man sie erkennt. Man siehts ihnen aus einem Kilometer Entfernung an. Schnösel aus Buenos Aires mit vollem Bauch, die einen Ausflug ins Ghetto machen und Revolution spielen wollen.

»Und? Hast du deinen weißen Wal gefunden, Meister?«, schreit der Piti und hält das Bier hoch, um auf mich zu trinken. Dann reicht ers dem Rasta-Mädel und macht leise einen Witz, die lachen sich nämlich alle schlapp. Er verarscht mich.

Ich geh näher und hätte Lust, ihm die Fresse zu polieren.

»Du kennst diesen Vogel?«, fragt der Chelo.

Ich nicke und beiß die Zähne zusammen. Und ich glotz die Porteños wütend von oben bis unten an, aber keiner hat Angst vor mir. Im Gegenteil.

»Zum Glück noch nicht … aber ich such weiter«, antworte ich dem Piti. »Und du, Schlaumeier? Hast du deinen gefunden?«

»Klar, Mann, aber mein Meeresungeheuer ist gar kein Wal, sondern eine Sirene mit spektakulären Titten …«, sagt er und lässt den Blick über die Frau wandern. Die guckt ihn angewidert an und schimpft leise. »Eine Sirene von den Küsten Jamaikas, gefährlicher als die von Odysseus.«

Die Porteños hören nicht auf zu tuscheln. Lachen sich kaputt. Und für mich siehts nicht so aus, als wär Piti das Ziel ihrer dämlichen Witze.

»Darf man erfahren, was deine Freunde so lustig finden?«, frag ich den Piti und setz ihm bei *deine* den Finger auf die Brust. »Die werden kein gutes Ende nehmen. Wissen die nicht, wo sie sind? Und dann machen die sich noch lustig …«

»Komm, Gringo. Lass die, mach keinen Ärger …«, sagt der Chelo und zieht mich am Arm.

»Meine Freunde? Vielleicht wenn die noch ein Bier trinken und endlich aufhören, *Das Kapital* zu zitieren, ich habs nämlich echt satt …«, sagt der Piti. Aber er ist gar nicht genervt, er versucht nur zu schlichten. Die Typen feiern seinen Einfall. Ich nicht.

»Ganz ruhig, Genosse, unser Feind steht da vorn«, sagt der im Kakihemd, zeigt mit einer Hand auf die Bullenabsperrung und bietet mir mit der anderen die Flasche an.

»Ach ja, du Partykommunist?«, sag ich, nachdem ich einen großen Schluck Bier runtergekippt hab. Ich kann auch witzig sein, wenn ich will.

»Schalt mal einen Gang runter, Mann, alles gut. Wir haben nur gelacht, weil er da meinte, dass du Melville überarbeiten willst … Reg dich nicht auf …«

»Hör gar nicht auf die, Kumpel, ich bin genau deiner Meinung«, sagt der Porteño mit der Brille, der auf der Demo das Megafon hatte, und klopft mir auf den Rücken. Keine Ahnung, wer dem erlaubt hat, sich so ne Vertraulichkeit rauszunehmen. »Melville ist ein dekadenter Schriftsteller. Seine Vision der Gesellschaft ist gefangen in der Ideologie seiner eigenen Klasse, der konservativen Bourgeoisie Ende des 19. Jahrhunderts. Sein einziger Verdienst ist, dass er zeigt, zu welchen Verirrungen der Kapitalismus führen kann, aber weiter geht der Typ nicht … *Moby Dick* stellt den Untergang einer ganzen Gesellschaft und eines Produktionssystems dar, die beide auf Autoritarismus beruhen. Hast du *Bartleby, der Schreiber* gelesen?« Ich schüttel den Kopf, und er predigt stumpf weiter. »Das ist gar nicht dumm und außerdem kurz … Es ist gut, weil es zeigt, wie die Entfremdung im Kapitalismus auch noch den geringsten revolutionären Willen erstickt. Aber Melville stellt nichts in Frage und bietet auch keinen Ausweg …«

Der hat seinen Wal gefunden, sag ich mir, während er weiterfaselt und immer aufgeregter gestikuliert. Und der ist nicht weiß, sondern rot. Hat die Farbe der proletarischen Revolution. Trotzdem hat der Idiot nichts gerafft … Sonst würde er nicht gerade hier suchen, mitten im Chaos. Und dann fängt er noch an, Leuten die Welt zu erklären. Was will der, dass ihm einer den Schädel einschlägt? Ich kann ihm gern behilflich sein, wenn er absaufen will mit seinem Wal. Denn, ganz ehrlich, ich würd ihm am liebsten auf die Fresse geben.

Seine Freunde sind genauso aufgekratzt. So sehr, dass sie sich unbedingt einmischen müssen. Stellen sich im Halbkreis um den Brillenträger und fangen an, seine Grundsätze zu diskutieren. Der Piti sagt derweil was zu der mit der Rastamütze und den großen Titten. Ins Ohr. Er rückt ihr ziemlich auf die Pelle, und die Frau lacht und ermutigt ihn noch.

»Gringo! Komm mal kurz!«, ruft der Chelo, der sich ein paar Meter entfernt hat. Der weiß, woher der Wind weht. Er ruft mich, weil er gemerkt hat, dass es garantiert nach hinten losgeht, wenn ich noch länger bei diesen Typen rumsteh.

nett und freundlich

Mit vollem Bauch sieht alles anders aus. Schlimmer. Mich deprimiert sogar das geschäftige Treiben der alten Frauen, die die Töpfe auskratzen und die letzten Portionen Eintopf an die Nachzügler verteilen. Und das, obwohl das Essen die Moral der Truppe gehoben hat. Die Leute sind besser drauf, das sieht man. Sie unterhalten sich, lachen, man hört ein paar Gitarren, und hier und da macht ein Mate die Runde.

Der Chelo bittet mich um eine Verdauungszigarette. Ich geb sie ihm und steck mir selbst eine an. Ohne ein Wort steh ich auf und bring einer Frau den Kram zurück, den sie uns zum Essen geliehen hat. Einen Topfdeckel, eine Wegwerfschale aus Plastik und zwei Löffel. Im Schatten eines improvisierten Zelts gibt sie ihrem Kind die Brust. Als sie mich näher kommen sieht, bedeckt sie sich, so gut es geht, und ruft:

»Stellen Sies einfach da hin!«

Ich bedank mich und dreh wieder um, um sie nicht zu stören. Ich mach einen Bogen um die Kinder, die eine Plastikflasche hin und her kicken, und als ich am Lagerfeuer vorbeikomm, werfe ich die Kippe in die Flammen. Der Wind dreht ab und zu. Der dichte Rauch kräuselt sich. Und brennt in der Nase.

»Soll ich dir den Toro López vorstellen?«, fragt der Chelo, der auf einem Rad seines Karrens sitzt. »Das ist der da, der Dunkle mit der Mütze, der mit den Arbeitslosen da hinten redet. Siehst du?« Er zeigt ihn mir.

»Nee, echt nicht.«

»Das ist ein guter Typ«, gibt er fast verwirrt zurück.

»Ist mir egal, Chelo, ich will nichts mit irgendwelchen Obermackern zu tun haben. Meinetwegen können die sich alle verpissen …«

»Wie du willst, Mann. Ich mein ja nur …«

Wir schweigen eine Weile, und ich fühl mich unbehaglich. Unbehaglich wegen ihm. Vielleicht ist er sauer. Ist blöd rausgekommen. Ich steh auf und klopf ihm auf den Rücken, ohne den Mund aufzumachen. Der Chelo hebt den Kopf und zwinkert mir zu. Alles gut.

Ich dreh eine Runde. Latsch rum, langweil mich, spitz die Ohren … Reden tu ich mit keinem. Stell mich zu den Karten kloppenden Lkw-Fahrern, und weil ich Kohle hab, lassen die mich irgendwann mitspielen. Ich verlier drei Spiele nacheinander. Der dicke Typ, der mein Partner ist, will mich töten. Hat seit einer Weile keine gute Karte mehr auf der Hand und gibt mir die Schuld. Sagt, ich bring Unglück, weil er angeblich eine Glückssträhne hatte, bis er angefangen hat, mit mir zu spielen. Weil der Typ langsam nervt, lass ich ihn in der nächsten Runde sitzen. Sag dem Alten, der mir von hinten in die Karten guckt, dass er übernehmen soll, und verpiss mich.

Die Sonne senkt sich über dem Horizont. Der Himmel blutet violett und Beklemmung ergreift Besitz von der Luft. Alles ist elektrisch aufgeladen wie vor einem fetten Gewitter. Ich seh diesen López, wie er unruhig durch die Blockade läuft. Er gibt hier und da Befehle. Das merk ich an seinem Gesichtsausdruck und den Handzeichen. Die Lehrer haben sich versammelt. Ein enger Kreis aus weißen Kitteln. Die besprechen wahrscheinlich, was zur Hölle sie machen wollen, wenn der Tanz losgeht. Und ist ja auch klar, ihr Ding sind eher Bücher und Tafeln, nicht Kugeln und Tränengas.

»Da kommt die Gendarmerie«, sagt der Chelo.

Verblüfft sehen wir zu, wie die Bullen aus den Lastern steigen. Die ersten bilden einen Kordon aus durchsichtigen Schilden vor der Streifenpolizei, der Rest positioniert sich dahinter. Es ist ein kompakter Block, nur Helme und Langwaffen ragen über die Schilde hinaus.

Unsere Seite sieht nicht ganz so organisiert aus, aber nimmt langsam Form an. Wer nicht hilft, die brennenden Blockaden mit Material zu versorgen, trägt Steine und Schuttbrocken zum Werfen zusammen. Leute kommen mit Ketten, Eisenstangen und dem einen oder anderen Revolver. Der Chelo verteilt seine letzten Muttern und Bolzen an die, die Schleudern haben. Aus ein paar Metern Entfernung seh ich, wie er den 38er rausholt und fehlende Kugeln nachlädt. Er sieht auf, und unsere Blicke treffen sich. Er reckt den Daumen hoch. Ich mach dasselbe Zeichen, grade als die Bullen uns über Megafon befehlen, nach Hause zu gehen. Wir sollen die Straße räumen, »nett und freundlich, bevor ich den Einsatzbefehl gebe«, sagt der Typ. Ich kenn die Stimme. Klingt genau wie die neulich Nacht im Walkie-Talkie vom Jetita. Es ist Comisario Zanetti, das verfickte Arschloch. Und das »nett und freundlich« erinnert mich an das, was der Chueco vor ein paar Tagen gesagt hat: Es gibt sieben Arten, eine Katze zu töten, aber in der Stunde der Wahrheit bleiben nur zwei: nett und freundlich oder auf die harte Tour.

Und wir bleiben nett und freundlich. Die Lehrer stimmen die Nationalhymne an, und die ganze Blockade singt eifrig mit. Wir enden mit Applaus, Schreien und Pfiffen, als würden wir feiern, dass unsre Jungs gewonnen haben. Dabei ist es eher das Gegenteil. Wir werden richtig auf die Fresse kriegen. Nach den letzten Rufen öffnet sich ein Abgrund der Unsicherheit, und die Bullen nutzen die Stille und rücken vor. Die Stiefel hallen bei jedem Schritt vielfach auf dem Asphalt. Sie kommen auf uns zu.

Ich seh in die Gesichter der Leute um mich rum, und da ist alles. Wut, Angst, Panik, Nervosität … Ich such den Chelo und entdeck den Porteño mit der Brille, der ihn verdeckt. Er hat Angst, merkt man ihm an. Er weicht einen Schritt zurück, und endlich seh ich den Chelo, der mir einen ernsten Blick zuwirft.

»Vorwärts!«, schreit er und hält den Revolver hoch.

Ich werf einen Stein, und es ertönt der erste Schuss. Die feuern mit Tränengas. Wir antworten mit allem Möglichen. Sogar mit ihren eigenen rauchenden Gasgranaten. Jetzt geht der Tanz wirklich los. Richtig nett und freundlich …

Glossar

Alfajor – Gebäck aus zwei oder mehr Keksen, gefüllt mit Dulce de Leche – einer Karamellcreme – oder Quittenmarmelade, und umhüllt mit Schokoladen- oder Zuckerglasur.

Bombilla – Trinkrohr aus Metall mit Sieb. Die **Bombilla** wird in den mit **Yerba** gefüllten **Mate** gesteckt. Der **Mate** wird immer wieder mit heißem Wasser aufgegossen, und durch das Röhrchen getrunken, bis der Geschmack ausgewaschen ist.

Candombe – Musikstil (und Tanz), der in der afrikanischen Diaspora entstanden ist, und vor allem mit Trommeln auf der Straße gespielt wird, zum Beispiel im Karneval. Die **Candombe** gilt als Vorläuferin von Milonga und Tango und hat Einfluss auf die Popmusik. Besonders in Uruguay verbreitet.

Carlos Gardel (1890 - 1935) – sehr populärer argentinischer Tangosänger, der zahlreiche Tango-Klassiker komponierte und sang. Er starb 1935 auf dem Höhepunkt seiner Karriere in Medellin bei einem Flugzeugunglück, als das Flugzeug, in dem er saß, beim Start mit einem anderen zusammenstieß.

Chimichurri – argentinische Grillsauce

Choripan – argentinischer Hotdog mit Chorizo-Wurst

Cumbia – ursprünglich aus Kolumbien stammende traditionelle Musikrichtung und Paartanz. Anfang der 1990er entstanden neue, erfolgreiche Untergenres, unter anderem **Cumbia** Electrónica und, in Argentinien, **Cumbia** Villera, die in ihren Texten das Leben der Unterschicht behandelte.

Mate – bezeichnet das Aufgussgetränk, das aus den getrockneten Blättern des Mate-Strauchs zubereitet wird und vor allem im Cono Sur verbreitet ist. **Mate** ist ebenfalls der Name des Trinkgefäßes, oft aus einem ausgehöhlten Flaschenkürbis (Kalebasse) oder aus Holz hergestellt, aber auch aus Emaille.

Mate Cocido – Getränk, das ebenfalls aus Blättern des Mate-Strauchs zubereitet wird, allerdings werden diese hierbei wie bei einem traditionellen Kräutertee lose oder in Beuteln einmal mit viel kochendem Wasser übergossen, gesiebt und aus einer Tasse getrunken.

Parillada – von *parilla* – Grill oder Grillrestaurant. Gegrillte Mahlzeit mit verschiedenen Fleischstücken, Würsten und Innereien.

Piqueteros – Arbeitslosenorganisation, die Straßenblockaden (Piquetes) organisieren, und vor allem 2001 während der argentinischen Wirtschaftskrise bekannt wurden.

Porteño/Porteña – hier Bewohner/Bewohnerin von Buenos Aires, allgemein Bewohner einer Hafenstadt.

Truco – Kartenspiel. In Argentinien ein Nationalspiel

Yerba – die getrockneten Blätter des Mate-Strauchs, Ilex paraguariensis

»Auf die harte Tour«

Ein Nachwort von Peter Henning

»Er hält die Katze mit dem linken Unterarm auf dem Schoß fest. … Ich höre ein Geräusch, als würde ein trockener Zweig zerbrechen. … Der Kopf hängt zur Seite, die Beine sind starr. Sie bewegt sich schon nicht mehr. … Er hängt die Katze kopfüber ans Vordach, nimmt das Messer und hackt ihr mit einem einzigen energischen Hieb den Kopf ab … Mit einem Schnitt schlitzt er das Tier auf und nimmt es aus … Er ist so schnell und geschickt, es sieht richtig professionell aus. »Ist wie Kabel schälen«, erklärt er, »nur hat das Kabel Haare.«

Ein erzählerischer Auftakt wie ein Schlag in die Magengrube. Ohne Vorwarnung. Hart und zielgenau. Brutal und perfide. Doch aus der Not des Täters geboren. Denn wer wie die beiden Habenichtse aus Zavaleta, deren Geschichte Matías Néspolo in seinem Buenos Aires-Roman erzählt, in der Regel kaum einen Peso in der Tasche hat, um sich eine warme Mahlzeit zu leisten, der killt und häutet schon mal eine der zahllos in den Straßen der als »Villas Miserias« bezeichneten Elendsviertel »Villa 31« und »Zavaleta« herumstreunenden Katzen, um sie mit ein wenig Öl bespritzt zu grillen – und heißhungrig zu verschlingen.

Und ein Beginn wie eine unmissverständliche Ansage, die der Roman einlöst. Denn der bleibt bis zum Schluss so hart und aufwühlend, wie er beginnt. Was folgt, ist eine Geschichte, die vibriert unter all der Verwirrung, den unterdrückten Schreien nach Liebe und dem Verlangen nach Schönheit, die in einem Strudel der Gewalt untergehen. Denn die Kapitale am Rio de la Plata, die den Erzählschauplatz für sein finster-faszinierendes Milieustück liefert, ist – daran lässt Matías Néspolo keine Sekunde einen Zweifel – gefährlich, flirrend und bedrohlich. Und doch keimt in den Porteńos von Zavaleta immer wieder eine unausrottbare Sehnsucht nach Liebe auf. Auch wenn sie ihnen in der Regel so fern und unerreichbar erscheint wie der Mond, der allabendlich über dem Moloch untergeht. Ein Traum, den sie träumen, wenn das sich Bekriegen und einander Bekämpfen eine Pause macht. Auch Chueco und Gringo bilden da keine Ausnahme.

Und dann weht plötzlich ein Hauch von Weltliteratur durch dieses aufwühlende Buch – paraphrasiert Néspolo darin doch auf lässige Art und Weise Herman Melvilles berühmten Roman »Moby Dick«, um dem 20 Jahre alten Gringo am Beispiel der Geschichte des von seinem blinden Hass auf den Weißen Wal zerfressenen Schiffskapitäns Ahab vor Augen zu führen, wohin ein solches Gefühl den Einzelnen am Ende führt.

Gringo, der nie ein Buch in der Hand hatte, kauft sich den Roman von dem Geld, das er gemeinsam mit Chueco bei einem Überfall erbeutet hat – getrieben von dem jähen Impuls, sich dadurch wenigstens eine Zeitlang von seiner niederen Herkunft und seinem bildungsfernen Milieu zu distanzieren.

Viel anfangen kann er mit der Geschichte des von Vergeltungssucht getriebenen Schiffskapitäns nicht; trotzdem fühlt er sich durch die Botschaft des Autors des Romans darin bestätigt, dass es vor allem an einem selbst liegt, was aus einem wird. »Weil der Dschungel in dir drin ist, Mann! Es gibt kein Draußen, das irgendwie zählen würde!« hält er seinem Amigo Chueco einmal entgegen, als der sein Schicksal mal wieder auf die äusseren Umstände schiebt.

Gringo hat genug von den unveränderlichen Gesetzen der Straße, an deren nächster Ecke womöglich schon morgen der Tod auf ihn wartet. Er hat »keinen Bock mehr, immer Angst zu haben.« Wirklich auszusteigen aber gelingt ihm nicht. Und so willigt er gegen seine Bedenken ein, mitzumachen, als Chueco ihm vorschlägt, sich der Bande des skrupellosen Gangsterbosses El Jetita im Kampf gegen seinen Rivalen Charly anzuschließen, in dem es darum geht, wer fortan die Kontrolle über den Drogenhandel und die Prostitution im Viertel hat. Doch der Überfall, den sie auf Chuecos Betreiben hin auf eine Handvoll für Charly arbeitende Kid-Dealer begehen, ändert alles: Charly nimmt sie nun höchstpersönlich ins Visier.

Bildmächtig verwebt Néspolo die sich zuspitzenden Konflikte mit zahlreichen Randepisoden, in denen 12-jährige für ein Paar Sneakers, ein Tütchen Dope oder eine Handvoll Pesos nicht davor zurückschrecken, anderen an die Gurgel zu gehen – und sie ihnen, wenn es sein muss, auch umzudrehen. All das spielt sich in einem von Gott und allen guten Geistern verlassenen Barrio ab, in dem die Sprache der Gewalt den Ton angibt. Und Néspolo geht der Verbindung von Gewalt und deren ästhetischer Inszenierung nicht aus dem Weg. Doch er verliert sich auch nicht darin, denn sein im überzeugenden Idiom der Straße und ihrer Slangs erzählter Roman hat weit mehr zu bieten; reich an Seitenthemen wie ein Musikstück, das über Abschweifungen regelmäßig zu seinem Generalthema zurückkehrt, erzeugt er durch seine gekonnten Tempi-und Sound-Wechsel zwischen hartem Rap und schleppendem Blues einen Sog, der erklärt, weshalb das britische Literaturmagazin »Granta« den heute 50-jährigen Néspolo 2010 als einen der besten spanischen Erzähler seiner Generation bezeichnete.

So malt Néspolo, der seine Heimatstadt wie seine Westentasche zu kennen scheint, vor dem Hintergrund des von der großen Finanzkrise schwer gebeutelten Argentinien Ende der 1990er Jahre ein authentisches Bild jener gefährlichen Randgebiete von Buenos Aires, in denen Krieg herrscht: er tut es, indem er das große, umfassende Chaos und die Widersprüche des Lebens im Kleinen, im Mikrokosmos widerspiegelt. Mitleidlos genau. Darin erinnert er an Fernando Meirelles 2002 nach der Buchvorlage von Paulo Lins geschaffenen Film »City of God«, in welchem der Brasilianer aus der Sicht des minderjährigen Buscapé Episoden aus dem Alltag einer Bande gewaltbereiter Kleinkrimineller in den Favelas zu einer mitreissenden Abfolge greller Snapshot einer Jugend verdichtete, die in eine Spirale der Gewalt gefangen ist, die sie nach und nach verschlingt.

Doch Gringo, ein früh ohne Mutter aufwachsender, sich selbst überlassener Herumtreiber, ist anders, er ist einer, der lieber zuschaut statt selbst zu agieren – und der, weil ihm die letzte Entschlossenheit zum Gangster fehlt, am Ende anders als der großmäulige Chueco, den später im Barrio losbrechenden Bandenkrieg überlebt. Zwar fühlt er sich an Begriffe wie Moral und Freundschaft gebunden – doch Chuecos Welt ist nicht, war nie wirklich die seine. Viel lieber ließe er das Barrio für immer hinter sich – begleitet von Yanina, der von ihm begehrten Tochter des Dicken Farías, den er gemeinsam mit Chueco überfallen hat.

Schaulüstern wie ein Chemiker, der einander abstoßende Elemente für ein Experiment in einem Reagenzglas mischt, sperrt Néspolo seine einander gegenüberstehenden Parteien am Ende in eine von Gewalt und blindem Machtstreben aufgeheizte Großstadt-Gegenwartskapsel, in der sie jeder für sich buchstäblich ums Überleben kämpfen. Und was er uns dabei vorführt, ist erstaunlich: Denn sein Roman ist auch und vor allem ein hartgesottener Buenos-Aires-Roman, der die Auswüchse des Molochs ungeschönt vorführt – und ihn doch in Form kleiner, versteckter Liebeserklärungen immer wieder fast zärtlich umgarnt. Das Resultat ist ein Buch, das sich mühelos zwischen Pasolinis »Ragazzi di Vita«, Juan Marsés Roman »Wenn man Dir sagt, ich sei gefallen«, oder Alberto Vásquenz-Figueras' beinhartem Tatsachenroman »Die Kinder von Bogota« von 1991 einreihen lässt, die von ähnlichen Überlebenskämpfen in ähnlichen Arenen erzählen.

So lässt Néspolo unterm Strich keinen Zweifel daran, dass das Ende der heute überlebten Schlacht nur den Auftakt zu der morgigen bildet. Das muss auch Gringo begreifen, als er – nachdem er das Barrio unverletzt verlassen hat – in eine Schlacht zwischen Polizeieinheiten und gewaltbereiten Studenten gerät – und er schliesslich akzeptiert, dass auch seine Sprache die der Gewalt ist. »Ich werfe einen Stein, und es ertönt der erste Schuss. Die feuern mit Tränengas. Wir antworten mit allem Möglichen. Sogar mit ihren eigenen rauchenden Gasgranaten. Jetzt geht der Tanz wirklich los. Richtig nett und freundlich …«

Man liest Néspolos Geschichte der beiden widersprüchlichen Freunde, die mal an die Romane des Mexikaners Guillermo Arriaga erinnert, mal an die bildmächtigen Episodenfilme Alejandro Inarritu's, bis zuletzt wie mit angehaltenem Atem. Und man bedauert am Ende, den einen für immer an den Tod – und den anderen aus den Augen verloren zu haben.

So ist es vielleicht Néspolos größte Leistung, dass es ihm gelingt, uns in eine uns an sich fremde Welt eintauchen zu lassen, die uns plötzlich auf erschreckende Weise nah und vertraut erscheint, so, als habe man selbst für die Dauer der knapp 200 Seiten dort gelebt. Trotzdem ist man froh, dem Barrio im dunklen Herz von Buenos Aires entkommen zu sein, in dem es »sieben Arten gibt, eine Katze zu töten«. Auch »wenn in der Stunde der Wahrheit nur zwei bleiben: nett und freundlich oder auf die harte Tour.«

Von der letztgenannten vor allem handelt mit Blick auf die Opfer, die *seine* Geschichte fordert, Matías Néspolos Roman, ehe der letzte Vorhang fällt – und man die verwehenden Klänge eines langsam verstummenden Carlos-Cardel-Tangos zu vernehmen glaubt.